JEAN DE BYZANCE

LE PÉCHÉ

DU PACHA

ROMAN HISTORIQUE

PARIS

AUGUSTE GHIO, ÉDITEUR

19, QUAI DES GRANDS-AUGUSTINS

1873

LE PÉCHÉ

DU PACHA

IMPRIMERIE E. J. CLAYE
RUE SAINT-BENOIT 7
LABOR
PARIS

C.

CYRIAKÉ de VARNA

LE PÉCHÉ

DU PACHA

ROMAN HISTORIQUE

PAR

JEAN DE BYZANCE

Ancien diplomate en Orient

PARIS

AUGUSTE GHIO, ÉDITEUR

41, QUAI DES GRANDS-AUGUSTINS

—

1873

LETTRE CONFIDENTIELLE

MADAME,

Vous n'aimez pas les préfaces, sans doute. Eh bien, moi, je les déteste!

Aimez-vous les confidences?...

Qui ne dit mot consent. J'ouvre donc mon sac à triple compartiment.

PREMIER COMPARTIMENT.

J'ai pour subordonné un... mettons un être rebelle, qui vous aime depuis qu'il est au monde.

Il vous a affectionnée dans la personne de sa mère; il vous adore comme la personnification de son idéal; il vous chérirait comme sa compagne.

a

Il ne vous a cependant jamais vue qu'en rêve; mais, brune ou blonde, rousse ou châtain, vous êtes à ses yeux la synthèse harmonieuse du bien, du beau, du vrai; vous lui apparaissez parfaite, sublime!

Il vous a cherchée toute sa vie; il vous cherche encore, il vous cherchera toujours. Vous rencontrera-t-il jamais? Il en a l'espoir; mais s'il en a l'heureuse chance aussi, daignez, madame, l'accueillir avec affabilité, car il est bon, il est tendre, il est constant, ce cher petit être, et je m'en porte garant.

Placez-le dans le trésor où vous tenez renfermé son pareil, soumis à la plus rigoureuse des disciplines, comme s'il était fait pour la vie ascétique.

Laissez-les ensemble, ces pauvres petits; et si, malgré vous, ils finissent par s'entendre, gardez-les réunis pour toujours, vivant du même souffle, des mêmes battements.

Comment ferai-je, moi, sans ce noble fonctionnaire? N'en prenez point souci, ma-

dame; peut-être finirai-je, moi aussi, par
être de mon temps, et le remplacerai-je par
une... machine quelconque. Beaucoup l'ont
bien remplacé par un porte-monnaie, et ils
prospèrent. Demandez plutôt à M. About,
Edmond, qui a surpris le secret de sonder
le cœur humain... le cœur des autres, bien
entendu.

DEUXIÈME COMPARTIMENT.

Ouvrons maintenant le *deuxième compartiment*, celui des confidences obligées, car il
faut bien, madame, que je vous fasse les
honneurs de chez moi, avant de vous en
céder la propriété.

Entrez hardiment, madame; vous n'y trouverez rien de désobligeant pour votre sexe,
à qui je dois « ma mère », le sexe que
j'aime comme on doit l'aimer, comme feu
Alexandre Dumas, mon bien regretté et à
jamais regrettable ami l'aimait, avec tous
ses adorables défauts, toujours... et quand
même.

Oui, *quand même!* car les « finesses, les
curiosités, les regards entre les doigts écar-
tés de la main, l'air que la « femme fredonne
« à moitié endormie... » voire même « la
tirelire aux compliments et la gamelle aux
tentations », ne rachètent pas la moindre
des brutalités du sexe auquel nous apparte-
nons, l'auteur de l'*Homme-Femme* et moi.

Ah! on veut la femme parfaite! Permettez-
moi, madame, de vous présenter à M. Dumas fils. A qui vous destine-t-il? A l'*homme qui*
sait. Mais moi aussi je *sais;* mon voisin d'en
face *sait* aussi ; il n'y a pas un « fils de famille »
qui ne *sache* pas, et le père jésuite Dufour
d'Astraffort — qui personnifie *les genoux de*
l'Église même en chemin de fer, — *sait* mieux
que nous tous, et mieux peut-être que
M. Alexandre Dumas fils. Eh bien ?...

Ah! madame, si je ne craignais pas de vous
offenser, je vous ferais bien ma confession en
toute sincérité, mais je vous assure que celle
des autres ne différerait en rien de la mienne.
Mais bast ! je me risque ; nous sommes tous

des *choses...*, mettons des Don Juan, pour anoblir l'expression.

« La femme connaît la mission de l'homme, nous dit-on, et elle s'en sert... pour le repousser après. » Et la mission de M. Dumas donc, celle de nous tous, n'est-elle pas de ne jamais... repousser... *per ordin' di natura?*

Laissons nos sœurs nous repousser le plus fort et le plus longtemps possible, pour le plus grand bien de l'espèce humaine. La nature a voulu que les goûts de la femme soient changeants, périodiques. Nous disons qu'elle est mobile, capricieuse, etc.; où en serions-nous si ses goûts étaient aussi constants et aussi *uniformes* que les nôtres?

Prendre texte de la Bible, s'appuyer sur des contes de Cosmogonie, de Création, c'est vouloir expliquer le naturel par le surnaturel, le physique par le métaphysique, et c'est là une subtilité qui, pour faire bien dans un livre *à sensation*, n'est au fond qu'une puérilité habillée en savante didactique.

La nature veut que la femme ait *un* époux
et qu'elle le repousse en temps opportun ;
que l'homme (*le mâle*) soit au service *des*
femmes et qu'il ne repousse jamais. Les lois
de tous les temps, même celles des peuples
les plus civilisés, ont fait la part de cette
différence, en accordant au mari un cercle
de mouvément plus étendu que celui tracé
autour de la femme.

De là les disputes, les querelles, les cata-
strophes qui accompagnent l'hyménée et,
finalement, le couteau prescrit par l'auteur
de l'*Homme-Femme*.

Tous ces malheurs sont dus à ceci : l'é-
pouse veut que son époux se conduise comme
elle ; et celui-ci défend absolument à celle-
là de faire comme lui.

L'une et l'autre se le promettent, se le
jurent même ; ils n'en finissent pas moins,
tôt ou tard, la femme parfois. le mari... toujours, par *paraître* ce qu'ils ont juré d'*être;*
et alors, la prudence, l'hypocrisie, remplacent la vertu.

Il faut bien en rester là et ne tuer personne; car, si le couteau vengeur qui arme la main du mari armait aussi celle de l'épouse, ce qui serait de toute justice, bientôt il ne se trouverait plus sur la terre qu'un époux pour 999 épouses.

Le Turc trouvera cela parfait; mais que dirait le Français quand la France, un jour ou l'autre, aura besoin d'aligner deux millions de soldats?

M. Dumas fils n'a pas pensé à cela, et c'est mal à lui.

Puisse-t-il, plus heureux que le docteur Guillotin, échapper à l'instrument de son invention! Notre brave armée aurait ainsi un soldat QUI SAIT.

Pour ma part, coupable à la façon de la pluralité des maris, je ne me plaindrais pas d'être... ce que Mister Finlay a été.

D'ailleurs mon indulgence pour les femmes est telle, que je ne sais pas ce que je ne leur pardonnerais point; sauf quand elles sont concierges.

Tenez :

« Ci-gît E... M..., femme S..., la trop fameuse portière de la rue... du Grand-Duché,

« Née en 1834,

« En 1874 elle... s'est tue. »

C'est là l'épitaphe que mon pauvre ami
Théophile Gautier destinait à sa concierge,
en prédisant charitablement sa mort pour
l'année prochaine. Il est parti avant elle, ce
cher homme qui, détestant par dessus tout
l'engeance *portière*, disait : « Avec quelques
variantes, cette inscription sépulcrale sied
à toutes les *Pipelettes* présentes et à venir. »

Mais laissons ces « tire-cordons » se dé-
brouiller avec l'administration du purga-
toire — puisque celle de M. le préfet de la
Seine n'y peut rien — et entrons dans un
ordre de confidences moins... *confidentielles*.

TROISIÈME COMPARTIMENT.

Vous, madame, vous n'êtes ni *de temple* ni
de foyer, et vous ne descendez dans la rue
que pour offrir le spectacle, si rare, de la

réunion de toutes les vertus et de toutes
les beautés; vous ne pouvez donc rien trouver dans ce livre qui vous concerne person-
nellement, sinon mon respect et mon amour.
Mais il se peut que votre opinion sur les
Turcs soit, dans une certaine mesure, en
contradiction avec la vérité historique (on
a tant prôné les Turcs sous l'Empire!); que
vous ayez une autre idée sur les Arméniennes; que Mister Finlay, que le juif Pépéhi, que M. About, que Mister Layard vous
inspirent de l'intérêt (eux qui ne font pourtant qu'en prendre). Veuillez alors lire jusqu'au bout ce volume; relisez-le même, je
vous prie.

Vous vous convaincrez que le Turc, par
cela même qu'il est musulman, se croit supérieur au reste de l'humanité; partant, il
n'est pas homme.

Vous verrez que Mister Finlay, le pasteur
relaps, en prodiguant aux chrétiens orientaux ses invectives *sacrées*, ne fait que mieux
justifier le vieil adage : « Plus on mérite de

mépris, plus on a de penchant à mépriser les autres. »

Vous verrez encore que M. About, le sycophante impuni de la Grèce (*e d'altri siti ancora*), n'aurait pas manqué de se faire le panégyriste du pays qui l'avait si bien accueilli, si la louange avait pu lui procurer le profit que lui a rapporté le dénigrement.

En effet, qu'aurait-il gagné, l'auteur de la *Grèce contemporaine*, s'il avait dit du bien de l'Hellade? Ce que gagnent les amis de la vérité;... tandis que la *fiction* rapporte des ducats à la pelle, et souvent immortalise le nom de l'artisan, même chez le peuple calomnié.

Voyez plutôt le couplet suivant, détaché d'une complainte sarcastique, que chantent encore les Hellènes à l'éternelle gloire de M. About.

> Les Grecs paraissent si mauvais,
> Quand ta plume, Edmond, les *débine*,
> Qu'on jurerait — « bonté divine! »
> Que c'est toi qui les as faits.

Vous apprendrez aussi, madame, qu'un certain représentant de l'homme de Sedan, aux aguets d'un renom quelconque, mit à néant toute l'histoire d'un grand peuple.

Vous verrez, en plus, que dans ses odieuses philippiques, l'ex-sous-secrétaire du *Foreign-Office*, Mister Layard (que les Anglais appellent *Liar*, menteur), n'avait pas d'autre mobile de conduite que celui de M. About.

Mais il faut tout dire : les Turcs, à cette époque, étaient *the pets*, les enfants gâtés de Louis-Napoléon (*Malaparte*) et de Victoria, l'un *imperator*, l'autre *regina*; et les *Liars*, et les Finlay, et les About, qui « eussent chanté les Titans, si les Titans avaient chassé du ciel Jupiter », mirent la circonstance à profit pour se faire des rentes inespérées.

Ils ne sont pas les seuls, en vérité, mais ils se sont mis trop en évidence pour cesser de battre la grosse caisse, au grand profit de la petite, l'un à Lisbonne, l'autre dans les colonnes du *Times*, le troisième enfin dans les cachots prussiens, pauvre *victime* d'une guerre nationale!...

Un jour, au sortir d'une séance du parlement, où *Liar-effendi*, en prônant un quatrième emprunt turc, venait d'éreinter les chrétiens d'Orient, Mister Maguire l'aborde en lui disant : « *What is sport to you may be death to others.* » Ce qui, traduit à l'intention de M. About, veut dire : ce qui n'est pour vous qu'un *jeu*... peut être la mort pour d'autres. *M. Liar* lui rit au nez, au brave député de Cork, et s'éloigna en plongeant ses mains dans ses poches, — pas dans celles de M. Maguire, car il passait pour être pauvre.

Mais abandonnons *M. Liar*, et laissons M. Finlay à ses affaires... domestiques, pour arriver à son ami *bourreaucratique*, Sâlih-pacha de Varna.

Celui-là, par exemple, n'a point attendu la loi Dumas fils pour tuer les femmes. Obéissant aux commandements du Coran, il ne s'est pas fait faute d'expédier dans l'autre monde bien des *guiaouresses*, après les avoir successivement rachetées de l'enfer par l'application de certaines *prescriptions* essentiellement mahométanes. (De grâce, madame, si le sens de ces derniers mots vous échappe, ne cherchez pas à le pénétrer.)

La croyance publique veut que tous les pachas, à une ou plusieurs queues, en fassent autant; mais il me semble impossible que tous soient doués d'une égale dose de piété musulmane; d'autant plus qu'il s'en trouve de *guiaourisés*, lesquels, au lieu de tuer les *kiafresses*, en font leurs *légitimes*... de par le *nikiah*. Je ne cite que Fouat-pacha (*Fuad??*) l'ancien étudiant en pharmacie du quartier Latin, qui fut par la suite un des hommes d'État turcs les plus habiles... au jeu de tric-trac.

Il y a des pachas qui sont habiles à d'autres jeux, des Mahmoud, des Midhat, des Hurchid et consorts, et qui font espérer que la Turquie finira par trouver *un homme*. Pourvu,

ô ciel du Bosphore! que le faux cesse de
prendre le masque du spécieux et le spécieux
celui du vrai, comme cela est depuis qu'il
existe une Turquie. Alors Diogène peut souf-
fler sa lanterne, et le poëte, en parlant de
la vérité, dire d'elle avec variantes :

> On ne la grille plus en terre papale;
> Le grand Turc ne l'écorche ni ne l'empale.

Heureuse la France, qui n'a jamais ni
grillé ni empalé cette charmante jeune fille,
et qui, tout au plus, souffre qu'on la promène, travestie, de Lourdes à la Salette;
qu'on la ridiculise à travers les villes et les
campagnes, pour la plus grande gloire des
isiaques du papisme, et à la honte encore
plus grande des quinze mille pèlerins et
pèlerines, qui ne comprennent pas que ces
carnavalesques pérégrinations ne sont autre
chose qu'une horripilante croisade contre le
pays lui-même!

Espérons qu'ils finiront par s'en apercevoir, et parlons d'autres choses.

Quelle plantureuse nature que celle des Arméniennes! Rien qu'à les voir, on ressent des faiblesses étranges! Et comme elles comprennent bien l'utilité d'avoir deux mains!

« Passant, prends ma main.

— Laquelle, Doudou?

— Mais... la droite, s. v. p.

— Merci, Doudou, je suis... *pressé.*

— Prends la gauche, alors. »

Bien que *pressé,* le passant perd volontiers un peu de son temps, et va par le monde témoignant que les descendantes des Tigranes « comptent leurs jours par leurs bienfaits ». Et comme l'auteur d'un bienfait est le premier à en jouir, le passant ajoute que ces belles créatures ont pour *Credo* moral la maxime de Des Coulmiers :

« Qui ne fait des heureux n'est pas digne de l'être. » Aussi, le sont-elles le plus souvent possible.

Le mariage interlope des deux sœurs. Tackouie et Doudou Mégavôroglou, que vous pourriez prendre pour une fiction, n'est

pourtant qu'un fait réel, accompli en plein
Stamboul, connu de tous, et même de
M. About, qui le cite dans sa *Grèce contemporaine*, comme un sujet de blâme contre
la société... athénienne!

Il est des gens chez lesquels la voix du
corps : les passions, l'emporte sur la voix
de l'âme : la conscience.

Je dis cela pour M. Finlay aussi, qui, trop
occupé de voir pousser l'herbe mauvaise
jusque dans la conscience des autres, est
incapable de voir ce qui *pousse* en lui.

Caton, tu es surpassé!

Accordons maintenant une mention *honorable* à l'Arménienne Collioz, qui est le type
achevé de la Frosine, et au juif Pépéhi, qui
est l'Hermès le plus accompli des six par-
ties du monde (la sixième étant en ce moment Berlin, s'il faut en croire certains
gros banquiers allemands de Paris).

Pour eux (les banquiers compris), Phœbus
est sourd et Pégase est rétif; Vénus Aphrodite

est née de l'écume de... la terre, et le grand Jupiter est remplacé par le *père* Plutus.

On dira peut-être que les Frosines et les Pépéhis se trouvent partout. C'est vrai ; mais nulle autre part qu'en Turquie ils n'atteignent ce degré de *perfection*. Chez les peuples civilisés et civilisables, en Prusse même, la pudeur d'un côté, la police correctionnelle de l'autre, mais plus encore celle-ci que celle-là, opposent à l'industrie... *mercurielle* des bornes qu'on ne peut guère impunément franchir. En Turquie, au contraire, où le courtage en amour est un acte de charité (*haïre*), et où les courtiers payent patente, le métier des Collioz, des Pépéhis, des Cléobules et des Anthopoulos, loin d'être condamné, est reconnu « nécessité sociale », en même temps qu' « œuvre agréable à Allah ». Chez les *haliche* musulmans surtout, les *pures,* le *simessar* est indispensable ; et, à ce point de vue, tous les Turcs sont *haliche.* La morale, elle aussi, n'est-elle pas une question de latitude ?

Tout le monde connaît les nobles efforts faits par sir Henry Bulwer pour morigéner les Turcs. Eh bien! il a mis vingt ans pour se rendre... inutile, et finit par recevoir des coups de cravache.

Il est vrai que son chapeau a été respecté; mais ce n'est pas là une exception faite pour l'ambassadeur britannique : le Turc, qui se permet de rouer de coups le Firing sans aucune gêne, respecte pourtant le *tuyau de poéle;* il dit : « Au rebours de tous les peuples du *plateau terrestre,* qui portent une coiffure pour se garantir la tête, le Firing porte une tête pour garantir son chapeau; ce serait donc *yazuck,* dommage, de maltraiter son *chapka,* alors même qu'on déplacerait la tête qui le porte. »

Pas trop bête, n'est-ce pas, madame?

O Parisiens de mon cœur! faites donc un effort suprême pour inventer un couvre-chef encore plus laid (si c'est possible!) que notre... *castor,* mais qui puisse au moins affronter le choc, le frottement, le vent et surtout la pluie (la pluie!!) ; nous épargner les sarcasmes aussi lourds que mérités des races incivilisables, et vous serez bénis par tous Firings présents et à venir, du sexe mâle et du sexe clérical ; sans en excepter M. Louis Veuillot qui, n'étant d'aucun sexe, tient le juste milieu entre le bedeau catholique et le titi parisien.

Le nom de l'éminent écrivain me remet en mémoire la conversation que j'eus, à Salonique, avec un mahométan guiaourisé, c'est-à-dire francisé.

« J'ai, disait-il, étudié le christianisme à fond ; j'y ai trouvé du bon, malgré l'absurdité de l'incarnation divine, trop exploitée dans l'antiquité ; malgré certaine idéologie par trop abstraite, et malgré une interminable succession de paraboles triviales qui, « en ce temps-là » couraient les rues de l'ancien monde.

« Oui, malgré tout cela, il y a, je le répète, du bon dans la didactique doctrinaire des soixante-dix collaborateurs du Nouveau

Testament; mais les bigoteries d'Église, les cagoteries de vertu, les hypocrisies sacerdotales, les tartuferies toutes politiques du papisme, me rendent votre religion très-peu sympathique. Puis, on attribue, et non sans raison, tant d'infamie, tant de perversité aux *hommes* de Jésus, que le seul nom de jésuite a suffi pour me désaffectionner du fondateur du christianisme. Et ne va pas croire que je sois seul. »

Ce Turc m'agaçait. Si peu catholique qu'on soit, quand, loin de son pays, on voit attaquer la religion de ses pères, on trouve une langue de flamme pour relever son contradicteur. Ah ! madame, si vous aviez vu avec quelle vivacité, quelle *conviction* je luttais contre le blasphémateur, vous m'auriez... embrassé sur les deux joues.

M. Veuillot en aurait voulu faire autant, peut-être; mais, dût ce baiser m'ouvrir les portes du paradis, je m'y serais dérobé, tant il est dur de se voir râper la figure par une *écumoire*.

« Et votre mahométisme donc, répondis-je à mon Agha, qui n'est que matière, jouissances charnelles, débauches perpétuelles, dans ce monde et dans l'autre, qu'y trouvez-vous donc de si bon ?

— *Meno furia !* mon jeune ami, reprit mon interlocuteur. Notre prophète, instruit par les fautes du *vôtre*, s'est bien gardé de se faire Dieu. La qualification d'inspiré lui a suffi, et il ne s'est jamais donné que comme *Allahun-coloû*, le serviteur de Dieu.

« Mahomet, prophète, a pu existir comme tant d'autres avant lui; Mahomet, Dieu, aurait été, non pas crucifié, mais enfermé dans un *timarhané,* maison de fous, car les Arabes sont plus *tendres* que les Juifs.

« Homme pratique, connaissant bien l'humanité et son temps, il a eu l'audace suprême de prêcher dans son pays, au milieu des siens; et il est cru, il est même adoré; tandis que le fils de *Meirème-Ana,* abandonné par ses parents, renié par ses compatriotes, fréquentant les pêcheurs et vivant au jour le jour, est tourné en ridicule, puis flagellé, et finalement cloué sur la croix.

« Ses préceptes, importés de Grèce, ne trouvent de doctrinaires qu'à l'étranger, et longtemps après sa mort. Où en serait le christianisme si Jésus n'était pas crucifié !...

« Sa plus grande faute, j'allais dire balourdise, que notre prophète a partagée, c'est d'avoir prêché la fin du monde, sans jamais savoir si le monde a eu un commencement. De là une vie future; de là un *jardin*, un *paradis*, pouvant contenir des milliards d'humains, condamnés éternellement à la rêverie, à la contemplation...

— Je comprends, agha, interrompis-je ; vous allez conclure en faveur de votre Éden tout de sensualité.

— Précisément, monsieur ; une fiction valant une autre, l'esprit humain comprend ce qui lui tombe sous les sens; mais il reste fermé aux jouissances purement idéales qui consisteraient à contempler à tout jamais le Créateur, à écouter les chants invariables, monotones, éternels et sempiternels de ses anges.

« Kassum-Korassan dit dans ses maximes : « Le plus bel idéal tombe en poussière au « toucher du réel. » Touche donc au réel, mon jeune beyzadé, touches-y toujours, si tu es sage, et laisse les rêves aux rêveurs, l'extase aux extasiés.

— De tout ce que vous venez de dire, agha, je ne relève qu'une chose : c'est que vous déclarez le paradis de Mahomet une fiction.

— Absolument comme celui de Jésus ; avec cette immense différence, comme résultat, que, en vertu de notre sensualisme céleste, les fidèles en Mahomet sont, dans leur presque totalité, de vrais croyants, tandis que les *sectaires* de Jésus, avec leur absurde spiritualisme, se laissent toujours aller au doute ; ils examinent, ils analysent, ils raisonnent. Leur foi, fût-elle alors grosse

comme « un grain de millet » (et en matière
de foi c'est déjà énorme), chancelle sans
cesse et se perd le plus souvent.

« De là, vos innombrables hérésies, vos
interminables querelles, vos schismes, vos
haines religieuses, vos Saint-Barthélemy,
l'Inquisition ; et le résultat, quel est-il ?
Hypocrisie ou irréligion chez les gens éclai-
rés, superstition ou athéisme chez les
ignorants. Vous ne sortirez pas de là. Certes,
on peut nous reprocher l'intolérance, le
fanatisme, mais ce n'est là qu'une preuve
de robuste foi. »

Pour couper court à cette oiseuse discus-
sion, je brûle la politesse à mon Turc et je
lui demande : Comment se fait-il que les
mahométans épousent des femmes avec tant
d'aisance et de facilité, pour les *désépouser*...
plus facilement encore ?

« A proprement parler, nous n'épousons
pas : nous *prenons* femme ou des femmes, à
notre convenance ; nous les gardons tant
qu'elles ne nous déplaisent pas, et nous les

rendons à la liberté, en leur mettant dans la main *le prix de possession* stipulé au contrat. C'est là ce qui constitue le *nikiah* et que, par ignorance, on prend chez vous pour un *mariage*...

— Mais, *effendum*, à ce compte...

— N'interrompez pas, *monsieur*, et... parlons bas, dans votre intérêt. Vous ne demanderiez pas mieux, tous tant que vous êtes, que de faire comme nous, au grand jour et selon la loi, ce que vous faites dans l'ombre et contre la loi. Nos enfants, de quelque lit qu'ils soient, sont légitimement les nôtres ; tandis que la plupart des vôtres sont... *naturels*.

— Oui, j'ai dit *la plupart !* car, malgré vos beaux principes moraux et religieux, la nature prime tout ; l'homme est le *mâle* de son espèce, et la nature dit carrément : « Un coq pour plusieurs poules ; » vous ne changerez pas cela, vous ; et par Allah ! vous ne voudriez point le changer.

— Mais, agha, l'état de ces malheureuses

femmes, aujourd'hui épouses, demain mises
sur le pavé, n'est-il pas déplorable?

— Tout au contraire, monsieur; elles sont
très-heureuses « cent fois sur cent et une »
de recouvrer une liberté douce, que les
vôtres ne retrouvent qu'avec le veuvage.

« La femme qui cesse de plaire à un
homme peut encore plaire à cent autres ;
il est donc tout naturel que le premier contrat soit résiliable. L'adultère, si fréquent
chez vous, n'a-t-il pas pour cause principale l'indissolubilité de l'union matrimo-
niale? Tu es blasé sur les appas d'une femme,
LACHE-LA ! Fais-le pour ton bien et pour le
sien ; autrement, tu es fatalement destiné
à la grande confrérie de ceux... dont tu as
tant ri... avant ton mariage.

— Et si je ne me mariais point ?

— Tu appartiendrais alors au sexe de
votre clergé, vivant « sur les crochets de la
grande communauté. »

— Vous faites erreur, agha ; le célibat
ne nous est pas défendu, au contraire :

Jésus-Christ, notre Seigneur, dit : « Marie-
toi, tu feras bien ; ne te marie pas, tu feras
mieux. »

— Ton Jésus ne dit rien de pareil ; c'est
le *muzévir* Paul, le plus *retors* de vos apôtres
(peut-être parce qu'il n'avait jamais vu son
maître), qui vous fait cette recommandation.
et dont le sens implicite ne peut être que
celui-ci : il est bon d'avoir une femme,
mais il est meilleur d'en avoir plusieurs.

« C'est ce que nous faisons, nous, musulmans ; car, à tout prendre, notre *nikiah*
n'est qu'une application de cette maxime
empruntée par Paul aux peuples primitifs.

— Agha, vous êtes trop matérialiste !

— Mon jeune ami, sois spiritualiste tant
que tu veux, mais sois *spirituel*, au moins,
pour n'être rêveur qu'en paroles et en
apparence, comme le sont tous les spiritua-
listes du monde ; en pratique, ne manque
aucune occasion d'ingurgiter de bons morceaux, de boire de bons vins, d'amasser de
vieux sequins et de fumer les meilleurs

tabacs. Dors tes dix heures sur les vingt-quatre, baigne-toi souvent, soigne bien ta petite personne, et cultive sans relâche l'amitié des jeunes femmes, sans distinction de race, ni de culte, ni de nationalité, ni de couleur. En ce faisant, tu resteras longtemps valide, et, fusses-tu prince ou *araïdju,* débardeur, cardinal ou sous-diacre, tu vivras content, et tu rempliras ta mission, ta noble mission ! »

Après cela, il faut tirer l'échelle.

Tirons-la donc pour revenir à nos moutons, et constatons que les représentants des grandes puissances, en 1856, malgré leurs notes comminatoires, leurs protestations *énergiques,* ne purent obtenir de la Sublime Porte la condamnation d'un pacha assassin, Sâlih, qui vit encore et prospère. Le *yanglusche oldou* (il y a eu méprise) est une fameuse échappatoire, et efficacement employée par le Divan. Vous en verrez un exemple frappant, madame, à la fin de la première partie de ce liv... de votre livre.

Quittons maintenant Varna, où nous étions jusqu'à présent, et transportons-nous à Constantinople.

Le docteur Vermont est notre compatriote ; vous l'aimerez, si vous voulez bien lui passer certaines petites gravelures...

Le clergyman, notre connaissance de Varna, y sera aussi : faites fi de lui, c'est tout ce qu'il mérite.

Le capitaine Odysseus, Français aux trois quarts par son éducation et ses manières, est un charmant garçon, à tous les points de vue. Mais ne préjugeons pas...

La petite modiste Valérie, le serrurier Clairet, tous les deux Parisiens et tous les deux bons enfants, vous intéresseront, je l'espère.

L'Arménien Mégavôroglou et ses deux filles, les chercheuses enragées d'époux, sont..., tranchons le mot, dégoûtantes, mais sont drôles ; or, vous aimez à rire, vous serez indulgente.

Le retour au bien de la bohémienne Ma-

b.

ria-Séidie, vous le comprendrez mieux que personne, car ce miracle, auquel vous assisterez, est dû au contraste et à l'influence d'une jeune fille qui vous ressemble.

Edinn-bey, qui est chrétien en secret, comme il s'en trouve beaucoup en Turquie, est le vivant portrait des chrétiens d'Orient, des Grecs surtout qui, forcés d'embrasser l'islamisme, ne sont musulmans qu'en apparence, épiant le moment propice pour revenir à la religion de leurs pères et reprendre leur nationalité.

C'est là un des grands secrets de la race hellénique qui, à travers les siècles, malgré les invasions successives et les atrocités des barbares, demeure vivace, inaltérable et, pendant longtemps crue morte, semble renaître comme le phénix.

M. de Gobineau, l'ex-représentant de l'ex-empereur L.-N., affirme, dans son récent ouvrage sur la Grèce, que les Hellènes d'aujourd'hui sont les mêmes que

ceux d'il y a quarante siècles. C'est là une
des rares vérités qui se soient glissées dans
son « monument d'histoire frelatée ». Mais
ce même M. de Gobineau, trop choyé par
la société athénienne, fait aux Grecs un
crime de leur constance dans l'hellénisme, de l'antiquité de leur race. M. le
vicomte aimerait-il l'inconstance... et pré-
férerait-il la... *récence* des blasons ? ou
bien encore, ce qui est plus probable, les
trophées de M. About l'empêchent-ils de...
faire sa sieste ?

Si telle est la cause de ses insomnies,
M. de Gobineau est bien modeste; car sa
plume, qui d'un seul trait efface toute l'histoire de la Grèce, vaut bien celle de son rival, laquelle s'émousse, quoi qu'elle en ait,
en *sapant* les fondements de la croyance
générale à l'hellénisme. (Hélas! rien n'est
sacré pour un... *sapeur !*)

Égaux en style, en atticisme, en esprit
même, tout cela puisé à Athènes, nos
deux *accommodeurs* d'histoire semblent avoir

trempé leurs plumes de Tolède dans un encrier sortant... du *musée international* des collectionneurs noctambules de la rue Mouffetard; *teneatis... nasum, amici!* Aussi, ont-ils eu la prudence, avant de débiter par la presse les trésors qui... sentent « plus mais non mieulx que rose, » de mettre entre eux et la ville de Minerve une distance kilométrique des plus rassurantes. Cette sorte de prudence est bien peu française, nullement grecque.

Constatons toutefois que, si M. About a distillé tout son venin *por el dineros,* M. de Gobineau, lui, n'a gaspillé ses sophismes que *por la gloria...*

Tous deux cependant ont fait de l'esprit. Mais, de l'esprit,

> Faut-il vraiment qu'on en décide
> Sur le bruit d'un parleur sans fin?
> Ne sait-on pas qu'un tonneau vide
> Résonne plus qu'un tonneau plein?

Il paraît que si, car les portraits de nos deux « parleurs » décorent le fond des assiettes des restaurants... à bon marché.

Dans son ouvrage, écrit en français et intitulé *Vingt ans d'exil,* parlant du premier de ces *dioscures,* M. Canini s'exprime ainsi :

« Pendant que M. About ridiculisait Agésilas Lévendis, celui-ci mourait en Épire en combattant contre les Turcs, pour la patrie et pour la liberté. Il portait le drapeau hellénique. En expirant, il l'avait si fortement serré sur son cœur, que l'on n'eût pu le détacher sans le déchirer. Cet Hellène, qui faisait de mauvais vers français, aussi mauvais qu'auraient été des vers grecs de M. About, est mort en héros, pour la liberté, et a été enterré avec un saint et glorieux symbole.

« M. About, lui, a d'autres choses à faire que de mourir pour la liberté. L'occasion de devenir un héros lui a manqué : il fait des romans. Des romans à scandale et à plusieurs éditions, triomphe que je ne lui envie point... »

On se demande pourquoi M. Canini n'a pas ajouté que M. About évite les occasions de *devenir un héros ?* C'est parce que l'éminent patriote italien, écrivant avant la der-

nière guerre franco-prussienne, ne pouvait
deviner que M. About serait, en août 1870,
arrêté par les soins de... dame Prudence à
Saverne, et qu'il ne pourrait, par conséquent,
s'armer du moindre petit chassepot. Encore moins aurait-il pu « tuer une sentinelle
des avant-postes ennemis », exploit que devait plus tard lui attribuer le *Times,* aveuglé,
au dire d'une feuille parisienne, par une

Rage inassouvie
Qui du vaincu poursuit encore la vie!

Vaincu! quand? où? par qui?

Comment! M. About se serait donc battu,
et battu sans que personne l'ait su en
France!

Miséricorde!!...

Ce qui est acquis, c'est que M. About est
méchant, et qu'il le devient encore plus,
depuis qu'il a écrit dans son journal : « La
société d'Athènes est un assemblage d'aventuriers, » et qu'il reçut pour réponse :
« Depuis votre départ de notre ville, le
nombre des aventuriers a diminué d'un. »

O povero Canini, di te che mai sara!

Et de toi aussi, mon pauvre Jean de Byzance, si... mais... enfin !... Que voulez-vous !

N'allez pas cependant vous effrayer, madame ! les About, et les Gobineau, et les Pépéhi, et les Sâlih, et les Collioz, et *tutti quanti*, ne sont pas chatouilleux.

Faites plutôt connaissance, pour vous égayer un peu, avec la petite Valérie, car notre charmante Parisienne n'a rien perdu de la vivacité de son esprit au contact de la société ottomane.

Le petit Cadur-bey, fils du pacha, le sauveur inconscient de l'héroïne Cyriaké de Varna, sollicite une douce caresse : c'est comme s'il l'avait.

Quant à l'héroïne, vous allez avoir tout loisir pour faire connaissance. Certain d'avance que vous vous entendrez, que vous vous aimerez, je vous laisse discrètement ensemble.

Vous parlerez un peu de moi, je l'espère; mais mon ambition ne se borne pas là : je voudrais, pour jouir d'un bonheur complet, qu'à l'affection si honorable de Cyriaké s'ajoutât, de votre part, un sentiment plus vif et plus tendre, en faveur de

Votre adorateur,

JEAN DE BYZANCE.

Paris, le 1er janvier 1873.

LE

PÉCHÉ DU PACHA

AVANT-PROPOS

Il y avait une fois un pacha, dans une ville de la Turquie d'Europe.

« Une fois », c'est l'an 1856.

« Un pacha », c'est le trop fameux Sâlih... encore vivant.

« Une ville », c'est Varna la bien connue.

La chronologie et la géographie étant ainsi satisfaites, passons à l'histoire.

« Histoire, dites-vous?

— Oui, madame, et contemporaine, comme vous voyez. Les arcanes diplomatiques nous fournissent des documents officiels où sont consignés les faits principaux d'une épouvantable

atrocité que vous ne pouvez avoir oubliée, puisqu'elle fut commise sous les yeux mêmes des
troupes anglo-françaises, au moment où le con-
grès de Paris déclarait l'admission de l'empire
ottoman dans le giron des nations civilisées...
et autres, de l'Europe.»

Mais nous allons relater les détails de cette
affaire si compliquée et si remplie de crimes,
dont le moindre est l'assassinat. Détails qui ne
vous sont que peu ou point connus, et vous
apprendre l'issue romanesque, surprenante, du
grand drame que vous êtes loin de soupçonner.

Nous avons puisé à la source même, sur les
lieux.

Nous raconterons.

Que ceux à qui mal en prendra viennent nous
en demander... le reste.

« C'est donc un roman historique ?

— C'est la relation de faits authentiques, madame ; et ici le roman est la vérité. »

Vous devinez déjà le rôle du pacha.

Cyriaké en est l'héroïque victime ; Finlay, la
dupe également héroïque.

« Est-ce long ? Je n'aime pas remuer mille
cailloux pour rencontrer un diamant.

— Madame ! on ne remue pas les diamants à
la pelle, vous le savez bien.

— Peuh ! refrain invariable des prosateurs à

longue haleine. Ouvrez donc votre écrin, vite ! *express-train !* »

Ce petit colloque, qu'on croirait, mais à tort, imaginé pour la circonstance, résume assez les exigences de l'époque : le lecteur est pressé; il est gourmet, il est blasé; il lui faut de la prose à la vapeur, pour ainsi dire. Il ne touche qu'aux friandises, il n'a des yeux que pour les diamants, il saute dix pages pour lire dix lignes.

Nous comprenons encore que des dames lisent les *Travailleurs de la mer* en une seule soirée; mais qu'elles ne mettent que vingt minutes à lire les *Voyages de Scarmentado*... cela nous dépasse.

Jeune, jolie, séduisante, et cependant invulnérable, Cyriaké, dont l'héroïsme détermina l'intervention de toutes les puissances de l'Europe, doit bien être un diamant, ou il faudra désespérer d'en trouver jamais — dans la réalité du moins.

Sâlih n'est pas précisément un caillou. C'est un Turc, barbu et moustachu au physique, bourru et pervers au moral. Il ne rachète l'obscurité de son origine par aucun mérite personnel; et malgré cela, ou à cause de cela, il est pacha.

Mais il fut joli garçon dans son adolescence, comme bien des pachas le furent, et porta avec éclat la pipe de son... seigneur.

D'ailleurs, il n'y a pas lieu de s'en étonner : les plus célèbres vizirs ont passé par là : la pipe portée porte aux plus grandes dignités dans le *deuvlett* d'Ali-Osman. C'est dans les mœurs. La pudeur n'en souffre d'aucune façon — au contraire.

En Turquie, où le succès justifie toujours les moyens, fussent-ils les plus inavouables, il n'y a rien de plus fier qu'un ex-Alcibiade transformé en Périclès, en Épaminondas, voire même en Thémistocle — en tant, bien entendu, que ces grands noms peuvent s'appliquer à des Turcs.

La pipe, possédant le pouvoir miraculeux de la baguette des fées, aurait bien pu changer même en Solons et en Lycurgues ottomans les *itche-oglans* stigmatisés par un grand capitaine français, si la religion de Mahomet admettait des législateurs comme elle admet des astrologues et des interprètes de songes officiels.

Le révérend Finlay n'est pas un diamant ; un caillou non plus ; mais il hante trop les Turcs pour ne leur pas ressembler par maints et maints côtés.

Au physique, sa tête ne rappelle que de très-loin celle de Narcisse. Il le sait. Aussi n'a-t-il aucune prétention à exercer des rigueurs comme Joseph ; ce qui, à tout prendre, vaut mieux pour la tranquillité des Putiphars de sa paroisse.

Sous le rapport des vertus sociales, Mister

Finlay n'est pas précisément un rigoriste outré ;
mais il a passé pour un *very respectable gentleman*
dans toute la durée de ses quarante et une
années. D'ailleurs, il est riche, le lecteur s'en
doute déjà.

Et maintenant, tournons la page. Madame
est en wagon, la locomotive siffle, la cloche
sonne.

Allllez !

PREMIÈRE PARTIE.

———

CHAPITRE PREMIER.

LE LEVER DU PACHA.

Parmi les quarante millions de Français et de Françaises, — en comptant les Batignollais, — y en a-t-il seulement un millier qui aient vu un vrai pacha? La statistique ne le dit pas.

Le pacha qu'on coudoie sur les boulevards de Paris n'est qu'un Turc travesti en *Firing*, et coiffé d'un hémisphère en feutre rouge ou grenat, panaché d'une houppe en soie noire. C'est un Osmanli déguisé, singeant les allures du Firing, au détriment de ses habitudes, au mépris de sa religion, au préjudice de sa dignité de représentant du « sublime Padischah, de l'ombre de Dieu, du distributeur des couronnes royales », et de titres d'emprunts... irremboursables.

Le vrai pacha turc, lui, est un potentat au petit pied, redoutable et redouté, brutal, hautain,

féroce, superlativement grossier, ignare avant
tout. Il passe sa vie à pressurer ses gouvernés
et à gaspiller les trésors ainsi amassés, pour se
donner ici-bas un avant-goût des félicités promises dans le paradis de Mahomet.

A ces titres divers, le vrai pacha possède une
cour et *tient un lever,* absolument comme certains princes du temps jadis.

Cette cour est nombreuse. Les membres principaux sont :

Un *mustetchar,* lieutenant du pacha ;

Un *kéhaïa,* chef de cabinet ;

Un *mollah,* aumônier ;

Un *oda-bachu,* majordome ;

Un *haznadar,* trésorier ;

Un *allaï-émini,* maître des cérémonies ;

Un *taxildar,* receveur des contributions ;

Un *caftandzu,* maître de la garde-robe ;

Un *terdjiman-bachu,* premier interprète ;

Un *vékil-hardje,* intendant général,

Un *hékim-bachu,* médecin en chef ;

Un *capudju-bachu,* chef portier ;

Un *tavla-émini,* grand écuyer ;

Un *caïvedju-bachu,* cafetier en chef ;

Un *tchibouktchu-bachu,* porte-pipe en chef ;

Un *berber-bachu,* barbier en chef ;

Un *djudgé,* nain, bouffon de cour ;

Un *moutpak-émini,* maître d'hôtel ;

Un *cavass-bachu*, chef de gendarmerie;

Un *tatar-bachu*, courrier en chef.

Une foule d'employés subalternes, d'officiers, de plumitifs, de parasites et autres paresseux prêts à tout, sans compter les dignitaires divers préposés à la garde du harem, à l'entretien des jardins, des aqueducs, des *hammame* (bains), du corps des *tchinghis* (ballerines), etc., etc.

Le lecteur français, s'il ne compte pas parmi les privilégiés que nous avons généreusement évalués au nombre de mille, sera peut-être curieux de connaître les attributions de la plupart de ces fonctionnaires.

Le *mustetchar*, en sa qualité de lieutenant du pacha, le remplace dans les affaires secondaires; souvent même ce dernier est avantageusement remplacé dans les circonstances les plus *délicates*. Mais le *kéhaïa*, le seul administrateur du pacha-lik, est l'homme indispensable. C'est lui qui dirige tout le service, qui écrit les ordres... à sa guise, et y appose le cachet portant en toutes lettres le nom du pacha; car il est de rigueur que le vrai pacha ne sache pas écrire. D'ailleurs, le kéhaïa est en même temps le *muhurdar*, ou gardien *du* sceau.

Le *mollah*, cinq fois par jour, prie *Allah* pour la conservation et la gloire de son maître, assiste toujours aux *namaz* (prières) de celui-ci et

1.

charme ses loisirs par des contes bleus, roses,
de toutes couleurs parfois, qui feraient rougir un
nègre, et, ce qui est plus fort encore, M. de
Bismarck lui-même.

L'*oda-bachu* cumule les fonctions de majordome avec celles de directeur des jeunes *itche-
oglans* et des danseurs du sexe *laid*.

Le *haznadar*, fût-il un caissier honnête, chose
si rare aujourd'hui, ne sait jamais à quoi ont été
dépensées les sommes si scrupuleusement ali-
gnées par lui sur le grand livre.

L'*allaï-émini* n'aurait pas fort à faire, s'il
n'était préposé aux amusements *divers* du pacha,
dont il est l'Hermès complaisant, souvent le par-
tenaire heureux, toujours le complice.

Le *cafetandju*, c'est l'intendant des « menus
plaisirs », — si plaisirs *menus* il y a chez les
Turcs. Ce trop aimable fonctionnaire préside à
toutes les jouissances, aussi clandestines que
bestiales, de son maître; et ce n'est assurément
pas pour lui qu'aurait pu être écrit le livre :
L'art d'accommoder les restes.

Le *terdjaman* (interprète) est au pacha ce que
le sous-secrétaire du Foreign-Office est au ministre des affaires étrangères de S. M. la reine
d'Angleterre : il est payé pour éluder les questions embarrassantes, pour couler les affaires
véreuses en les noyant dans un déluge de rhéto-

rique tortueuse, inventée tout exprès pour ledit sous-secrétaire et pour tous les *terdjumans* de la Sublime-Porte, *Bâbil-Hummaïounn*. Nous ne disons pas cela pour mister Layard, car il... ne s'en fâcherait point.

On comprend, par induction, quelles sont les fonctions du maître d'hôtel, du grand écuyer et du reste de tous ces personnages, plus ou moins Aghas, Effendis, Beys, etc. Mais il est bon de constater que le médecin, le seul mortel heureux qui ait ses entrées libres au harem, doit être d'une vertu égale, sinon supérieure, à celle de saint Antoine, pour ne pas se prodiguer.

Quant au fou de la cour, il passe sa vie, comme on sait, à faire rire en disant des vérités aussi dures qu'inutiles. D'ailleurs il en a été toujours ainsi, M. Mér... vous le dira.

Reste le barbier. Celui-là est un pacha en herbe. Laissons-le mûrir et revenons au sublime effendi de mister Finlay, *Esquire*, ex-clergyman, et actuellement grand admirateur du sexe *faible*. Faible, parce qu'il sait résister des années entières, et que vous et moi (les forts), nous ne savons jamais résister une minute... Enfin!

Affublé d'une pelisse en hermine, la tête chaudement couverte d'un *guédjeluk* (calotte préponoïde), mollement étendu sur un divan, Sàlih-

Pacha s'amuse à caresser ses pieds nus, tout en marmottant une petite prière.

Mais le chef cafetier arrive, tenant un plateau recouvert d'un carré d'étoffe d'or. L'*itche-oglan*, le favori du jour, présente au pacha une petite tasse en forme de coquetier, avec support (*zarf*) en or enrichi de pierres fines.

Un autre *page* prend des mains du porte-pipe en chef, — qui d'ordinaire est officier, — le *chibouk* en bois de jasmin avec bouquin d'ambre orné de brillants. Il l'allume, et, essuyant sur ses joues le bout d'ambre, l'offre au pacha en mettant un genou à terre.

Après avoir avalé trois gorgées de son moka et poussé un gros nuage de son yénidjé, le vizir daigne enfin, d'un signe de tête, répondre aux *téménahs* et autres prosternations de ses courtisans réunis qui, les bras croisés sur la poitrine, les pieds joints et les yeux fixés à terre, restent plantés sur leurs tibias à une distance respectueuse.

Quelques rares privilégiés, les notabilités de la ville, sont introduits parfois en présence du glorieux effendi, qui daigne enfin prononcer le mot de faveur :

Otoûroun, asseyez-vous.

Tout le monde, excepté les *cavasses* (gendarmes) et les *zapliés* (sergents de ville), tombe à genoux. C'est ainsi que l'étiquette le veut. Il n'y a d'exception à cette règle inexorable que pour les *Firings*, c'est-à-dire les sujets des puissances chrétiennes, qui ne sont pas moins « *guiaours, kiafirs, hunzirs :* infidèles, damnés, gouretz, races maudites que la colère du Seigneur Dieu se charge d'exterminer par le glaive des anges, puisque la *flamberge* du musulman, à cause de ses péchés, a été réduite au repos. »

Espérons qu'il n'en sera rien, et constatons que le lever dont il est question présentait une de ces rares exceptions. Mister Finlay, déjà connu du lecteur, était assis auprès de Sàlih-Pacha. Il aimait *baocoup* les Turcs, parce qu'ils avaient saccagé sa tente pastorale pendant la bataille d'Inkermann, en Crimée. Ce sans-façon entre alliés avait séduit notre excentrique Anglais. Il n'est pas le seul.

Le pacha, qui l'a beaucoup connu à Stamboul, adresse, par l'organe de son drogman, des amabilités à son allié et ami. Il lui dit :

« Nous apprenons que tu vas épouser une *guiaour* de nos raïas. Cela nous a fait un plaisir réel (*peck haz ettuck*). Mais, est-ce sérieux, ou bien...

— Achevez, seigneur pacha.

— Nous demandons si ce sont là des épou-

sailles comme à Stamboul, comme les autres
fois, quoi !

— Sachez d'abord, gracieux seigneur, que la
demoiselle en question n'est ni *guiaouresse*, ni
raïa : elle est Hellène de naissance et de nationalité. Quant au *sérieux* de la chose, il suffit
que j'aie prononcé le mot *mariage* pour qu'il
n'en soit pas « comme les autres fois ».

— *Aférume*, mylord ! (bravo !). Nous assis-
terons à ta noce. Nous fêterons « ta nuit ora-
geuse » ; nous ferons des largesses, et nous
tuerons cent moutons pour les pauvres, *v'Allah !*
b'Illah ! Nous offrirons même un beau cadeau à
ta *yaouklou* (future), si elle est jolie, naturellement.

— Bien des remercîments, monseigneur. En
attendant, je viens prendre un avant-goût de
votre munificence : je vous demande l'élargisse-
ment de Mme Collioz, votre prisonnière.

— Très-volontiers, notre ami, *dostumuze*. Ta
sollicitude pour cette mégère est naturelle...
mais...

— N'achevez pas, *effendum;* je sais que
Mme Collioz est votre débitrice pour 5,000 piastres, et je vous les apporte en or anglais; voici
40 livres sterling.

— Elle ne nous doit rien, à nous personnel-
lement; c'est une somme de dix bourses, due au

hazné (Trésor). Voilà plus de cinq ans qu'elle exerce la profession de... comment dit-on cela?... sans avoir payé l'impôt d'*esnafluck* (de patente). Mais puisque tu finances pour elle, la prison perd ses droits.

— *Guell !* crie le pacha.

— *Effendum !* répond un officier qui entre en pliant son échine et sa colonne vertébrale à rendre jaloux un dromadaire.

— L'Arménienne détenue au *zundann*, tu sais, la *basch-simessar* de la Roumélie, est libre et admise à notre présence. Fais-la monter. *Tèze !* (vite.) »

Cet ordre est immédiatement exécuté.

Une femme sordide fait son entrée en zig-zag, et va baiser les pans de la pelisse du satrape, qui la reçoit d'un air narquois en la traitant d'*oustâ*.

Le portrait de cette créature est indispensable pour la moralité de la chose. En voici l'esquisse générale :

Haute en couleur, joues rebondies, lèvres épaisses, nez impertinent, sourcils croisés, cheveux teints de henné, bouche mal meublée, haleine forte, ventre proéminent, thorax exubérant, épaules trapues, hanches saillantes, tournure volumineuse, jambes crochues. Quarante ans et au delà ; gaie, polyglotte, grande parleuse, effrontée, ne doutant de rien, cupide,

vorace, ivrognesse ; invariablement veuve sans
avoir perdu aucun époux ; toujours respectée
malgré elle, et partant, ne respectant rien ni
personne.

Telle est, au moral et au physique, la Frosine
orientale, qui est un type à part.

Ce *métier*, presque exclusivement réservé aux
femmes arméniennes, n'a, dans les États de Sa
Hautesse le sultan, rien à démêler avec la police
correctionnelle.

On dira que c'est parce qu'il n'y a point de
police correctionnelle ; non, mais c'est parce que
la Frosine, comme tous les raïas contribuables,
taillables et corvéables à « merci et miséricorde, »
doit, en outre, payer droit de patente. D'ailleurs,
la piété musulmane accepte le courtage de l'amour
comme une œuvre de charité, et cette œuvre
s'étend jusque sur les bêtes.

Un peu marchande à la toilette, un peu fabri-
cante de fard, de teintures diverses et de drogues
sans noms, l'aimable industrielle est, tout à la
fois, médecin et sage-femme (à la façon turque).
Elle est « artiste capillaire », elle est prêteuse
sur gages ; elle est revendeuse toujours et souvent recéleuse.

En outre, elle tire les cartes et dit la bonne
aventure ; *industrie* très-lucrative en Turquie, —
absolument comme en France d'ailleurs.

Ses prédictions se réalisent toujours.

Confesseur par droit de services rendus et de confidences reçues, elle est la consolation des femmes cloîtrées, la *Providence* des femmes libres. Elle a ses grandes et ses petites entrées dans les sérails comme dans les moindres harems.

Modeste par système, elle ne se vante pas de pouvoir marier le grand Turc avec la république de Venise; elle se contente de travailler *dans* les petits Turcs, mais elle trempe souvent dans les grands crimes; et cela, sans risquer le moindre crin de sa « queue de vache ». Elle est irresponsable à la façon des rois constitutionnels ou prétendus tels : elle ne *pratique* pas, elle suggère; tant pis pour les responsables, ministres, chanceliers ou commissaires de police.

Toute ville qui se respecte, et elles se respectent toutes en Turquie, a sa Frosine : Varna possède sa Mme Collioz.

Et quel nom prédestiné que celui-là ! Collioz est synonyme, dans la langue de Fouat-Pacha, d'un poisson scombroïde que M. Littré appelle... Non ! laissons plutôt Voltaire énoncer cela en vers :

Ce qu'à la cour, où tout se peint en beau,
Les courtisans nomment l'ami du prince;
Mais qu'à la ville, et surtout en province,
Les gens grossiers appellent m... *collioz.*

Sâlih-Pacha nomme cela *oustâ*. Ce mot signifie maîtresse, docteur, professeur, artiste même; il remplace ici le mot *pézévinque* qui serait très-désobligeant, mais qui exprimerait parfaitement le vrai métier de la Frosine.

Au moment où le pacha, échangeant avec la Collioz un signe d'intelligence, allait entrer en matière, arrive le *mollach* qui dit :

Effendum, *vakutt-dur* (monseigneur, c'est l'heure.) Sâlih se lève péniblement, s'agenouille sur une petite carpette réservée à ce seul usage, et, tournant la face vers le sud, se met à dire sa prière de midi, sans ablution préalable, car il s'est conservé *pur*, après le *namaz* du matin.

Ce mot : pur, intrigue sans doute le lecteur français; mais il y a une lectrice aussi, et c'est ce qui embarrasse l'auteur. Disons cela toutefois en latin, puisqu'il est avéré que les femmes ne comprennent pas la latinité du cardinal Antonelli. Eh bien ! pur est considéré le mahométan qui, entre deux prières, n'est pas allé où les rois eux-mêmes...

Le namaz est long; surtout quand il est dit en présence de l'*iman*. Finlay a donc tout le temps de causer avec sa *courtière* d'épousailles, que le Turc appelle *simessar*.

« Arrivez donc, ingrate, lui dit-il en français; car l'Arménienne s'exprime avec facilité dans cette langue, ayant exercé son métier pendant plusieurs années à Odessa. On s'en apercevra à la fréquence du mot *déjà* dans ses phrases, qui trahit le Russe parlant français.

— Pends-toi, cher révérend! je donne déjà tout mon temps au salut de mon âme; riposte l'*oustâ* en ricanant.

— Ah! la vilaine! voilà qu'elle me tutoie encore! Mais, dites : avez-vous vu?... lui avez-vous parlé? consent-elle enfin? Répondez! Il me tarde de la posséder. Ah! c'est que... eh bien, oui! Cyriaké pour épouse, ou le célibat à *perpétuité*. Allons, sorcière damnée, parlez, ou sinon préparez-vous à recevoir le prix de vos sarcasmes, créature maudite, ignoble, affreuse, sacré...

— Quelle pétulance! Mylord? quelle pétulance! tu...

— Cessez de me tutoyer, vous dis-je, misérable!

— Tu vas...

— Encore!

— Eh bien, vous allez *déjà* compromettre *ta* réputation, car il faudra enlever la *jeunesse*.

— Au diable la réputation! parlez-moi si miss Parnis consent...

— Parlons-en mon *duc*, et vous en jugerez. Elle n'a *déja* que dix-sept ans, deux mois, qua-

rante jours. Élevée *déjà* comme une princesse,
elle est pieuse, elle est brave, elle est superlativement belle, et intelligente comme une Grecque
de race, *déjà*.

Très-fière de sa naissance *déjà*, et de sa nationalité, pure comme sainte Agnès, douce comme
un chérubin! vous comprenez *déjà donc*, monsieur l'Anglais, qu'elle doive se trouver trop
jeune pour un homme de quarante-sept ans *déjà*,
trop vertueuse pour un... *émancipé*, trop altière
pour condescendre *déjà* à épouser un... un pasteur qui jette sa Bible aux orties et son cœur à
tous les « porte-roses », *déjà*.

— Mais, *ma bonne* madame Collioz...

— Pas de chance, mon bon Mister Finlay.
Cependant...

— Eh bien : *cependant ?* hao! parlez, parlez,
je vous en supplie!

— Parler n'est *déjà* rien, mon révérend, il
faut agir; et pour ce faire *déjà*, il est besoin *déjà*
de... »

L'ex-clergyman fit absolument comme le lecteur, et comprit le sens caché de cette réticence.
Il froissa entre ses mains une *bank-note* de
vingt livres sterling, et la glissa dans la poche
béante de la oustâ.

Cette espèce d'argumentation est, dit-on, irrésistible, même chez les moins civilisés, attendu

que l'éloquence de la *bank of England* est comprise de tout le monde, et du monde ottoman surtout, au dire des capitalistes du Royaume-Uni.

Aux yeux de l'Arménienne, Finlay n'a plus maintenant que quarante ans : « l'âge de la *vraie vigueur.* » Il n'est plus un libertin; mais un joyeux gentleman qui s'amuse sans préjudice pour la saine morale; il n'est plus (*déjà*) un *pisman-pappaz* (prêtre apostat) ; c'est un homme de bien qui « se respecte trop *déjà* pour faire de l'hypocrisie un état social!.. »

Notons en passant que, sans s'en douter, la Collioz disait vrai, sur ce dernier point.

« Écoutez-moi bien *déjà*, lui dit-elle en baissant la voix.

— De toutes mes oreilles, oustâ!

— Vous êtes un vrai gentleman?

— C'est là ma seule vanité.

— Vous avez un bon cœur?

— On me l'a toujours affirmé.

— Vous êtes riche, *déjà*?

— Grâce à ma famille, je le suis.

— Vous aimez?

— Passionnément!

— Vous êtes brave, avant tout?

— J'ignore la couleur de la peur.

— Vous n'êtes pas, *déjà*, en délicatesse avec les cordons de votre bourse?

— Ma bourse ne connaît pas de cordons.

— Êtes-vous *déjà* bien décidé à épouser miss Parnis... QUAND MÊME?

— Il n'y a pas de sacrifices ni d'obstacles qui pussent m'arrêter !

— Eh bien! vous l'épouserez.

— Ah! ma chère *madame mon amie*, vous me rendez la vie!

— Tant mieux *déjà*, mon digne mylord, tant mieux! Retirez-vous maintenant à votre hôtel, pour vous recueillir à l'aise, et tenez-vous prêt à tout événement, *déjà*. Vous suivrez ponctuellement mes conseils, qui seront des ordres; et Cyriaké sera votre femme, ou je ne suis plus la Séitan-Collioz *déjà*. »

Trop honnête homme, malgré ses travers, pour mentir à sa conscience, notre Anglais est assez faible pour toujours avoir foi en l'équité des autres; ou, s'il en doute jamais, il se croit assez malin pour rivaliser de finesse.

« Pervers avec les pervers » est un précepte fort judicieux et fort goûté, eu égard au précepteur psalmiste qui fut grand pécheur, bien que poëte, vrai repentant, quoique roi. Seulement, s'il est facile au coquin de ressembler à l'honnête homme, il est extrêmement difficile à celui-ci d'emprunter le caractère de celui-là; et il n'est vraiment rien de plus tristement ridicule que de voir la probité jouant au plus fin avec la friponnerie.

Le plus spirituel des gens de bien n'est qu'un idiot dans le monde des gredins. Voltaire et Calino sont aussi bêtes l'un que l'autre, pour le boutiquier, par exemple, qui pratique *la vente au pigeon :* — « ils se sont laissé *plumer;* donc ils sont des oisons. »

Finlay n'est pas absolument bête; mais il lui répugne de supposer la fausseté chez son prochain. Il n'est pas fait pour tromper; il est créé pour être dupe. N'est-ce pas là la destinée du bien aux prises avec le mal?

Consolons-nous cependant : un fripon ne pouvant vivre qu'aux dépens de plusieurs honnêtes gens, il en résulte que ces derniers forment toujours l'immense majorité chez les peuples civilisés, quoi qu'en ait pu dire M. Edmond About, l'impeccable.

Il serait désirable que cette proportion pût exister chez les Turcs. Malheureusement pour eux, l'iniquité et tout le hideux cortége des vices qui l'accompagne, sont érigés par le Coran en principes religieux. Voler, spolier, filouter un guiaour, ce sont là des actions licites. Le tuer, cela donne droit aux jouissances du paradis. Faire du bien à Dieu, en faisant du mal aux... guiaours.

Ce guiaour, c'est vous, c'est moi, c'est
M. About, c'est Guillaume, c'est Victoria, c'est
M. Bertron, le candidat humanitaire, et c'est
Mister Layard, malgré qu'il en ait.

Et pourtant, voyez comme nous sommes!
Vous n'en voulez pas aux Turcs, vous, mon adorable lectrice; Guillaume n'est pas disposé à rendre
haine pour haine; Victoria les couvre de son
égide contre toute influence *maligne;* M. About
se garde bien de leur *administrer* une panacée
contemporaine quelconque; et Mister Layard
met toute son âme au service de ses brebis. —
Heureux berger, et tondeur plus heureux
encore!

Est-ce magnanimité? Est-ce faiblesse?

La magnanimité n'est pas inventée seulement
pour les lions; et la faiblesse souvent émane de
l'excès même de la force.

Voyez un peu l'exemple du terrible Abyssinien,
feu l'empereur Théodoros, si fort, si fort! et
cependant si *faible* à l'endroit d'une reine veuve,
qu'il tenait à épouser malgré elle. Celle-ci a
opposé la force à la *faiblesse;* mais elle a été si
forte, si forte! qu'à son tour elle a commis une
faiblesse.

A ce compte, le Turc, qui passe pour être
fort... « comme un Turc », est, aussi, « faible
comme un Turc ». Mais, comme il ne peut plus

gagner sa vie à la pointe de son yatagan, il se fait *uscuzar.*

Uscuzar, c'est l'homme ou la femme qui, pour GAGNER, choisit les moyens avec *sévérité :* mensonge, fraude, calomnie, faux serments, faux témoignages et toutes les autres faussetés constituent le code commercial et synallactique de l'*uscuzar.* Le nom d'Allah est invoqué cent fois par jour : cinq fois pour les *namaz* et quatre-vingt quinze pour tromper les *divâné,* les naïfs ; en un mot, les non-uscuzars.

Il est vrai que les plus uscuzars sont les plus pendables ; mais le Turc, qui ne gagne le paradis qu'à force de tuer des chrétiens, ne jouit des douceurs terrestres qu'au prorata de son *uscuzarité.*

Sâlih-Pacha possède cette *qualité* au plus haut degré ; et son factotum, l'Arménienne, rendrait des points à Robert-Macaire, ou à monsieur... (Le lecteur peut nommer son homme.)

Finlay avait à peine franchi le seuil du salon satrapique, que le pacha dit à son digne acolyte :

« A quoi bon tout ce bavardage dans une langue *mourdar,* impure, et surtout pendant nos prières ! Le damné *cabouclou* (incirconcis) avait *financé,* le tour était joué. Tu aurais dû l'envoyer

2

prendre sa ration au bas fond de l'enfer. (*Djé-
héndémune dibiné taïnn alsunn.*)

— Ah! mon flamboyant effendi, il est aisé
aux lieutenants du Padischah de brûler la politesse aux gens; mais nous, pauvres roturiers,
qui ne sommes uscuzars qu'à force de formalités
et de civilités raffinées, c'est bien différent.
Grâce à mon *bavardage,* je gagne aujourd'hui
cinq *bourses,* et j'en mets dans l'escarcelle de
Votre Altesse deux fois autant.

— Assez comme ça d'irrévérence, *toi postalle!* Ouvre maintenant « *ta gueule* » pour nous
dire où tu en es avec la belle guiaour tant
vantée. As-tu bien vu? est-elle réellement digne
de figurer dans notre harem? On nous assure
qu'elle est de beaucoup supérieure à tout ce qui
nous vient de toi.

— *Kérém ett,* effendum! (faites grâce). La
demoiselle est chrétienne; elle ne se cache pas,
et tout le monde peut la voir. Quant à l'accoster,
la munificence de mon splendide vizir ne me
laisse jamais à court d'expédients. Mais, demander encore si elle est belle, c'est faire injure aux
cent mille yeux de Varna qui la voient et l'admirent comme un être surhumain, Allah! Allah!
comment la dépeindre?

« Pour la créer, le Père Éternel a, de ses doigts
divins, pétri des roses et des lis de ses jardins

réservés. Ce n'est pas une femme, c'est un archange femelle qu'il créa. Son front, ses joues, c'est l'aurore; ses yeux, c'est le magnétisme; l'électricité se dégage de ses doigts. Un soleil liquide ruisselle de ses cheveux; son haleine exhale tous les parfums de la Mecque et de Médine; la rosée d'un printemps éternel tombe en perles fines de son sourire; l'or et l'iris réunis enveloppent tout son être adorable. Oh! adorable et adoré, car il est impossible de la voir sans en être fortement épris — à moins qu'on ne soit pénétré d'une sainte peur.

« Si le Seigneur d'en haut ne l'a point créée pour lui-même, à coup sûr il l'a mise au monde pour le seigneur d'ici-bas, mon sublime maître Sâlih-Pacha!

— *Vaï! vaï! vaï! exclame* le pacha émerveillé; tu nous rends fou, notre *chère* oustà. Nous croyons entendre lire dans les livres saints (*Meurluttes*).

— Ah! mon radieux maître, ce n'est pas encore tout; il faut l'entendre parler! Sa voix séraphique rajeunirait le père Abbacum, de cent ans plus âgé que Mathusalem; elle inspirerait les désirs les plus violents au plus blasé des vizirs; au sultan lui-même! (Que Dieu lui accorde mille années de vie. Amen!)

— Mais, notre chère Collioz, le portrait que

tu nous fais de cette enfant ressemble, en plus
d'un point, à celui que tu faisais de la fiancée
de cet *cattur* (mulet) d'Anglais.

— *Estâfurla !* (que Dieu nous pardonne),
effendǔm. La différence est comme de notre
rayonnant Padischah au pauvre *krâl* des Mos-
cows (roi des Russes); comme du soleil à la
lune; comme de Votre Grandeur à la triste
personnalité de ce malheureux Goddam...

— *Aférume* (bravo), oustâ! Cependant nous
avons cru trouver une certaine similitude —
quant aux noms du moins.

— Que Votre Altesse me pardonne, effendum.
La *prétendue* du *pisman-pappaz* porte un nom
très-commun : celui de Cyriaké, ou Néguella en
bulgare, qui signifie Doménique, comme celle que
vous avez eue de Toultcha, la semaine dernière ;
tandis que l'ange qui vous est destiné s'appelle
Rhodope, face de rose en grec, selon le professeur de cette langue.

— *V'Allahû !* c'est parfait. Nous sommes content de toi, *séitan* Collioz. Mais arrivons au plus
pressé, dis-nous, à quand... la *noce ?*

— Effendum, tout est combiné pour dimanche
matin. Les parents de la merveille vont à la
messe; et elle, accompagnée d'une vieille ser-
vante, se rend au débarcadère pour accueillir son
frère aîné qui arrive par le bateau du Danube. »

Le pacha réfléchit un peu en caressant sa barbe, puis il demande :

« Il y a donc un frère *aîné?*

— Oui, monseigneur : elle a un frère, officier, je crois, qui ménage une surprise à ses parents, et dont l'arrivée n'est connue que de Rhodope, à qui il l'a annoncée confidentiellement par lettre datée de Vienne.

— Mais, notre bonne Collioz, la présence ici d'un frère, et officier encore !...

— Soyez donc sans souci, effendum : il n'y aura pas plus de frère que d'officier. C'est moi qui ai fabriqué la lettre et... vous comprenez.

— Ah ! bravissime oustà : **tu es un *dginn*** (génie)! tu peux fendre « un cheveu en deux, ferrer les bottes à Satan, dérouter un créancier anglais ! » Cependant...

— Daignez achever, effendum.

— Rhodope n'est pas raïa, je crois ; ne crains-tu pas quelque *munafukluk* (intrigue) consulaire, surtout du côté du représentant de la Grèce ?

— Effendum, Rhodope est, d'abord, tout ce qu'il y a de plus raïa ; ensuite, fût-elle quatre fois Hellène, que peut faire la Grèce ? Peuh ! un petit État dont le roi travaille toute la journée pour gagner sa vie. Ah ! si Rhodope était *Fran-çuze, Inghilize* ou tout au moins Moscow, sujette

2,

d'un de ces *králs* qui, bien que vassaux de notre adoré Padischah, sont cependant assez audacieux pour *réclamer,* je ne dis pas. Mais la Grèce? bah! les petits ont toujours tort, vous le savez bien, pacha, vous le savez bien!

— Par Allah! tu as mille fois raison, oustâ. A tout prendre, le consul de Grèce japperait-il un peu, qu'il finirait par fermer sa « *gueule* », de peur d'être destitué — comme cela arrive toujours. Allons! prends cet argent, et qu'Allah conduise tes démarches.

— A bientôt donc, mon *généreux* vizir. Je choisis pour me mettre en campagne les trois cavasses de votre service secret — comme toujours.

— Fais comme tu l'entends et, encore une fois, qu'Allah te vienne en aide. »

Cette invocation est caractéristique. Il n'y a pas que les Turcs au monde pour invoquer l'assistance divine, ou la *collaboration* des saints, dans la perpétration des plus horribles crimes, cela est vrai; mais *les autres* le font *in petto,* et la morale n'est pas *officiellement* outragée.

CHAPITRE II.

QUAND TU VOUDRAS T'ENIVRER,
TU BOIRAS.

Il pleut.

Pour ceux qui connaissent la mer Noire, ces deux mots signifient orage, tempête, ouragan, fureur des éléments, si prompts à se déchaîner au moindre souffle du brutal aquilon, ou de ses perfides collatéraux.

Les côtes inhospitalières du littoral européen sont presque constamment tourmentées par l'effroyable activité des vagues; les plages en sont désolées.

Les rades, d'un accès difficile, et les villes maritimes, moins favorisées les unes que les antres, souffrent des intempéries de l'hiver, sans trop profiter des faveurs de la belle saison.

A Varna, sortir par un temps de pluie est chose peu aisée; d'autant plus que les véhicules se font et se feront toujours désirer, que les

gouttières et les cheneaux sont encore à inventer, et que les trottoirs, dans ces rues tortueuses
et étroites, restent toujours à l'état d'audacieuse
chimère.

Le parapluie même n'est qu'un luxe raffiné,
permis à peine à quelques rares privilégiés de la
fortune.

Mme Collioz en possède un cependant; parapluie grand, robuste, inattaquable et imper-
méable, comme sa propriétaire. Aussi parvient-
elle sans encombre jusqu'à l'hôtel de Finlay, où
elle est attendue, comme, dans le temps jadis, les
Hébreux attendaient le Messie.

« Victoire! s'écrie en entrant l'atroce Arménienne, et elle lève triomphalement son *robin*
monumental.

— Parlez, ma chère madame, parlez si vous
aimez Dieu! je suis sur des charbons ardents.
Parlez; tout mon être est suspendu à vos
lèvres.

— Histoire d'amoureux, *mon cher;* nous connaissons *déjà* ça. Mais avant de satisfaire *déjà* à
votre légitime désir, je vous demanderai si vous
êtes bien réellement préparé aux sacrifices divers
que la situation exige, *déjà.*

— Qu'est-ce qu'il vous faut, ma digne amie,
dites?

— A moi, cher Mylord? rien *déjà;* mais il

faudra corrompre les gens de la maison, les cavasses qui enlèveront Miss Cyriaké, payer les bateliers qui vous conduiront à bord, acheter les gardes-côtes douaniers pour vous laisser passer sans visite; non comptés tous les menus frais que les circonstances imprévues peuvent occasionner.

— Mais, ma bonne oustà, tout cela n'est que l'accessoire, et vous oubliez le principal : Cyriaké accepte-t-elle cette façon de mariage qui n'est au fond qu'un *quasi* enlèvement?

— Voilà *déjà* des scrupules ridicules! Tout mariage *déjà* est un enlèvement, cher révérend, plus ou moins favorisé par les amis, autorisé par les parents et confirmé par le clergé. Demandez plutôt à monseigneur Cléobule, le grand vicaire, à Constantinople. D'ailleurs n'est-il pas écrit *déjà*, dans les livres saints, vous le devez savoir mieux que moi :

« C'est pourquoi la femme abandonnera son « père et sa mère, pour s'attacher à son mari, et « de deux qu'ils étaient, ils ne feront plus qu'une « chair. »

« Mais le temps me manque *déjà* pour faire votre éducation. Il est évident, ce me semble, que la Miss est décidée, puisque je m'occupe des moyens d'exécution. Soyez amoureux, mais soyez logique, que diable!

« Allons ! ne vous laissez pas tourmenter par de sottes *considérations*, et exécutez-vous, si *déjà*... la bourse vous en dit autant que le cœur.

— Ah ! qu'il m'est doux de me laisser convaincre, ma chère logicienne ! A combien estimez-vous la somme nécessaire pour que tout soit fait avec sécurité, avec dignité, et surtout sans esclandre ?

— Ce n'est pas *déjà* un devis estimatif que vous me demandez, je suppose ? L'art budgétaire est éminemment antipathique aux mœurs ottomanes ; demandez plutôt à M. le marquis de Plœuc.

— Cependant, ma chère...

— Mylord, vous m'em... ennuyez *déjà !* savez-vous ! Le temps presse, dépêchez-vous ! Remettez-moi quatre ou cinq gros billets, je me charge de vous en soumettre le *débit* détaillé. »

Amoureux ou non, tout bon Anglais subit une sorte de recueillement, avant de se séparer de ses chères *bank-notes* ou de ses *queen's-heads* en or. Mais ce n'est là qu'un sentiment de patriotisme : il ne faut donc pas le blâmer.

Finlay hésite, tousse, fait le tour de sa chambre en fixant le plafond comme quelqu'un qui cherche une idée fugitive, et finit par où il aurait dû commencer, au dire de la Collioz.

« Tenez, dit-il à cette dernière, voici trois
billets de cent livres chacun; cela vous fait
37,500 piastres turques. Je crois cette somme
suffisante.

— Donnez *déjà* ce que vous voudrez, dit la
Collioz en empochant les 7,500 francs; tant
mieux pour vous, cher révérend, si les Osmanlis montrent à se vendre la même facilité qu'à se
laisser moraliser... Je me sauve! il me reste
encore mille choses à faire, et c'est aujourd'hui
vendredi *déjà*. Tenez-vous toujours tout prêt,
malle bouclée et sac à la main. N'oubliez *déjà*
pas de faire viser votre passe-port par le consul
de Russie, et faites-y inscrire après votre nom,
avec sa domestique; cela est indispensable!

— Aoh! moa appeler Cyriaké domestique! *no!*
jamais!

— Allons, pas de bêtises, révérend! Vous
aurez tout le temps *déjà* de l'appeler votre souveraine, dès que le prêtre grec d'Odessa aura
déjà prononcé le saint *conjungo.* Rappelez-vous
votre promesse; obéissez, et *pas d'observations !*

— A demain donc, Mylord; attendez-moi sur
la brune. Au revoir. »

Empiétant sur le succès, l'Anglais, pour ne
point faire exception aux amoureux, se livre aux
douces perspectives du bonheur ineffable, dont il

n'est plus séparé que par deux fois vingt-quatre heures. Déjà il contemple les dômes, il s'enivre des délices du seul paradis possible : du paradis de l'amour, dont les portes venaient de lui être ouvertes... avec une clef d'or.

Pauvre *honnête* homme!

Criminel inconscient, il travaille, sans s'en douter, au bonheur d'un rival, à la perte de la femme qu'il aime, au dam de son honneur.

Faible de caractère, ayant la plus médiocre idée de sa valeur personnelle, plein d'amour pour une beauté idéale, pour une enfant qui ne le connaît pas, et qui ignore jusqu'à l'existence d'un Finlay; mais (comme tout bon Anglais d'ailleurs), convaincu de la toute-puissance de son or, il se laisse mener par une abjecte proxénète qui « ne souffre pas d'observations », et qui exploite du même coup la faiblesse d'un étourdi et la lubricité d'un pacha.

Poor Finlay! tu n'as donc pas une mère qui prie pour toi? une sœur qui t'accompagne de ses vœux? Tu n'as donc pas assisté les pauvres, soutenu les faibles, prodigué tes œuvres de charité aux souffrances diverses de tes ouailles? Tu as donc été Anglais sans être ministre du Dieu des chrétiens? Ou bien...

Et toi, malheureuse Cyriaké! à quoi donc t'ont servi la vertu, la piété, la charité, les œuvres louables de toute ta vie de dix-sept ans? Et à quel sort te destinent ta parfaite moralité et ta parfaite beauté! Hélas! tout cela ne serait-il donc que des qualités négatives?

Ah! c'est que, pour se bien trouver dans ces pays-là, il faut être musulman ; c'est-à-dire honorer les vices, admettre *dix-sept* péchés capitaux, quarante péchés mortels et les pratiquer tous, jusqu'au dernier.

Ou bien, si l'on a la naïveté de rester guiaour, on doit s'appuyer sur un grand drapeau, plus ou moins tricolore, déployé par un ambassadeur redouté et soutenu par quelques myriades de canons, Treuil de Beaulieu, Armstrong, Krupp ou Milonas.

L'expérience de cinq siècles confirme cette triste vérité : le guiaour étant considéré comme une chose, il ne reste pas d'autre alternative à celui qui demeure en Turquie : plier sous le joug degradant du mahométisme, ou s'imposer par la force.

Sans canon, point de salut. Voyez plutôt les petits États, et le cas qu'on en fait.

Il est vrai que la diplomatie se fait fort de moraliser l'islamisme, encouragée sans doute par l'exemple de la France en Algérie où, quarante années durant, occupée à humaniser les Arabes, elle se voit réduite à conclure ainsi :

« Arriver à corriger, c'est le douteux ; tuer les incorrigibles est le certain. »

C'est déplorable, mais c'est vrai !

Il y a des Français qui ont vu les Turcs de près ; qu'ils se prononcent, si leur conscience leur dicte des éloges à l'adresse de cette peuplade sciemment inculte.

La nature aurait-elle été parcimonieuse à leur égard dans la répartition du *bon ?* Non, certes ; mais le mal leur est commandé par la religion, et le musulman est religieux jusqu'au fanatisme.

Or, comme la religion est la négation de la nature, il en résulte que le mieux doué des Turcs ne peut être bon musulman qu'à force de se vaincre, à force d'étouffer en lui la voix du bon, du bien, pour ne pratiquer que le mal, *ad majorem Dei gloriam*. Il y en a même qui mettent toute leur vanité (et cela arrive aussi chez des chrétiens) à afficher la complète abnégation de leur raison, comme preuve unique de leur foi aveugle.

« Le fanatisme rend les Turcs bons soldats, » dit l'opinion publique. Tel n'est pourtant pas l'avis des militaires, leurs alliés, qui les ont *expérimentés* en Crimée.

Les éloges que ces braves guerriers adressent aux ex-janissaires de Sa Hautesse, chacun dans son idiome, sont des moins flatteurs ; au surplus, en voici quelques échantillons, pris au hasard :

« Braves massacreurs de gens désarmés. Guerriers lâches. Fonctionnaires voleurs. Juges con-
cussionnaires. Compagnons félons. Ganaches,
cafards, ignares, fanfarons, burlesques militaires.
Prêts à tout, bons à rien. »

« The most false, the most coward, the most
brutish, and all at once most hypocritical rascals!
Turc is synonymus with hyena. »

« Ladri e tartuffissimi ; superbi et humilissimi ;
onesti e birbantissimi, son codardi, son bugiardi,
son tanti e tanti piacoli. »

Ne traduisons pas.

Examinons seulement si ces jugements sont
trop sévères, comme d'aucuns seraient portés à
le supposer.

Prenons l'homme le plus parfait du monde, un
homme qui résumerait en lui toutes les vertus
morales et sociales. Mettons que ce soit le pape,
ce qui ne saurait scandaliser les dissidents, car,
dans cette supposition, le surnaturel n'entre pour
rien.

Nous demandons maintenant que deviendrait
notre homme parfait, si sa religion lui imposait
des préceptes, des commandements, dans le goût
de ceux-ci :

« Dieu est un ; mais il ne se manifeste que
par le canal de Mahomet.

« Tous ceux qui n'adorent pas Mahomet, alors même qu'ils croient en Dieu, sont damnés, *kiafirs, guiaours.*

« Tous ceux qui renient Mahomet sont ennemis de Dieu, voués à l'enfer dans la vie future, à la servitude dans la vie actuelle. Leur âme sera la proie des *séitans,* leur corps est la *chose* de l'islam, du seul élu du Seigneur.

« L'infidèle ne possède que grâce à la tolérance du croyant. Tout ce qu'il gagne, tout ce qu'il ramasse, tout ce qu'il produit ou engendre, est la propriété du mahométan (*sic vos non vobis*).

« Le guiaour, comme le mouton, comme l'abeille, est cultivé pour produire. C'est à ce seul titre qu'il lui est permis de *porter sa tête sur ses épaules.* Dieu ne tolère la conservation de cette bête malfaisante, qu'à condition qu'elle pourvoie, par son travail incessant, au bien-être du musulman, à son *rahat* (repos), à son *keff* (délices) et à son *séfa* (voluptés).

« Convertir l'infidèle est une œuvre pie; mais le tuer, surtout quand il avance en âge, est le sacrifice le plus agréable au Créateur.

« Un guiaour *karte* (passé) n'est qu'un pécheur endurci; il a beau protester de sa sincérité à l'égard de l'islamisme : il ne fera jamais qu'un vil imposteur.

« Le moyen le plus efficace de s'assurer une place dans le paradis, c'est de tuer des guiaours. Plus le musulman en expédie à l'enfer, plus sa place est peuplée de *houris*, sources de toutes les félicités promises aux fidèles.

« Le croyant qui, une fois au moins dans sa vie, a fait la guerre aux infidèles, s'est acquis, par cela seul, des droits à une place dans le *djennet* (Éden).

« Le croyant qui ajoute foi au serment d'un guiaour offense Dieu.

« La foi promise aux infidèles par les croyants en Mahomet n'est pas obligatoire.

« Les *péchés* commis par le contact avec les guiaours ne peuvent être rachetés que par l'immolation de ces mécréants *tentateurs*...

« Le commerce du musulman avec les femmes des guiaours est un acte de piété; mais la femme musulmane qui se donne à un guiaour devient elle-même guiaour : elle est punie de mort.

« Le croyant qui tolère la religion des guiaours, qui a des relations avec des mécréants et leur donne la main, commet un acte d'impiété, d'apostasie (*kufr*) envers l'islamisme.

« Le musulman qui *touche* un infidèle sans le tuer, est profané.

« Le musulman qui n'a obéi à aucun commandement du Coran contre les infidèles, n'entrera pas en paradis.

« Le musulman qui naît, vit et meurt sans avoir contribué à l'extermination des infidèles endurcis, n'est qu'une brute, dépourvue d'une âme immortelle [1]. »

Nous pourrions étendre indéfiniment les citations; mais les précédentes suffisent à notre thèse.

Nous répétons donc la demande :

Que deviendrait l'homme saint, s'il lui était imposé de pareils principes de morale divine ? — Il n'y obéirait pas! dira-t-on. C'est très-bien! seulement, il ne serait plus musulman...

La loi de Mahomet a armé ses fidèles pour faire le mal; aussi, le bon et le bien dont ils sont dotés par la nature, sont-ils pour eux lettre morte. Et la brutalité, qui est le propre de leur race, n'est pas chez eux la cause principale de la férocité.

Dans tous les pays, il y a des bourreaux parce qu'il y a des condamnés; en Turquie il y a des condamnés parce qu'il y a des bourreaux. *Il dio lo vole !*

---

[1]. L'islamisme reconnaît aux bêtes une âme, mais qui meurt avec le corps. Les Turcs distinguent dans le règne animal divers degrés d'âme ; et c'est pourquoi le chien jouit auprès d'eux d'une faveur exceptionnelle : il a une âme supérieure à celle des autres bêtes.

Ces vérités ont été dites par bien des écrivains,
à des degrés, il est vrai, mesurés à leurs connaissances locales, ou aux convenances de certains intérêts que M. Edmond About appellerait
personnels. Ne faisons pas comme M. About,
dont nous apprécions l'esprit et l'atticisme, puisé
d'ailleurs à Athènes même. Regrettons seulement que le *futur* académicien, qui a visité
Stamboul, n'ait pas ajouté à son édifice littéraire
un *troisième* monument : « un Constantinople
contemporain. »

Pourquoi s'en est-il abstenu?

Serait-ce parce que sa modestie bien connue
lui interdit les attaques contre les forts? C'est
possible, et même probable, mais c'est dommage : une nouvelle fiction, sous forme de
« Hadji-Stavros », aurait pu être un nouveau
titre à l'immortalisation d'un auteur de *Gaé-
tana*, malgré ses *erreurs* politiques, *errare
humanum est*, inconsciemment tournées contre
son propre pays...

Eh! les grandes fautes ne sont commises que
par les grands hommes ; et quand elles sont
réparées, ce qui est rare, la réparation se fait
avec éclat, et elle n'en vaut que mieux.

Exemple :

M. About veut témoigner de sa gratitude à la
société athénienne, qui l'a comblé de préve-

nances : il écrit sa *Grèce contemporaine* et son
Roi des montagnes. C'est logique, n'est-ce pas?
Seulement, il voit trouble, et place son chef de
brigands aux abords du Parthénon, tandis que
son Hadji-Stavros réel *travaille* sur les bords de la
Seine. L'erreur est profonde ! mais, bah ! il s'en
aperçoit bien vite au bout de vingt ans, et brûle
à Versailles, en 1871, l'idole qu'il avait adorée,
depuis 1858, à Saint-Cloud, à Fontainebleau, à
Compiègne, alors qu'il était pris au sérieux.

La critique objectera, sans doute, que l'ado-
ration n'a duré que juste le temps du règne du
fétiche. L'objection est judicieuse, mais ce n'est
toujours qu'une objection [1].

Rendons - nous maintenant le témoignage
d'avoir respecté certaines susceptibilités offi-
cielles, et écoutons Mme Collioz... ; il fait nuit.

« Bonsoir, mylord. Ouf ! quelle rude besogne
déjà pour une faible femme ! Je ne sais si l'or
peut faire le bonheur des autres; quant à moi,
déjà, je me trouve malheureuse chaque fois que
je manie ce métal.

— Pourvu, ô mon Dieu ! que vous soyez
heureuse quand vous ne le maniez point !

---

1. Prière au citoyen compositeur de ne pas nous faire
dire *abjection*.

— Laissez donc ! Il faudrait voir *déjà* comme tous ces affamés se ruaient sur moi pour m'arracher, à qui mieux mieux, *déjà*, vos sovereigns ! Je n'ai respiré librement qu'au dernier, et j'ai encore à satisfaire *déjà* les gardes-côtes et les bateliers. A cela près *déjà*, tout est réglé. Demain, à huit heures du matin, *armes et bagages, sac au dos*, comme dit le capitaine Berthier, vous vous trouverez *déjà* sur la plage nord, au delà de la Terrasse des Consulats. J'ai dit !... Ah ! mon Dieu ! j'étouffe !...

— Mais, ma chère Mme Collioz, asseyez-vous, calmez-vous... et surtout expliquez-vous. Cyriaké se décide-t-elle...

— Eh, oui ! eh, oui ! puisque je vous le dis, *déjà !* Elle est impatiente de se jeter dans vos bras. Tout est disposé à souhait *déjà*, rien n'y manque. Mais voici *déjà* le *placement* de vos trois cents livres; c'est Cyriaké qui a écrit cette note; tenez, admirez son écriture. Vous apprendrez d'elle-même qu'il nous a fallu *déjà* offrir la moitié à la vieille Despo, sa duègne : c'était là le point capital. Quant au reste *déjà*, il n'y a que la Collioz au monde pour faire des choses si grandes avec des moyens si restreints ; je le jure par *la tombe de mon mari !*»

La note présentée est rédigée selon toutes les règles. Quel bonheur pour le fils d'Albion ! et

3.

quels délices ! car jamais, on le sait, argent
n'est mieux *placé* que quand il est dépensé par
une main adorée.

Une douce ébriété gagne notre amoureux qui,
plein de reconnaissance, déclare que le bonheur
n'est jamais assez chèrement payé. A quoi l'Arménienne riposte que « ce n'est point le cas —
déjà.

« Laissez-moi achever, ma chère. Tenez, voici
cent livres encore pour corrompre les gardes-
côtes et acheter les bateliers ; et voilà une pareille somme pour défrayer les préparatifs de
Cyriaké.

— Soyez *déjà* persuadé, cher Mylord, que la
jeunesse laissera cet argent pour ses pauvres.
C'est son habitude. Voyez plutôt ce *tchevré,* ce
mouchoir brodé de ses doigts de fée, destiné à
une loterie qui sera tirée demain, pour venir en
aide à des familles nécessiteuses.

— *Aoh !* voulez-vous me vendre cette relique ?

— Très-volontiers, Mylord, pour en verser le
prix à la caisse des secours, si vous y mettez,
bien entendu, la somme que la loterie pourrait
produire — *déjà.*

— J'y mets dix livres !

— Le double ne serait pas assez.

— Voici vingt livres.

— Non, mettez-en vingt-cinq, au moins.

— Les voici. »

On est amoureux, ou on ne l'est pas. Finlay saisit et porte à ses lèvres l'ouvrage « de la fée », et ouvre sa malle pour l'y serrer. La proxénète empoche les vingt-cinq sovereigns, et trouve encore moyen de soustraire le mouchoir qui, en effet, avait été brodé en soie et or par Cyriaké, à la façon orientale.

« A demain donc, seigneur Mylord. Je vous précéderai *déjà* au rendez-vous. Ne vous faites pas attendre, *déjà.*

— Au revoir, mon excellente amie ! vous me comblez de joie ; les preuves de ma reconnaissance ne vous feront pas défaut. Venez que je vous embrasse ! »

La Collioz lui tend sa joue maquillée, si long-temps sevrée de pareilles *civilités*, et lui rend, avec usure, ses baisers amicals.

« Je les prends, dit-elle, sans les compter, car c'est *déjà* pour les restituer à notre angélique enfant. Adieu ! »

Puis, en sortant de la porte, elle ajoute à la cantonade :

« Quand tu voudras t'enivrer, tu boiras. »

CHAPITRE III.

C'est aujourd'hui dimanche. La matinée est
sereine, le soleil du printemps luit dans toute sa
splendeur. La vague déferle placidement sur le
rivage, les oiseaux chantent leurs amours,
l'air est pur et embaumé. Les goëlands en go-
guette voltigent joyeusement autour des navires
mouillés sur la rade. Les corbeaux planent en
croassant dans les altitudes aériennes : signe
certain de la durée du beau temps.

Au pied d'un tertre mousseux, cachées aux
regards indiscrets, l'œil aux aguets, l'oreille
tendue, respirant à peine, deux femmes, deux
Ladies, voilées hermétiquement, restent accrou-
pies, immobiles comme des statues.

L'une, dont la corpulence déplace un volume
d'air considérable, est vêtue tout de noir, porte

manteau et chapeau de voyage. C'est Mme Collioz, travestie en matrone anglaise.

L'autre est mince, frêle, paraît toute jeune, et est grande de stature. Ce doit être Cyriaké, sauf l'avis de sa respectable compagne. Vêtue à la façon des jeunes Misses anglaises, elle est coiffée d'une toque *porcpie,* surmontée d'une aile de pigeon. Elle est bien gantée, mais mal chaussée.

Un parapluie, un petit sac à ouvrage, un livre et un bouquet de roses constituent son bagage, et peut-être tout son paraphernal.

Cette *dyade* féminine simule à s'y méprendre la femme et la fille d'un sous-intendant militaire du contingent anglais; deux Ladies ayant la société en horreur, et se livrant matin et soir à des courses effrénées dans les sites les moins fréquentés des environs de Varna.

La cloche de la gabare anglaise *pique* huit heures.

Une embarcation du cru, montée par quatre vigoureux rameurs, glisse furtivement le long du rivage; elle prend terre à quelques pas du tertre protecteur, et embarque une énorme malle et deux sacs, qu'un *hammal* sourd-muet vient y déposer bien discrètement, sans même lever les yeux sur les deux promeneuses.

Un gentleman touriste, un *mylordos,* sac en

bandoulière et parapluie en main, tombe comme
un événement. Il congédie le porte-faix et
aborde les deux dames, absolument comme le
ferait M. le sous-intendant britannique, sus-
énoncé; mais il parle français, et dévore de ses
regards flamboyants toute la personne de la
jeune Miss, qui reste obstinément voilée...

La Collioz avait raison : Mister Finlay a
voulu s'enivrer, il a bu à sa soif britannique, il
a bu par son cœur, par sa tête, par sa raison,
avec toute son âme! son ivresse est de l'héroïsme, et tous les héroïsmes sont dans la nature.

La belle lectrice se dira : « Voilà un fier
imbécile! »

Et l'auteur répondra : « Ah oui! mais c'est
un *honnête* homme au fond, et quand l'*honneur*
est borgne, on le regarde de profil. »

« Dépêchez! lui dit l'Hermès femelle; voyez
déjà un peu comme Mademoiselle tremble de
tous ses membres. Ne perdez *déjà* pas une
minute! transportez-vous à bord, et faites-lui
donner une cabine particulière sur le pont;
laissez-la aux soins de la chambrière seule, et
surtout ne lui parlez *déjà* pas, avant de débarquer. Dans quelques heures vous serez à Odessa.
Rendez-vous immédiatement à l'hôtel de Saint-
Pétersbourg et appelez un médecin. L'enfant est
désolée de quitter ainsi parents et pays. Com-

prenez bien, Mylord, l'immensité de votre res-
ponsabilité. En vous suivant, elle obéit *déjà* à son
extrême amour pour vous ; mais sa conscience la
fustige, et elle peut *déjà* se livrer au désespoir,
avant de se livrer *déjà* à... son bonheur. Maintenant, partez, et que Dieu soit avec vous.

En disant ces derniers mots, la Collioz fait le
signe de la croix sur chacun des deux amoureux,
embrasse *la chacune* et tend la main à l'heureux
ravisseur de Cyriaké.

Finlay serre la mégère dans ses bras reconnaissants et lui glisse un billet de cinquante
livres, tandis que celle-ci lui soustrait son foulard
de sa poche. Puis, emportant l'objet de sa folie,
l'Anglais va le déposer dans la barque ; y saute
lui-même, pousse la terre, et les avirons fendent
les ondes : *go ahead !*

Tremblante, pleurant, claquant des dents, désolée, mademoiselle Cyriaké, la pudique, la pieuse,
la fille fière de sa naissance, de sa nationalité, de
sa vertu, se laisse cependant enlever par un inconnu, et ne trouve qu'une exclamation monosyl-
labique pour exprimer ses regrets du mal qu'elle
va causer à ses parents, à ses amis, à ses compatriotes, dont elle était l'idole adorable et adorée.

Ah ! *donné, donné, eterné piaghé !* le poëte italien a bien raison !

Et vous, mister Finlay, vous voilà au terme

heureux de tous les vœux de votre cœur, de tous les désirs de votre intempérance. Rendez-vous à bord du pyroscaphe : vous y trouverez réunis la mer, le feu, la femme, les trois grands maux de la nature (au dire du philosophe grec), les trois grands dons plutôt, qu'en votre triple qualité d'Anglais, de *guerrier* et d'homme, vous devez aimer *baocoup !*

Au bout de votre voyage, il ne vous restera plus que le dernier de ces trésors. Conservez-le, gardez-le longtemps, et vous verrez que les deux premiers s'y trouvent contenus à doses suffisantes.

Bon voyage, *Sir*, et... A NOUS REVOIR.

Sa tâche heureusement accomplie, la Collioz jette un dernier regard sur l'embarcation, déjà loin du rivage, rentre chez elle, quitte son déguisement, et se rend en ligne droite au harem, où elle a à traiter d'*affaires* avec les femmes du pacha.

Les débats ne doivent pas avoir été longs, car au bout d'une demi-heure elle rentre à son domicile.

Elle ramasse ses effets les plus précieux, les jette pêle-mêle dans un coffre, fait un autre colis avec une couverture, un châle, un oreiller, qu'elle attache ensemble avec des courroies volées chez l'Anglais; puis, la conscience libre, les poumons dilatés, elle se met à supputer le fruit de ses savants exploits.

Encaisse :

Reçu, 1er à compte	300	£
» 2me »	100	»
Prix du mouchoir brodé	25	»
Reçu pour remettre à *Elle*	100	»
Partage des 40 £ avec le pacha . . .	20	»
Second cadeau, 50 + 5	55	»
Somme . . .	600	£

Débit :

Emplettes diverses, vêtements	4	£
Au jeune B. 10	»
Pour une 3me place . . . . 1 $\frac{1}{2}$	»
Aux bateliers . . . . . . $\frac{1}{2}$	»
Total . . . 16 £ . . 16	»
Bénéfice net . . . 584	£

C'est-à-dire 14,600 francs, ou bien encore 73,000 piastres.

Les bonnes consciences pensent tout haut; Mme Collioz, caressant d'un œil amoureux les espèces étalées sur sa table, et livrée à cette sorte d'ébriété du gain, s'adresse un speech des plus édifiants.

« Enfin, se dit-elle, j'ai trouvé le *mois qui nourrit les onze autres de l'année*. Et ce n'est pas tout, encore : le gros pacha s'est aussi exécuté ; et si je compte ce que va me rapporter ma dernière visite chez les *innocentes* du harem, adieu à la pauvreté pour le reste de ma vie. Puisse-t-il être bien long, ô mon Dieu !

« Ah ! ma douce Madone ! favorise mes desseins jusqu'au bout, et je te promets, dès mon arrivée à Vienne, un cierge de deux archines de hauteur et de la grosseur de ma jambe.

« Mais quelle inépuisable Californie que cette Cyriaké ! La chère mignonne vaut son pesant d'émeraudes et de saphirs !

« Elle est mise au monde pour faire la joie et le bonheur des hommes ; ce serait donc pécher que de l'abandonner aux idées étroites et *exclusives* de ses parents.

« Produire dans le monde une beauté pareille, c'est proclamer la gloire du Dieu créateur mieux que ne le font tous les *muezzins* de l'islam, toutes les cloches de la chrétienté... Je suis contente de moi, par Allah ! A l'heure qu'il est, mon généreux *mylordos* embrasse peut-être, malgré mes *ordres*, sa Cyriaké adorée ; dans peu viendra le tour de mon non moins généreux pacha. Qui sait ce que les jours suivants peuvent offrir de *ressources* à cette mijaurée. Varna pullule aujour-

d'hui de Firings, tous plus imbéciles, tous plus
honnêtes et plus généreux, tous aussi amoureux
les uns que les autres.

« C'est égal; ma pauvre mère avait bien raison : tout métier a sa raison d'être, et celui qui
fait vivre de la sottise humaine n'est vraiment
pas un sot métier.

« Parfois, j'en conviens, certains cris inté-
rieurs... Mais, bah! la civilisation, les progrès,
qui ont si bien aplani les voies du bonheur terrestre, ont aussi rasé ces aspérités de l'âme, créée
pour être toute lisse. Feu ma mère appelait ça
des « remords de conscience. » La pauvre femme,
elle était de son temps. Que Dieu ait son
âme !

« Après tout, pourquoi aurais-je des remords !
Le lieutenant du sultan vole; ses subordonnés
font comme leur chef. Le *derdère* (curé arménien) se fait payer des neuvaines qu'il ne dit pas,
et... autre chose, qu'il ne dit pas non plus, mais
qu'il fait volontiers. Un fournisseur de l'armée
anglaise revend à l'intendance trois fois les mêmes
bœufs. Le médecin vous fait payer chèrement le
mal qu'il vous a causé, et le pharmacien, son
compère, lui fait une part sur le produit des eaux
colorées qu'il vous administre. Le plus grand
comme le plus petit des commerçants vous vole,
sous prétexte de vous *fournir*. Il n'y a pas jus-

qu'au boulanger qui ne sophistique le pain destiné à l'autel du Seigneur.

« Et notez que tous ces *industriels* divers ne
contribuent qu'à la satisfaction des besoins vul-
gaires de la vie présente, ou des prétentions à la
vie future; moi, je travaille à la réalisation du
vrai bonheur, du seul bonheur palpable, saisis-
sable et pondérable; le seul possible dans ce
monde... et même dans l'autre, à en croire
Mahomet. Et j'aurais des scrupules à faire rétri-
buer mes peines? Ta, ta, ta!

« Je ne suis pas bégueule, moi! D'ailleurs, je
ne m'impose à personne; bien au contraire, je
suis recherchée, sollicitée.

« On peut me reprocher certains petits mensonges, des tromperies, des substitutions, des
trocs et autres menues ruses. Dame! ne suis-je
pas commerçante tout comme le décorateur du
théâtre sultanique?...

« On pardonne bien à Herr Liebig de vendre
un extrait de viande où il n'y a pas l'ombre
d'une substance animale; qu'aurait-on à me
reprocher quand, en définitive, on trouve dans
mes articles tous les éléments désirables?

« Il m'arrive souvent de faire, un... un bicor-
niger d'un bipède inoffensif. Où est le mal? Ne
supplée-t-on pas à tant d'omissions de la nature
par des formes plus ou moins frauduleuses? pour-

quoi ne pas adopter le vrai symbole de la force?
les anciens l'avaient bien! Ah Dieu!' que les
hommes dégénèrent! Autant vivre dans le célibat,
comme moi, comme ma mère, comme celle de
mons... — J'allais commettre une indiscrétion —
comme celle de monseigneur Cléobule. Et puis,
n'a-t-on pas la main gauche?

« Je me suis laissé persuader que ce dernier
goût est très-prononcé à Paris. Décidément, les
Parisiennes sont les femmes les plus accomplies
du monde.

« Mais voilà qu'il sonne dix heures; la messe
grecque va commencer, et le vapeur du Danube
pointe à l'horizon. »

Après ce monologue, aussi long que caractéristique, la Frosine serre son or dans son coffre,
y place divers écrins qu'elle sort de ses poches,
prend son livre de messe, se signe dévotement,
invoque l'assistance des saints Kircore et Agope,
et sort en jetant sur son trésor enfermé un regard
amoureux.

A défaut d'église arménienne, la Collioz se
décerne la tolérance de fréquenter les églises
grecques. C'est vers l'une d'elles qu'elle dirige
ses pas avec la tranquillité de la conscience libre
et le contentement du devoir accompli, souriant
à toutes ses pratiques, caressant, selon son habitude, les enfants qu'elle rencontre dans les rues,

ainsi que les chiens, les chats, les ânons *de sa connaissance.*

Arrivée devant les murs de la clôture du palais, elle pousse une petite porte, entre et ferme sans bruit.

« Ali, Hassan, Omer, êtes-vous là?

— Oui, oustà, répondent les trois cavasses, blottis derrière un amas de démolitions.

— Eh bien, mes *cachramanes* (héros), le moment approche. Vous savez le signal et la consigne, vous ferez votre devoir.

— Oui, oustà, mieux que vous ne pensez. Allah! Allah! nous ne sommes pas des *adjamus* (novices)... »

(Hélas! où l'orgueil va-t-il se nicher!)

« Attention! les voilà! » dit la Collioz, qui ouvre la porte violemment, et se cache derrière le vantail.

Les trois cavasses se précipitent dans la rue, saisissent deux femmes qui passent, garottent et musellent l'une d'elles, qui est vieille, et la transportent... on n'a jamais su où; puis ils enveloppent l'autre d'un énorme manteau de feutre. Hassan la prend à bras le corps et va la mettre en sûreté chez l'eunuque About-Loboutt, portier du harem et confident du pacha. Tout s'est fait en un clin d'œil.

La Collioz sort de sa cachette, ferme la porte

après elle, et reprend sa course vers l'église pour y aller remercier Dieu; ou bien, ce qui est plus probable, pour y faire acte de présence et dérouter ainsi, en établissant un *alibi,* les soupçons qui pourraient, plus tard, à si juste titre, planer sur elle.

La messe finie, la foule s'écoulait paisiblement. Rien n'avait encore transpiré des deux grands exploits de l'entrepreneuse des mariages improvisés. D'ailleurs, qu'avait-elle à craindre, la Collioz? Le dispensateur des faveurs n'était-il pas son complice? Elle s'avance donc gaillardement, joyeuse et avenante, au milieu de la foule, saluant tous et toutes.

Il est vrai que chacun l'apostrophe selon l'emploi qu'il en a fait. Les uns l'appellent oustâ, les autres la nomment *pézévinck,* ceux-ci la traitent de postalle (*babouche*), ceux-là d'*ebbé* ou sage-femme, ainsi que la langue française s'obstine à surnommer l'accoucheuse.

Mais la Frosine est habituée à ces appellations. Elle ne se fâche pas, elle riposte simplement par des allusions ayant trait aux services rendus à chaque interlocuteur.

Un jeune pharmacien la taquine sur son métier de *courtière.*

« Eh bien! mon dindonneau, riposte-t-elle,

continues-tu toujours à faire taire les tentations?
Si ton triomphe se prolonge indéfiniment, tu
finiras comme ton père : tu mourras garçon. »

Une de ses clientes passe en détournant le
visage pour ne pas la saluer.

« Héy! la belle! crie l'Arménienne, comment
va le collaborateur de ton mari? mille amabilités
de ma part. »

Une autre la salue de la tête, sans lui parler.
La Collioz la montre au doigt en disant :

« Quels beaux cheveux! n'est-ce pas? Aile de
corbeau tout à fait! A cent piastres le flacon, le
trouvez-vous cher, mes enfants? »

Un Turc arrête la Collioz au passage :

« Tu m'as volé, sale intrigante! on résiste...

— Insistez, mon brillant Agha : l'insistance
est le grand antidote de la résistance. D'ailleurs,
votre adversaire est blond. »

•Puis, accostant une vieille ravaudeuse de
châles, Arménienne aussi, la Collioz se livre avec
elle au doux plaisir de la médisance.

« Vois-tu, ma chère Bahar, cette grande
blonde qui court comme si elle était poursuivie?
hi! hi! hi! C'est une nouvelle débarquée. Elle est
Allemande; et d'une laideur! que la douane a dû
taxer. Il faut voir comme elle prodigue ses
rigueurs! En voilà une qui fait de la vertu dans
le vide! Elle est institutrice et on lui attribue de

grands talents; ils doivent l'être, à en juger par ses pieds.

— A propos, ma chère Collioz, connais-tu cette autre *exotique,* la grande belle toujours *convoyée* par des officiers anglais?

— Tu baisses, ma chère Bahar! Peut-il se passer quelque chose à Varna sans que la *séitan* Collioz le sache? La sirène qui fait ton admiration est une Irlandaise, venue tout exprès pour modérer les impatiences belliqueuses de l'armée britannique.

— Et cette petite mijaurée de Française, tu sais, Henriette, la femme de chambre du médecin; en voilà une, celle-là!

— N'en parle pas, ma chère, elle est capable de mourir de faim, la bégueule!

— Que ne se fait-elle nourrice?

— Je le lui ai conseillé; elle dit qu'elle ne sait pas.

— Qu'elle apprenne, la paresseuse!

— Bonjour, madame, crie la Collioz en voyant passer la mère de Cyriaké; comment vous portez-vous, madame? Et votre angélique demoiselle, va-t-elle mieux, madame?

— Merci, la Collioz; ce n'était qu'un rhume; elle n'est pas venue à la messe afin de s'occuper de sa loterie pour les pauvres.

— J'ai une bonne nouvelle à annoncer à cet

4

ange de la bienfaisance : son mouchoir brodé ne
figurera pas dans la loterie ; je l'ai vendu au
prix énorme de six livres anglaises !

— Ah! Et quelle est donc la charitable personne qui encourage ainsi nos pauvres efforts
pour le soulagement des malheureux ?

— C'est un imbécile d'Anglais, le grand sec
qui, au dire de votre vieille Despo, est épris de
Mlle Cyriaké et a de folles prétentions à sa
main.

— Quel cauchemar que cet Anglais! il ne fait
que rôder autour de notre jardin ; c'était au
point que M. Parnis allait perdre patience.

— Tranquillisez-vous, madame, le malotru
est parti ce matin par le bateau d'Odessa, en
compagnie d'une jeune Anglaise. Les bateliers
qui l'ont conduit à bord prétendent que c'est la
fille du sous-intendant.

— Bon débarras! Portez-vous bien, la Collioz. »

Mme Parnis s'étant éloignée, la Bahar dit à
la Collioz :

« En voilà une qui est fière de sa fille ! Elle
la croit une sainte Agabet ; ce qui n'a pas em-
pêché *mademoiselle* d'être en intelligence secrète
avec celui que tu appelles malotru.

— N'en crois rien, ma bonne Bahar ; je cer-
tifie que Cyriaké n'a pas même daigné regarder

cet homme, qui ne l'a jamais vue qu'à six cents pas de distance.

— Serait-ce pour ne le pas *regarder* qu'elle est sortie tout à l'heure en compagnie de sa vieille... duègne? Fi donc !

— Comment! Cyriaké sortir sans ses parents ! tes yeux t'ont trompée, ma vieille.

— Ce sont plutôt tes préjugés qui te trompent. Cyriaké a prétexté les préparatifs de la loterie qui va être tirée ce soir chez son père, et... voilà. Mais toi, qui ne crois à la vertu d'aucune femme, avoir du...

— Si! je crois à la tienne, chère Bahar.

— Avoir du fétichisme pour cette péronnelle, c'est invraisemblable... Je l'ai vue, na! de mes yeux vue! D'ailleurs tout le quartier a fait comme moi, et il n'y a que toi qui l'ignores.

— Impossible, te dis-je, Bahar! Je mettrais ma main au feu que...

— N'y mets rien, chère Collioz, pas même le moindre crin de ta... *queue de vache*, et écoute : Cyriaké a reçu une lettre que mon pendard de neveu lui a remise hier. Elle venait, sans doute, de la part du soupirant, qui lui demandait un rendez-vous. Ah ! tu crois tout savoir, toi ! mais je te quitte pour soigner ma bronchite; viens si tu veux me voir dans l'après-midi, tu auras tout le temps de te renseigner... Au revoir.

— Reste là, vilaine carcasse! Ah! tu te donnes des airs! tu oses me contredire, me bafouer, me blesser dans tout ce que j'aime et vénère le plus dans cette ville! Eh bien, je saurai te rappeler à des sentiments moins haineux pour cette honorable famille. Et pour commencer, je te défends d'en prononcer le nom. Ainsi avertie, va-t-en maintenant soigner ton immonde gosier, et surtout garde-le bien bouché, si tu tiens à sa conservation.

— *Vaï! vaï! vaï!* comme tu deviens féroce, la Collioz! Eh bien, tu ne m'en imposeras pas : je dirai ce que je sais, pour prouver que, même celle que tu défends, tu n'en fais qu'une...

— Achève, *eski-caltak!* (mot intraduisible).

— Tu viens d'achever pour moi : Oui, ta Cyriaké, « en pur cristal de roche » tu la tailles en bobèche, voilà! Tu crois donc qu'on ne peut deviner tes *gabegies?* Va donc, « sac à boyaux! »

En disant ces mots, la revendeuse de vieux châles prend une posture menaçante, se redresse sur ses talons, et appuie les revers de ses mains sur les hanches, en lançant des regards provocateurs à la Collioz un moment déconcertée.

Mais cette dernière a un trop grand intérêt à faire esclandre, pour ne pas relever le gant, et elle répond à la terrible insinuation de la Bahar par un soufflet formidable.

Celle-ci réplique par un double coup de poing sur la bouche de son adversaire ; mais elle est vite terrassée et roule dans la poussière, accablée de horions et d'invectives intraduisibles.

Le cercle des curieux, absolument comme à Paris, se forme vite autour des *belligérantes*. La vaincue geint et exhale sa rage en imprécations impossibles ; la victorieuse fait valoir la justesse de la cause qu'elle défend au prix de son sang, — le sang de ses gencives pourries.

L'opinion publique, si bien disposée en faveur de la famille Parnis, se déclare pour la Collioz ; un *tolle* général s'élève contre « l'infâme calomniatrice de Cyriaké. »

Le *haro* est prononcé.

La justice prononcera aussi... dans la vie future.

Ah ! mademoiselle Cyriaké, quelle amère déception va bientôt causer à la conscience publique ta déplorable conduite ! te faire enlever par un *goddam*, et prendre pour avocat une... Collioz ? Fi !

Dans quelques minutes, le fétichisme de toute la population de Varna se traduira en mépris ; ton père sera le premier à te renier ; ta mère, éplorée, souhaitera ta mort ; toute ta famille aura le déshonneur pour héritage ; ton brave

4.

frère, humilié, ne pourra plus supporter la vue de ses camarades.

La sordide Bahar triomphera, et ton généreux champion, l'atroce Collioz, sera forcée de se rendre à l'évidence...

Ah! mademoiselle Cyriaké, tu as leurré tes proches; tu as lésé la société, trompé sa foi, usurpé sa vénération! Malheureuse! quand une fois on s'est placé si haut dans l'estime publique, on n'en descend point : on tombe. On tombe et l'on brise dans sa chute le piédestal élevé par l'amour du peuple.

Dieu! un Aristide injuste? une Jeanne d'Arc inchaste? un Napoléon lâche? Quelles calamiteuses désillusions pour la foi du genre humain!

Cyriaké, tu as déshonoré ta race, sois maudite!

CHAPITRE IV.

LA FÊTE AU HAREM.

Tel, en effet, a été le sentiment écœurant auquel les Varniotes furent en proie dès que, vérification faite, les affirmations de la Bahar eurent été surabondamment confirmées.

Ce fut un deuil général parmi les familles chrétiennes qui, désormais, ne pourraient plus donner à leurs enfants Cyriaké pour exemple, pour modèle de toutes les vertus réunies.

Au milieu de la stupéfaction générale, la Collioz recevait, en compliments sincères, le juste tribut de sa noble conduite, tout en déclarant qu'elle n'avait rempli que son « devoir strict d'honnête femme. »

Quant à la Bahar, elle n'avait aucun intérêt direct à médire de Cyriaké. Dans l'enlèvement, déjà constaté, elle voyait le doigt, invisible aux autres, de son antagoniste, que la jalousie de métier lui faisait cordialement détester. Car, elle aussi, était un peu... *simessar*.

Après les coups reçus surtout, elle se promettait une vengeance éclatante, dût-elle se brouiller avec les autorités locales, toutes très-favorables à la Collioz.

Ah ! c'est que les simessars des deux sexes ont de tout temps exercé une grande influence sur les destinées des empires. Tout fonctionnaire public, — et je parle ici de la Turquie, — doit avoir, et a, son ou sa simessar, souvent les deux à la fois, et toujours très-honorés.

Le vrai simessar n'est pas toujours un vil pourvoyeur de bagatelles : il est souvent négociateur, interprète, espion, messager, missionnaire ; c'est un agent de toutes espèces d'affaires, qui prête à son maître ses yeux, ses oreilles, sa langue, ses bras, son âme.

Aussi en voit-on souvent qui évincent et qui remplacent avantageusement leurs *patrons,* dans l'armée comme dans l'administration civile, dans la diplomatie tout particulièrement.

L'histoire de l'empire ottoman pullule de pareilles substitutions. Aujourd'hui encore on en cite plus d'un exemple, et des meilleurs.

Ne les citons pas. Racontons seulement, à l'appui de notre thèse, le fait suivant, qui est très-connu à Constantinople :

Un dignitaire éminent se trouvait à Paris, il y a de cela plusieurs années. Un autre dignitaire, éminent aussi, lui écrit de Stamboul de lui procurer une voiture *chic* (*sic*). Il laisse à son collègue francisé le soin d'imaginer un blason et d'improviser une devise, *appropriés* à sa haute condition, non moins improvisée.

L'ami, déjà imbu du sel de la gaudriole parisienne, ne trouve rien de plus historiquement approprié à la dignité du demandeur, qu'une balance suspendue à un cimeterre pour armoiries ; et pour devise les mots : *pèse* et *vaincs*. La devise a été trouvée défectueuse par le maître de français, M. Bousquet ; mais ce sont les attachés de l'ambassade de France qui se sont amusés !

A vrai dire, cette appellation n'est pas toujours injurieuse : les bons Turcs et leurs fidèles imitateurs, les Arméniens, l'échangent entre eux en guise de familiarité badine.

Les femmes, elles aussi, s'adressent, tout naturellement, des aménités analogues et séantes à leur sexe. La moins scabreuse des épithètes en usage que la mère elle-même octroie à sa *demoiselle*, c'est le mot : *cakhpée...*

Elles ne le sont pas toutes ; mais toutes elles désirent l'être.

Laissons maintenant le lecteur se livrer à des études *turcognomoniques,* et offrons le bras à la belle lectrice, pour lui faire visiter le harem d'un pacha.

Appuyez-vous ferme, ma téméraire *guiaouresse!* Nous allons suivre tous les méandres de la demeure satrapique ; nous braverons les regards furibonds des panoptés abélardisés ; nous furèterons jusqu'aux prisons dorées des Circassiennes éthérées, soumises à la garde du *hadum-bachú,* l'indispensable archi-eunuque de tout harem qui se respecte.

Ah ! qu'elles sont belles, ces houris terrestres ! qu'elles sont mignardes, qu'elles sont attrayantes et quelles tentatrices irrésistibles elles font !

Saint Antoine ne les a point vues, je le jure !

Bien des touristes, des poëtes, qui ne furent jamais plus heureux que ledit ami de la bête à soies, n'ont célébré les charmes de ces beautés célestes que de *visu...* par intuition.

Le soleil même n'ose « offenser de ses regards » ces vestales de la Vénus musulmane.

Et cependant, il n'y a pas d'homme civilisé qui n'ait point, une fois au moins dans sa vie. rêvé de ces femmes exceptionnelles. Demandez plutôt à votre mari, madame; il avouera, s'il est sincère, — et les maris le sont tous, — qu'il n'a pas échappé, en lisant « les merveilles des sérails », à cette aspiration éminemment anti-

platonique... avant de vous épouser, naturellement.

Et cette aspiration, elle n'a pas peu contribué
à l'engouement dont nos bons Occidentaux ont
été affectés dans ces derniers temps, pour le
Turc et la Turquie.

J'ai, à l'appui, une autorité à...

« L'autorité de M. de Lamartine?

— Non, madame; celle de la plus belle moustache de l'armée française.

« Pénétrer dans le harem! quel bonheur! nom
d'un nom! Vivent donc les Turcs et en avant,
arche! »

La belle moustache n'y a point pénétré; et
M. de Lamartine se contenta de « regarder un
mur derrière lequel il se passait quelque chose. »

« De quel sexe êtes-vous donc, monsieur mon
guide?

— Madame, je suis... chroniqueur! Écoutez-
moi, et regardez. Croyez à ce que je vous dis,
comme vous croyez à ce que vous voyez.

Venez, regardez cette grande belle brune aux
yeux de gazelle, aux formes sculpturales, qui a
les cheveux épars sur les épaules et le sein découvert, allongée sur le divan. Elle vous adresse
un sourire étudié.

— Oui, monsieur; et elle vous dévore des
yeux...

— Pour le bon motif sans doute, madame. Eh bien, c'est une Géorgienne nouvellement achetée au *bazar* de Constantinople.

Cette *perfection* a été payée cent cinquante mille piastres, soit 30,000 francs.

C'est pour rien, n'est-ce pas? elle en gagnerait trois fois autant, rien qu'en faisant une fois le tour de la cascade du bois de Boulogne.

Et quel nom! Gulzaadée, *fille des roses!* M. Carpeaux lui aurait payé des dîners splendides... chez Duval, pour modeler sur elle la statue de la volupté.

Regardez maintenant cette petite blonde bichonnée à la française. Examinez-la « en gros et en détail », comme disent les marchands d'esclaves quand ils *font l'article*. C'est là une « friandise rare » et hors de prix, que la piété musulmane réserve toujours aux sultans. Elle est mignonne, potelée, rose et bleue; ses chairs sont transparentes; ses yeux sont noirs, ses dents sont blanches, et ses pieds!... Elle s'appelle Havaï, *aérienne*.

Jetez à présent vos regards dans la *chambrée* du fond, et comptez les belles par douzaines. Il y a des brunes, des blondes, des rousses, des quarteronnes, des mulâtresses, de toutes les nuances, sans compter les noires et les... jeunes apprenties, ou *attrape-science*, comme on dirait à Paris.

— Sont-elles toutes épouses du pacha ?

— Mais, madame, serait-il pacha s'il reculait devant les prétentions d'une cinquantaine d'épouses ?

— Une cinquantaine !

— Oui, madame. Le grand vizir en possède deux cents et le sultan trois cent soixante-cinq, sans compter les deux mille six cent trente-cinq autres qui peuplent les sérails à *titre honorifique.*

— Trois cent soixante-cinq épouses ! c'est exorbitant !

— Mais, non, madame : une pour chaque jour de l'année.

— Tiens, c'est vrai ; mais...

— Je comprends votre rire, madame. Mais vous oubliez que le calendrier mahométan n'a pas d'années bissextiles ; autrement, le grand Turc serait bien embarrassé !

— Peuh ! une fois tous les quatre ans.

— Mais c'est beaucoup pour un sultan !

— Monsieur mon cicerone, je crois que vous... exagérez.

— Les moyens de vous en convaincre ne manquent pas, mais ce sont de ceux qui déplaisent souverainement aux maris. Autant garder vos doutes. Sachez seulement que le harem est ignifère au plus haut degré.

5

« Allons, madame, armez-vous maintenant de courage, et passons dans la chambre des délices. »

Le Turc a cela de commun avec la plupart des peuples d'Orient, qu'il ne connaît pas de chambre à coucher ni de salle à manger spéciales. Il mange, il travaille (s'il travaille jamais), il prie, il couche dans le même *oda*, en eût-il plusieurs.

Le pacha, plus oriental que personne, ne saurait déroger à cette habitude primitive. Dans le harem, pas le moindre lit monté ; ou, pour mieux dire, tout le harem n'est qu'un lit permanent.

Un amas de grands matelas, superposés à la hâte, forme des couches mobiles, jetées sur le plancher de n'importe quelle pièce. Le matin, tout est enfoui dans de grands placards, nommés *youk*, et la toilette se fait en commun. Toilette très-*succincte* d'ailleurs, car on couche tout habillé, la plupart du temps.

Dans la salle énorme où ma lectrice a la témérité de m'accompagner, se trouve toute dressée une semblable couche, *yatak*, adossée à un sofa *very comfortable*.

A côté de ce meuble digne du fameux roi d'Assyrie, est dressé un *sofra*, table chargée de friandises variées, de boissons alcooliques et de diverses confitures.

Parmi ces dernières se trouve le fameux *cou-dourett-madjounou*, renfort obligé des polygames, qui, employé à un usage externe, pourrait bien déjà soulever des ampoules, mais qui, pris intérieurement, explique en quelque sorte la réputation du Turc.

Aux quatre coins de la salle, des candélabres en cuivre verni, portent par douzaines des chandelles puantes, vil produit de l'industrie ottomane des Varniotes.

Quelques lampes fumeuses, datant de l'empire byzantin, et une dizaine de flambeaux complètent tout le luminaire de la chambre nuptiale.

Çà et là, des encensoirs de forme baroque exhalent des senteurs suffocantes, que le nez osmanli trouve exquises. L'odorat aussi, comme tant d'autres qualités, est une question de latitude.

Tout à côté du *yatak* reposent deux petits meubles des moins poétiques, et cependant non dissimulés.

Un peu plus loin, s'étale un spacieux baquet, surmonté de deux brocs gigantesques, dont l'un pour l'eau chaude.

Le *léyenn-ibrik*, ou bassin et aiguière traditionnels, avec leur suite obligée de savons et d'essuie-mains, trônent majestueusement sur une table rabougrie.

Deux esclaves blanches, assises sur de petits escabeaux, occupent les deux extrémités inférieures de la couche.

Une négresse dont les séductions monumentales inspireraient des idées folichonnes à plus d'un collégien, reste à poste fixe auprès du *hammame* improvisé, une main appuyée sur le broc.

L'entrée du *thalamus* est commise à la garde de deux nègres neutralisés, Tantales inconscients, qui ne savent ni définir ce qu'ils désirent, ni désirer ce qu'ils savent si bien définir.

Tout le harem est sur pied : on s'attend à une *solennité*.

« Sans doute, monsieur, mais laquelle?

— Un mariage, madame, si je devine bien.

— Le mariage d'un eunuque, apparemment.

— Chut! j'entends du bruit. »

La porte d'entrée du harem s'ouvre à deux battants. Le portier About-Loboutt se prosterne jusqu'à terre. Le *hadoume bachu*, suivi d'une brigade de ses subordonnés, introduit le sublime visiteur, et lance le cri sacramentel de *destour!*

C'est ainsi qu'on annonce dans les harems l'arrivée du maître.

Destour! répète l'eunuque posté au corridor en se jetant à plat ventre; et, de bouche en bouche, ce mot terrible pour la population des sérails fait le tour de tous les appartements.

Hommes et femmes se courbent jusqu'à terre, effleurent le plancher du revers de la main droite et, la portant trois fois successivement de la bouche au sinciput, ils crient : *Destour!*

Ainsi *destouré*, le superbe pacha s'avance majestueusement, sans daigner adresser le moindre salut; il traverse les deux files de son monde hybride, et pénètre dans la salle que nous venons de décrire.

Une esclave lui ôte son pardessus; une autre le déchausse, une troisième lui met ses babouches brodées. Celle-ci prend son fez, celle-là le coiffe d'un *guédjéluk*, ou couvre-chef de nuit, qui a une ressemblance frappante avec un *cantaloup* de bonne venue.

Mais ce n'est là encore que l'avant-propos de la toilette.

Le Sardanapale en raccourci s'étend sur un meuble à roulettes, et livre sa personne, toute sa personne, aux soins obligés de ses *halaïques*, blanches ou noires, selon qu'elles s'adressent au-dessus ou au-dessous de la ceinture.

En un clin d'œil, la personne sacrée du maître prend une tournure voisine de celle qu'avait Archimède au moment de sa célèbre découverte.

On frictionne ses mains, ses bras, ses pieds,

ses jambes jusqu'aux hanches; on lave et l'on essuie tout son corps, *en détail*.

Les lingères arrivent, et bientôt le pacha se trouve habillé comme un cocon des Indes.

Ce n'est là, cependant, que le costume du harem; un négligé qui consiste en une longue chemise de gaze, une veste en soie blanche, un *cafetan* ou robe de chambre en étoffe de Lahore, ceinte d'un châle de même provenance; ajoutez un superbe handjar, resplendissant de pierreries.

Ainsi *haremisé*, Sàlih-Pacha est conduit solennellement à son sofa. Il fume son *narghulé*, hume son café du soir, et contemple d'un air suffisant les deux rangées de femmes diverses qui, debout, les bras croisés, les yeux baissés, attendent les ordres de Son Altesse — peu Sérénissime, en vérité.

« *Guell!* » crie le Seigneur.

Les assistants se reculent en arrière. Une musique, vocale et instrumentale, entonne un chant composé tout exprès pour la circonstance, par les *hanimdés* de la maison que nous appellerons des *maestri soprani*.

« Guell! » crie encore l'Artaban.

Toute la population de ce *djénnett* terrestre envahit la salle et tombe à genoux. Il y a parmi, des petites filles de huit à dix ans, des petits garçons, et les enfants du pacha. Il faut bien qu'ils *apprennent!*

Le *mecterhaneh,* un moment interrompu, recommence de plus belle; les instruments sonnent, tintent, beuglent, sifflent, bourdonnent à qui mieux mieux. C'est un tapage bizarre, mais ce n'est pas encore le charivari.

A un signe de Sa Grandeur, les deux favorites du jour, Gullzaadée et Havaï, se relèvent respectueusement, déposent leurs instruments de musique et vont, chacune, baiser l'une des mains de leur *propriétaire.*

Il les baise aussi sur les joues; mais ce n'est que pour la forme : Son Altesse ne veut pas prodiguer ses faveurs, et pour cause.

Les deux esclaves blanches quittent les places occupées par elles aux extrémités du lit, et vont s'agenouiller aux pieds du pacha.

« *Guétir!* » dit celui-ci, en faisant un léger signe de tête.

La négresse monumentale, qu'on appelle *la nourrice,* on ne sait pourquoi, présente un plateau tout chargé de cristaux et d'argenterie. Havaï en retire un vase, Gullzaadée s'arme d'une cuiller et d'une serviette brodée en or. C'est le *madjounne* dont il a été parlé plus haut, qu'on administre au lieutenant du Grand-Seigneur. Cela doit être bien bon, si l'on en juge par le

contentement que ce dernier montre à le manger.
Il en prend à satiété et il boit à longs traits les
sorbets de roses, en se faisant essuyer les lèvres
avec les joues de ses favorites.

Cette coutume est générale en Turquie ; elle
s'étend jusqu'aux garçons de café, qui n'offrent
jamais la pipe qu'après en avoir délicatement
essuyé le bouquin sur leurs badigouinces.
Demandez plutôt au brave commandant Victor
Ficatier qui, en 1854, alors qu'il était campé,
avec son bataillon, aux Eaux-Douces de la Corne
d'Or, faillit casser la pipe sur la tête du jeune
Turc qui la lui offrait si *gracieusement*.

Ah ! ces militaires ! ils s'entendent si peu à de
pareils raffinements de politesse !...

Le pacha dont nous esquissons ici les défail-
lances solennelles, est, à lui seul, le résumé parlant, la synthèse expressive de toutes les voluptés
de l'Osmanli ; voluptés officiellement organisées,
publiquement conçues, ostensiblement goûtées,
à la grande gloire de l'inventeur de l'islamisme.

Mais si cette religion, en tous points commode,
prescrit la luxure, la sublime jouissance du paradis de Mahomet, elle n'exclut point la gourmandise. Au contraire, dans cet Éden si désirable, les
pierres, les sables, les lacs, les rivières (il n'y
aura pas de mer) se changent en pains de gruau,

en gâteaux, en *pilaw*, en miel, en lait, et le reste à l'avenant.

La suite inévitable de la gourmandise étant la paresse, le paresseux qui vit du travail des autres est naturellement orgueilleux.

L'orgueil ne va jamais sans l'envie, et l'envie, à son tour, dispose à la colère.

L'avarice n'est pas le défaut caractéristique des Turcs ; mais elle est remplacée par la rapine chez les petits, chez les grands par la concussion et par le lucre illicite chez les *uscuzar*. Ils le sont tous.

Nous avons déjà donné la signification de cette épithète, dont le substantif est *uscuzaluck*.

« L'imbécile guiaour condamne, dans son abjecte humilité chrétienne, toutes ces bonnes qualités musulmanes, qu'il traite de *péchés capitaux*. Allah le confonde ! Amen ! »

Sans conscience, sans talents, sans moralité, sans pudeur, sans instruction autre que celle reçue au harem, le Turc, livré entièrement aux appétits de la matière, aujourd'hui barbier, demain haut dignitaire, ne saura jamais négliger la chair pour s'occuper de l'esprit. Chez lui, l'intelligence est atrophiée ; le corps seul s'agite, vit, et meurt comme il a vécu.

Disciple fanatique d'une religion sensuelle, il

5.

gâche depuis bientôt cinq siècles les ressources merveilleuses des pays les plus aimés de la fortune. Il n'a jamais recours au travail que si les ilotes ou les dupes lui font défaut. Sa vie n'est qu'une débauche perpétuelle, sa prière qu'un blasphème. Sa morale consiste à spolier son prochain, même ses coreligionnaires. Il n'a d'amis que pour les exploiter, d'ennemis que pour les détruire et s'enrichir de leurs dépouilles. Jamais d'indulgence! sinon pour ses vices, sa dépravation.

C'est la dégradation de la créature humaine, sciemment consacrée par le Coran et les institutions toutes religieuses, qui composent la jurisprudence de l'empire d'Ali-Osman.

Qu'on aille donc le civiliser!...

CHAPITRE V.

Sâlih passe ainsi deux heures, pendant lesquelles il jouit par tous les pores. En lui, tous les
sens sont satisfaits : la beauté, la musique, les
sucreries, les parfums, lui délectent la vue.
l'ouïe, le goût, l'odorat. Et pour que rien n'y
fasse défaut, les favorites ont placé des fleurs
dans l'endroit de leurs bustes que les couturières
guiaouresses cachent le moins possible, et que
les *terzi* (tailleurs) turcs ne cachent pas du tout.

« Quelle heure, Kizlar-agha? demande le
pacha déjà suffisamment *condourellisé.*

— Il est près de minuit, effendum, répond
l'archieunuque, après avoir consulté une montre
ou plutôt une casserole d'argent, qu'il tire de
son gousset.

— Qu'on entre. »

La tapisserie s'ouvre comme par un coup de

théâtre : trois portes masquées glissent dans les rainures des cloisons, et mettent en vue trois processions différentes.

Le portier en chef, About-Loboutt, pénètre par la porte du milieu, se jette à plat ventre devant le pacha, se relève ensuite et. les bras croisés, dit :

« *Umbre ett,* effendum ! ordonnez.

— Nous attendons, » fait nonchalamment le maître.

Toute l'assistance se lève ; eunuques et femmes se reculent pour former deux ailes d'*honneur*.

About-Loboutt agite un mouchoir en l'air.

Un essaim de danseuses, entrant par les deux portes latérales, font irruption dans la salle, et se rangent des deux côtés du sofa seigneurial.

La musique reprend ses refrains tumultueux.

Tous les regards sont fixés sur la porte du milieu, ceux du pacha inclusivement.

« *Guell !* dit encore ce dernier. »

About-Loboutt et l'archieunuque About-Merdjan se placent aux côtés de la porte en criant :

« *Bouyourounn !* »

Une femme, jeune encore, ayant de très-beaux traits, quoiqu'elle soit de la famille des donjons, par l'opulence des formes, richement habillée, précédée par trois esclaves blanches et suivie d'une dizaine de halaïques de couleur et de quatre eunuques, conduit par la main une jeune beauté splendidement parée, couverte de joyaux.

Cette femme, c'est la *basche-cadune* ou grande-
maîtresse qui, apparemment, vient offrir à la
concupiscence de son ex-époux une nouvelle
proie et une millième *épouse*.

Deux cents paires de prunelles dévorent la
recrue; mais il n'y a que les eunuques qui
osent manifester leur admiration, en prononçant
le *machâ Allah!* habituel, qui veut dire : « Que
Dieu la préserve du mauvais œil ».

Les femmes, ah! elles voudraient bien déchirer une rivale si extraordinairement belle; mais
elles sont bien forcées de rengaîner les injures,
et de dévorer le dépit qui les étrangle.

Parmi toute cette population des deux sexes
faibles, il se trouve un être humain plus faible
encore, et partant, n'ayant rien à craindre : c'est
le petit Cadur-bey, le fils aîné de Sàlih-pacha,
âgé de dix ans. Celui-là, avec le laisser aller de
son âge, ouvre de grands yeux, tend les bras en
avant et crie :

« Allah, Allah! qu'elle est belle, qu'elle est
belle! (*neh ghuzelle! neh ghuzelle!*)

Il s'approche de celle qui cause son admiration
et veut à toute force l'embrasser.

En ce moment, la jeune *fiancée* se dégage violemment des étreintes de sa conductrice, écarte
le petit bey, bouscule les esclaves qui font mine

de la retenir, l'archieunuque qui se gendarme,
et, la tête haute, l'œil en feu, les narines dila-
tées, se dresse devant le pacha, fière et menaçante.

Ah! le petit Cadur a raison; les enfants
voient mieux que les grandes personnes : La
jeune *houri* est belle à ravir!

Le regard de ses yeux noirs produit l'effet
d'un éclair; elle a une chevelure brune, soyeuse,
reluisante, dont la splendide exubérance ne peut
être contenue. Toute les roses du printemps se
donnent rendez-vous sur ses joues d'albâtre; la
nacre légèrement azurée de ses dents se marie
admirablement avec le corail de ses lèvres. Son
nez, rêvé par Phidias, forme une ligne droite avec
son vaste front. Sa tête, accomplie dans tous les
détails, repose sur le cou de la Vénus de Milo.

Ses mains blanches et effilées; ses pieds
enfantins, aux courbes gracieuses et peu dissi-
mulées par le costume osmanli, donneraient le
vertige au membre le plus blasé du Jockey-Club.

Sa taille, au-dessus de la moyenne, n'est que
grâce, souplesse et séduction.

On ne peut voir cette enfant sans l'aimer; et
cependant, son profil de Diane chasseresse, l'animation de son visage, l'attitude énergique de tout
son corps, inspirent le respect, mêlé d'un sentiment vague de frayeur.

Le pacha, bien que pétri d'iniquité, gâté jusqu'à la moelle, chargé de souillures, couvert de crimes; chez qui chaque molécule est un vice. chaque fibre une violence, partage cependant le frémissement général de son entourage hébété.

Il reste silencieux; il ose à peine regarder cette enfant, qui fixe sur lui un regard terrifiant, le regard de l'aigle pris au filet.

Le petit bey, ne comprenant rien à la situation, ne se contente plus d'admirer : il se cramponne aux vêtements de la nouvelle venue.

« Ah! que je vous aime bien! dit-il; venez avec moi et je vous aimerai plus que toutes mes autres mamans. »

Est-il nécessaire d'insister sur la splendeur des atours dont on a affublé la jeune odalisque? Dix esclaves, dix femmes de chambre, aidées de la brutale violence des *ténors* nubiens, l'ont parée de tout ce qu'il y avait, dans les coffres satrapiques, de vêtements luxueux, de perles et de pierreries, laborieusement grapillées par le protégé de lord Palmerston.

Une impératrice... d'occasion ambitionnerait la moindre de ces parures; et certaines duchesses de *primo cartello* envieraient la *chance de cette heureuse mortelle.*

L'étiquette des harems veut que la grande-maîtresse présente toute nouvelle épouse, en déclinant ses noms et prénoms, en vantant ses qualités physiques et morales, ses talents innés ou acquis. Cette improvisation, qui ressemble par certains endroits aux discours des réceptions académiques, prend, dans le langage exagéré des orateurs orientaux, les proportions d'un grotesque panégyrique.

Revenue de sa stupeur, la basche-cadunn se met en devoir de débiter son discours.

« Seigneur, notre radieux et magnanime maître à *tous!* Lumière de nos yeux, joie de nos cœurs, guide de nos âmes, arbitre souverain de notre existence, juge suprême de nos actions, consolation de nos peines et dispensateur de toutes nos joies, gloire à vous! gloire à vous et félicités pures dans ce monde précaire et dans la vie éternelle!

— Amen! amen! crie tout l'auditoire du *Mollah* femelle, qui continue son speech abracadabrant.

— Votre flamboyante Altesse, si miséricordieuse pour ses peuples, qui nous accorde tant de faveurs, à nous, ses humbles esclaves, et qui, dans sa bonté inépuisable, a daigné me confier la gérance de tous ces êtres vivants, ses propriétés et ses *plaisirs,* daigne aussi accorder à la plus dévouée de ses esclaves l'honneur insigne de lui présenter un nouvel *agrément.* Effendum, *Allah baïschlassunn!*

— *Allah baïschlassunn!* (que Dieu vous la con-

serve), répètent en chœur toutes les voix *soprani,*
et la musique instrumentale fait vibrer l'air d'un
crescendo magistral. »

Cadur baise les pans du cafetan de sa maman
anticipée. Le pacha sourit d'un air satisfait, et
l'introductrice des « propriétés et plaisirs » reprend
son discours :

« La *dilberlérinn dilbéru* (la belle des belles)
que j'ose, avec soumission, présenter dans cette
nuit bienheureuse, a pour nom...

— Arrêtez! misérable esclave! s'écrie la *dilbère.* Votre maître n'a pas besoin de vos déclama-
tions pour savoir qui je suis. Il doit me connaître
puisqu'il m'a fait amener ici. »

Et, se tournant vers *Sa Clémence :*

« Que me voulez-vous..., pacha? »

Ces quelques mots, prononcés avec un calme
écrasant, mettent la confusion dans les idées du
Turc. Ce n'est qu'après un moment de recueillement qu'il put répliquer ainsi :

« Demande plutôt ce que nous pourrions ne
pas vouloir de toi, ô ange de la terre!

— Inutile de vous demander cela, pacha; je le
sais. Ce que vous ne voudriez pas, c'est mon
mépris, que vous méritez à tous égards; c'est
mon indignation, que votre conduite a si fortement soulevée dans mon âme; c'est mon aversion,
la haine légitime de tout chrétien pour votre race

inique et sacrilége. Eh bien ! vous avez tout cela
de moi, et vous n'aurez que cela. »

Un long murmure accueillit cette sortie inattendue ; toute l'assistance restait suspendue aux
lèvres du maître : un mot de lui allait suffire pour
mettre en pièces l'*impure guiaouresse* qui osait
blasphémer ainsi.

Déjà les eunuques portaient la main à la poignée de leurs handjiars ; les *halaïques* montraient
leurs griffes ; les favorites n'attendaient qu'un
signe pour labourer les joues d'une rivale aussi
redoutable.

Le bouillant About-Loboutt, qui a pour spécia-
lité de s'attaquer aux faibles, rongeait son frein.

Sàlih était le seul à prendre son mal en
patience : plus infâme et cependant moins lâche
que tous ses About, la conscience de son pouvoir
sur une aussi faible créature, le mettait au-dessus
de pareilles « ruades de la chèvre contre le loup ».
Peut-être même y trouvait-il ce charme affrio-
lant, que les femmes turques ont le tort (est-ce
un tort?) de toujours omettre : le charme de la
résistance.

« Alors, notre cher agneau (*couzoumuss*), dit-
il, tu nous forces à te dire ce que tu ne sais déjà
que trop ?

— Tout ce que je sais, moi, c'est que vos
sicaires m'ont enlevée à ma famille, et que ces

femmes-là n'ont rien épargné, caresses, prières, adulations, mensonges, et en dernier lieu la force la plus brutale, pour m'attifer comme je suis, et me traîner devant vous.

« Encore une fois : que me voulez-vous ! Répondez, s'il vous reste la moindre parcelle de courage et d'honnêteté.

— Que tu es belle ainsi ! et combien nous sont douces les piqûres de la rose ! Calme-toi, pauvre colombe, et mire-toi dans cette glace : ces diamants, ces perles, ces trésors te diront assez ce que nous voulons de toi.

— Ces diamants? ils attestent l'ignominie de leur possesseur. Ces perles? elles proclament son opprobre. Les uns et les autres n'ont pu être acquis qu'au prix d'un crime, d'un meurtre ou d'un forfait. Ils sont tachés de sang, de sang chrétien, assurément, d'un sang qui crie vengeance, et qui... SERA VENGÉ! »

A mesure qu'elle nomme ces bijoux, la jeune chrétienne les arrache violemment de sa tête, de son cou, et les jette dédaigneusement à ses pieds.

« Allah ! Allah ! s'écrient les eunuques qui accourent ramasser les colliers, les diadèmes et les autres précieux joyaux, objets de tant de convoitise et de tant de bassesses chez les femmes... turques.

« Oh ! la stupide créature ! exclame la douce Havaï.

— Assommez-la ! crie l'impétueuse Gulzaadée. »

Tous les bras sont levés sur la *récalcitrante*.

Le féroce About-Loboutt, qui a déjà dégaîné, demande :

« Faut-il frapper, Effendum ? »

Le pacha n'avait qu'à faire un signe affirmatif pour que la jeune Grecque — car c'était une Grecque — fût immolée sur l'autel de l'Aphrodite mahométane. Mais, soit qu'une Minerve quelconque ait arrêté le bras de l'Achille tartare, soit que (ce qui est plus probable) une appréhension indéfinissable lui ait fait retenir son courroux, toujours est-il que le fier Artaban sut dominer la *situation*.

« Silence ! tas de brutes ! s'écria-t-il avec toute l'autorité de sa haute position. Ne voyez-vous pas, ajouta-t-il en se redressant sur son séant, que c'est précisément la *méchanceté* de cette enfant qui fait nos délices ! Que pas un de vous ne bouge, s'il ne veut pas que ses « immondes entrailles soient « roulées autour de son cou ! »

Puis, s'adressant au portier :

« About-agha, dit-il, conduis Havaï-*hanume* à son *yatak*, et renferme Gulzaadée-*hanume* dans le *caffess*[1]. »

---

1. Sorte de prison grillée qui signifie cage.

About-Loboutt met autant de brutalité à emmener les deux *disgraciées*, qu'il mettrait de bassesse à les aduler si elles rentraient en faveur. C'est, ou nous nous trompons fort, le propre de tous les About-Loboutt, officiels et officieux des deux hémisphères.

Changeant « de ton et de chanson », le pacha dit à sa captive :

« Approche, Rhodope; tu n'as rien à craindre. Approche, tu auras l'occasion d'apprécier notre respect pour les goûts des autres, fussent-ils les plus impies. »

La jeune Grecque, tout en continuant de se débarrasser du reste des parures, fait quelques pas vers celui qui la provoque, et, avec un sang-froid digne et superbe :

« Me voici à la portée de votre handjiar, lui dit-elle avec un accent plein de mépris; s'il est vrai que vous respectiez les goûts des autres, donnez-m'en vite la preuve, plongez ce fer dans mon cœur !

— C'est là un goût *adjahupe* (singulier), notre petit agneau !

— C'est le seul qui me puisse garder l'honneur : sortir d'ici vivante, c'est faire preuve de mépris pour la vertu. Frappez, à l'instant, pacha ! car vous y arriverez tôt ou tard, je l'ai juré !

— La vertu ? Que tu es naïve, notre pauvre

tourterelle! La vertu? qu'est-ce donc que ce mot plein de vanité et vide de sens!

— La vertu, pacha? c'est la négation de l'islamisme; la vertu, c'est l'évangile; la vertu, c'est la condamnation de vos doctrines, de vos principes, de vos institutions, de vos mœurs. La vertu, c'est la fille aînée du ciel que vous avez pris à tâche, vous et les vôtres, d'offenser sans honte, sans pudeur, et...

— Et que vous représentez à Varna, sans doute? interrompt le pacha, manifestement dépité.

— Que toute fille chrétienne peut représenter partout où il y a des musulmans, riposte l'indomptable jeune Grecque.

— Eh bien! notre charmante fillette, cette... divinité, puisque c'est là votre essence, nous la tenons; elle est notre captive; elle nous appartient de par le créateur, et nous la dompterons.

— Vous la tuerez, vous dis-je! ma dignité, ma fierté, l'honneur me le commandent. Je ne sortirai pas d'ici vivante, vous en êtes averti.

— Non, mais tu y resteras vivante, petite ingrate!

« Viens maintenant, et assez de simagrées (*nazes*) comme ça. »

En disant ces derniers mots, le pacha étend les bras pour l'enlacer.

Le lecteur, qui ne connaît les Turcs que par les romans, trouvera peut-être invraisemblable le fait de tant de longanimité chez un grand pacha. Il n'est cependant que trop naturel :

Le Turc, différent en cela de l'homme civilisable, n'attaque la femme que quand il se voit définitivement repoussé : et Sàlih a trop de vanité pour se croire réellement dédaigné; surtout d'une *guiaouresse* qui, à tout prendre, devrait tenir à honneur de se faire *cajoler* par un pacha.

Disons encore, pour éclairer la moralité de la chose, que selon le Coran, la femme, parmi les chrétiens, est seule à pouvoir se soustraire aux flammes éternelles; mais il n'y a pour elle qu'un moyen : celui de connaître un musulman.

Ce moyen de salut infaillible n'est pas inconnu dans les grandes villes de la chrétienté, à Paris surtout, à Berlin, à Vienne et à Londres; mais les *guiaouresses* orientales sont si bêtes ! si bêtes !

Sàlih-pacha qui, rendons-lui cette justice, n'est pas moins fat qu'un autre, se croirait donc déshonoré de recourir à la violence, avant d'avoir épuisé tous les moyens de persuasion.

Formes oratoires, paroles tendres, termes superlativement élogieux, basse flagornerie, tout est mis en jeu par lui. Après un exorde

long et pathétique, où chaque mot, chaque
inflexion de voix s'harmonisent avec l'expression
du visage, Sâlih prend une posture suppliante
et dit :

« Viens ! viens dans nos bras, ange descendu
du ciel. Donne-nous l'occasion d'adorer Dieu
dans sa plus belle création ; donne-nous-la une
seule minute ! Vois comme nous nous humilions !
Allah nous est propice, n'offense pas sa clémence par un entêtement sacrilége. Viens !

— Pacha, c'est vous qui offensez le Très-Haut
en prononçant son nom dans un milieu de fange
comme celui-ci. Hâtez-vous d'expier, selon vos
dogmes, votre crime par un sacrifice : la victime
est devant vous, et elle est désarmée...

— Ah, mais ! ah, mais ! Ceci n'est plus de la
vertu, c'est de l'ingratitude.

— Pacha, en pareille occurrence, l'ingratitude
est le plus saint des devoirs...

— Égoïste chrétienne ! Grecque présomptueuse ! Ta vanité religieuse fait injure à la majesté du Dieu créateur, et ton arrogance nationale est en contravention choquante avec
l'humilité que ta *prudente* religion enseigne.

« En bonne vierge chrétienne, tu ne consens à
épouser que ton Jésus — le plus heureux de
tous les sultans, s'il en faut croire le calendrier
catholique. En bonne fille de la Grèce, tu te

crois obligée d'accabler de mépris les Turcs,
alors même qu'il y va de ta vie.

« Mais... nous blasphémons, peut-être ! qui
sait si, à l'heure présente, des légions d'anges
n'assiégent point notre palais *damné!...* Oser
lever les yeux sur l'épouse d'un Dieu, nous
humble esclave, nous, chétif reptile de la terre !
Estâfurla!

— Pacha, cette ironie impie, ce persiflage blas-
phématoire mettent le comble à vos crimes. Prenez garde ; si la vengeance divine tarde souvent,
elle n'oublie jamais !

— Mais ne crois-tu pas, petite égarée, que tu
aies aussi quelque compte à régler avec ladite
vengeance ?

— Je sais que je me la rends plus terrible, à
mesure que je prolonge ma conversation avec
vous. Pacha, terminez-en.

— Au contraire, naïve enfant : cette conversation te réhabilite un peu auprès d'Allah ; et
celle que nous allons avoir dans peu te sauvera
de l'enfer. Laisse ces idées ridicules aux vieux
guiaours endurcis, et, jeune, belle comme tu l'es,
assure-toi les bonheurs éternels de la vie future,
en jouissant des douceurs de la vie présente !

« Recule-toi maintenant de quelques pas, et
tâche de te rendre bien compte des réjouissances
qui ont été préparées à ton intention. »

6

Sur un signe du pacha, tout le monde se range.
La musique donne le signal de la danse ; le *ballet*
commence.

Chacun a vu sur les boulevards de Paris la
gravure représentant la danse d'une almée. Eh
bien, au lieu d'une, que l'on se figure une tren-
taine de ces bacchantes échevelées, l'œil étince-
lant, le corsage dégrafé jusqu'à la ceinture,
n'ayant pour tout vêtement qu'un haut-de-
chausse en mousseline bouffant, un gilet sans
manches et une chemise de gaze, mollement rete-
nue sur les hanches par une ceinture retombant
en anse de panier jusqu'au-dessous du nombril,
que rien ne cache aux yeux émerveillés des
croyants.

Que l'on s'imagine encore une interminable
succession de mouvements lascifs, de poses outra-
geusement provocantes, de regards lubriques,
de sourires, de gestes de défi que ces tentatrices
patentées mettent en œuvre dans leurs ébats
délirants, et l'on n'aura qu'une faible idée d'un
ballet osmanli.

Les danseuses turques, à l'inverse des nôtres,
s'appliquent à mettre en évidence tout ce qui
gagnerait à être deviné : elles perdraient consi-
dérablement, pensent-elles, si elles laissaient
à l'imagination le soin de deviner leurs agaçantes
séductions.

Il est vrai de dire, que pas une d'elles ne dépasse l'âge de vingt ans, et que la nature. par une de ses fréquentes contradictions, les a douées de formes plastiques dont la *vigueur* contraste avec la mollesse de leur cœur.

Le corset, le busc, les baleines, les lacets, sont complétement inconnus aux femmes d'Orient. Chez elles le buste se développe à l'aise, et acquiert la densité et la croissance ordonnées par la nature. Tant pis pour nos femmes, si elles tiennent à une taille de guêpe, acquise au détriment... du reste.

La danse continue affolée, effrénée. Les halaïques assistantes accompagnent de la voix la musique instrumentale, et chantent les louanges des Taglioni tziganes, pour en faire mieux ressortir, si c'est possible! les séductions sataniques.

Les eunuques ne cessent de répondre aux invitations indécentes des sylphides par de bruyantes exclamations et des gestes lascifs qui, vu l'impéritie obligée de ces satires *ad honores*, ne simulent que très-imparfaitement les impressions du sexe laid, mais servent à exalter l'imagination de leur maître.

Les trémoussements, les torsions. les appels, les *coups d'ailes* les plus raffinés, sont réservés pour le pacha, qui, l'heureux mahométan! prélève ainsi un tout petit escompte sur son *dû* dans le paradis des bacchanales célestes.

L'orgie dure une grande demi-heure. Elle se termine par une *genouillade* profonde devant *Sa Hautesse*.

Au milieu de ce prosternement général, la belle Grecque, acculée dans un coin, reste seule debout, implacable et majestueuse comme Thémis, sa compatriote.

Le petit Cadur ne la quitte pas. Il l'encourage à la résistance en promettant de la défendre contre tous ; et, montrant son petit poignard, marque d'autorité des jeunes beys, il dit :

« *Corkma, yavroume, corkma !* Ne crains rien, mon cher *nourrisson !* »

La basche-cadune qui s'aperçoit de l'irrévérence impie de la captive, l'engage à se prosterner.

« Arrière, vile esclave ! lui dit la Grecque, en accompagnant cette injonction d'un geste impérieux.

— Esclave, si tu veux, riposte la grande-maîtresse, mais tu es, toi, « mille et une fois » pire qu'une esclave : car tu n'es qu'un bel oiseau capturé, destiné à servir aux plaisirs de notre seigneur pacha, ou à être immolé à son juste ressentiment. Tu vas le voir dans peu, maudite guiaouresse, impure chrétienne, Grecque damnée !

— Silence ! indigne créature », interrompt la captive, avec un nouveau geste hautain, que le petit bey imite en faisant les gros yeux à sa *basche-annâ,* sa mère en chef.

Le lâche About-Loboutt, qui est payé pour tout voir, s'aperçoit de l'altercation, et vient, de tout le poids de sa dignité interlope, prêter main forte à la *loi* du harem.

Il pose légèrement la main sur l'épaule de la *récalcitrante,* et d'un ton qu'il tâche, mais en vain, de rendre le moins dur possible, il dit :

« A genoux, ma petite... tourterelle ! »

Elle se dégage lestement de l'étreinte du brutal à qui elle répond d'un air décidé :

« Non ! »

En ce moment, le pacha, à qui cette scène échappe, prononce le mot de grâce :

« *Tekbir !* »

Tout le monde se relève en criant *binn yaschâ !* (vivez mille ans).

On se retire en marchant à reculons, la taille bien courbée, le visage entre les deux mains ; la crainte dans l'âme et la reconnaissance dans le cœur.

C'est que, dans l'état d'abrutissement où croupissent les populations féminine et neutre des harems, chacun s'estime heureux de n'avoir pas encouru la colère du dispensateur des *faveurs*

6.

suprémes, et de porter encore sa pauvre tête sur ses *malheureuses* épaules.

Il y en a même qui se tâtent, pour s'en assurer, — dit-on.

CHAPITRE VI.

LUTTE A OUTRANCE.

Au milieu de l'*allégresse* générale, il y a deux personnages qui ne sont pas contents.

L'un est le digne émule de ce pacha, son homonyme qui, en 1822, fit amener à Naoussa de Macédoine trois mille raïas inoffensifs, et les fit décapiter pendant qu'il fumait son chibouk. C'est About-Loboutt le castrat, qui rage de n'avoir pu tuer une Grecque de plus.

L'autre, c'est About-Merdjan, le consciencieux archieunuque, qui se croit déshonoré d'avoir laissé *intacte* une *guiaouresse* qui osa insulter la sainteté des lieux, la majesté sinon impériale, du moins *viziriale,* d'un lieutenant de son empereur et *hunekiar.*

Tous les deux, brouillés avec l'humanité, — on le serait à moins, — rogues et grincheux, éprouvant le besoin d'être désagréables à tout le monde, sont des êtres monstrueux. Mais le dernier avait du moins l'excuse de ses devoirs. Il se voyait lésé dans ses droits de *recteur* du harem, il se trouvait offensé dans sa dignité de seigneur justicier. Mais la colère secondait mal son dévouement, et la colère est terrible chez les eunuques, — chez les moines aussi, à ce qu'on assure.

Sur un signe d'About-Merdjan, About-Loboutt passe à la gauche de la *guiaouresse,* son collègue étant à sa droite. A deux ils l'enlèvent de terre et la déposent aux pieds du pacha, ployée comme un jeune roseau.

Force est donc restée aux *lois :* la formalité est ainsi remplie.

Mais la force n'a jamais été le meilleur argument de la persuasion, et la victime, dès qu'elle peut se soustraire à la contrainte, se redresse de toute sa hauteur.

« Exécrables bourreaux ! s'écrie-t-elle, lâches sicaires ! Turcs dégénérés ! vous ne savez donc plus tuer? »

Malheureuse enfant ! ils n'ont jamais désappris cela ; ils ne savent même que cela ; mais tu es trop bien partagée par la nature pour en finir si vite avec les souffrances auxquelles la beauté est exposée chez les sauvages. On ne tue pas un être comme toi, on l'immole à la fureur de la

passion qu'il inspire, s'il persiste à ne la pas
satisfaire. Souffre donc! souffre sans gémir, et
puisque c'est la mort que tu aperçois au bout de
ta torture, meurs en martyre résignée ou tombe
en héroïne superbe. La lutte que tu soutiens est
d'autant plus glorieuse qu'elle est inégale.

Meurs sans regrets : ton beau sang fécondera
l'arbre de l'affranchissement; ton soupir virginal
ravivera le brandon de cette fille aînée du ciel,
de cette « propriété de soi-même » qui embrase
les cœurs et qui fait trembler les tyrans!

Notre héroïne n'a aucun besoin de cette exhor-
tation. Son parti était pris dès le premier moment
de sa captivité! Entre l'honneur et la vie, son
choix n'est pas douteux. Aussi provoque-t-elle
ses bourreaux par tous les moyens en son pouvoir.

Mais le pacha se fait bien tolérant, ou du
moins il pousse l'habileté jusqu'à ses limites
extrêmes.

Turc pur sang, c'est-à-dire nature essentiellement matérielle, prompt à s'éprendre de la forme
et incapable d'apprécier le côté moral, Sâlih
trouve cependant dans l'attitude arrogante de sa
victime un charme indéfinissable. Il ne s'en rend
pas compte, mais il en subit l'empire, et s'efforce
de contenir les passions brutales dont il est l'esclave et que tout pacha tient à honneur d'afficher

en public, — à l'exception louable de ceux de
la diplomatie, les *guiaourisés*, comme les *ha-
lischs* musulmans les appellent.

« Respectez mes ordres, chiens maudits! »
s'écrie le maître des About; et, se levant majestueusement, il fait un geste qui ne souffre pas
de réplique.

Après un moment de silence, plus éloquent
que tout le vocabulaire des menaces, injures et
imprécations osmanlis, il ajoute :

« Les lois? c'est *ma* volonté! Les formalités?
ce sont *mes* fantaisies! Tremblez, vers impurs
de la création, et tenez des deux mains vos têtes
sordides sur vos misérables *troncs*, esclaves dégénérés!

— Aman! *Effendimuz*, aman! » crie toute
l'assistance courbée jusqu'à terre. Chacun retient
son souffle et tâche de s'effacer derrière celui qui
le précède.

Les deux About se glissent prudemment au
second rang, et il y a gros à parier que le *troisième* ne voudrait rester au premier, même si on
lui offrait de l'or gros comme... Saverne.

L'infortuné archieunuque, About-Merdjan,
pour qui cette infraction aux règles était une
impiété sans exemple, exhalait des soupirs étouf-
fés, que son camarade, About-Loboutt, seul
pouvait entendre. Il disait :

« Dégénérés? il nous appelle *dégénérés!* nous qui mettons dix fois par jour « notre tête dans « le sac » pour faire respecter les droits sacrés du maître! Quelle abomination! Mais non! c'est le pacha, c'est le *Deuvlett,* c'est l'osmanlisme tout entier qui dégénère. Hélas! mon pauvre *yoldasche* (camarade), vois-tu, tous ces Françuz, ces Inghiliz, ces Firings sans foi, sans vergogne, que le Padischah a pris pour ses alliés? eh bien! ce ne sont que des loups affamés, commis à la garde des brebis.

— Écoute bien ce que je te dis : il ne se passera pas vingt *ramazans,* sans que ces mêmes alliés viennent partager nos dépouilles; tu verras, si tu restes en vie jusqu'à cette époque.

Notre sultan, celui-là précisément dont la mission divine est de prêcher d'exemple dans l'islamisme, est tout le premier à afficher son *guiaourisme :* il porte des habits firings, il mange avec une fourchette, il se fait tailler la barbe, il dîne avec des infidèles, il admet en sa présence des espèces d'ambassadeurs kiafirs, sans que le bourreau fasse courber la tête à ces infects *hunzurs,* devant la majesté de l'ombre de Dieu, comme cela se pratiquait il n'y a pas encore soixante ans.

Ah! que la justice d'Allah extermine tous les guiaours et ceux qui... les pratiquent. *Ischallah!*

— Amen! répète tout bas About, qui se

croit mis au monde, « en vertu d'un décret spécial de la Providence », pour assommer tout ce qui est chrétien, Grec surtout.

Pendant que les deux castrats se livraient ainsi au plaisir, si doux aux Turcs, des imprécations et des vœux les moins charitables, le pacha, immobile et menaçant, le bras droit tendu et l'index incliné vers la terre, continuait à foudroyer de ses regards étincelants les membres divers de sa cour, tous plus ahuris les uns que les autres.

Quand il eut ainsi fasciné ces êtres privés de toute espèce de volonté, dépouillés de toute dignité, il s'avança d'un pas cadencé vers sa captive, et, de sa voix la plus tendre, il lui dit d'un air suppliant :

« Céleste enfant! nous t'aimons!

— Pacha, je vous plains; répond la jeune Grecque avec dignité.

— Nous t'aimons, ô prodige de beauté! et pour toi, nous braverions tout! Nous avons conspué la loi, méprisé les formalités, au risque d'aller en enfer. Nous sommes tout prêt à piétiner les cadavres de toutes ces ignobles créatures pour arriver jusqu'à toi, et...

— Pacha, vous n'y arriverez point.

— Et, s'il faut, nous nous offrirons en *courban,* en holocauste, à celui qui t'a créée.

— N'en faites rien : la justice de celui qui m'a créée vous réservera pour vous livrer à la vengeance des Hellènes. »

Ce dernier mot rendit Sâlih pensif. La réponse qu'il préparait se traduisit par une interrogation mal formulée :

« Pourquoi pas des Russes, les *beaux* protecteurs des raïas, comme toi? fit-il.

— Moi, raïa? erreur profonde! »

Un long silence succéda à cette dénégation formelle. Le pacha, qui ne quittait pas des yeux sa victime, paraissait absorbé dans des pensées intimes, que la suite de ce récit fera comprendre.

Réveillé comme d'un songe, il rappelle l'archieunuque et lui dit tout bas :

« Tu es sûr, About-agha, que cette guiaour est bien réellement raïa, et non *Younane*, sujette hellène. n'est-ce pas?

— Mon glorieux effendi, répond About-Merdjan un peu revenu de sa frayeur, la Collioz me l'avait positivement affirmé, ainsi qu'à mon sublime maître. Il s'agissait tout d'abord d'une petite guiaour *Hellinos,* qui s'appelait Guriaghé, je crois, et qui, à la faveur d'une diablerie de l'oustâ, a été enlevée ce matin même par un guiaour Inghiliz. Mais celle qui l'a remplacée auprès de votre gracieuse personne est « mille et une fois » plus belle. Malgré ça...

7

— Assez ! » ordonne le pacha.

Puis se tournant vers la captive :

« Hellinos ou raïa, peu importe, continue-t-il ; nous t'aimons, nous t'aimons à la folie ! et nous jurons par la tête du padischah et par la sainteté de notre religion que tu seras à nous ou... malheur !...

— Pacha, je suis Hellène, tout Varna le sait. Loin de vous aimer, je vous méprise. Vos serments sont inutiles ; le mien est solennel, inviolable. Vous n'aurez de moi que mon cadavre. J'attends donc avec fermeté l'accomplissement du *malheur* dont vous me menacez.

— Magicienne ! prends garde de trop outrager notre amour...

— L'amour qui s'humilierait au point d'aller habiter la poitrine d'un misérable comme vous, ne peut être qu'un amour infâme ! »

A ces mots, une rougeur subite inonde le visage de Sâlih ; sa main droite, par un mouvement involontaire, se porte sur le manche de son handjiar.

La jeune Grecque, à qui ce mouvement n'échappe pas, s'avance d'un pas et,

« Lâche ! triple lâche ! s'écrie-t-elle ; votre fer assassin craint la lumière et les témoins ; passez-le donc à vos sicaires qui ont le courage de leur métier. »

Le fer sort tout palpitant de sa gaine, la main du pacha est levée... Mais la mesure n'est pas encore comble.

Changeant tout à coup de ton et de physionomie, il tend le handjiar à sa superbe antagoniste et dit :

« On ne poignarde pas une rose : on... l'effeuille. Mais s'il est vrai que la mort soit le seul vœu de ton cœur, ingrate, voici de quoi le réaliser de ta propre main. »

L'infortunée chrétienne saisit le handjiar comme un noyé saisirait la perche de sauvetage; elle le serre sur sa poitrine, elle en porte la belle lame à ses lèvres, puis l'éloigne, en tendant le bras, comme pour la mieux admirer.

« Ah! dit-elle, pensant tout haut, cet fer homicide, fumant encore du sang d'un frère, d'un chrétien, s'offre à moi comme un sauveur. Un mouvement de la main, et...

« Oui, mais... un suicide... Ah!... pourquoi le couteau de l'assassin ne se changerait-il pas en couteau vengeur?... »

Le visage de l'héroïne s'illumine d'un éclat radieux. A mesure qu'elle prononce ces paroles, ses lèvres esquissent un sourire angélique, et ses yeux ont le scintillement du diamant.

Elle tâte du bout de son doigt la pointe du handjiar, comme pour s'assurer qu'il est bien affilé, et, baissant la voix, elle murmure :

« Imprudent scélérat! tu armes la main de ta victime, sans penser que tu as affaire à une fille de Missolonghi. Tu t'attends au spectacle d'un suicide, alors que tu mets ta victime en état de légitime défense... »

— Tiens!!! »

Le fer est plongé jusqu'au manche dans le sein du pacha.

« A vous, maintenant, ignobles bourreaux, de venger votre maître infâme », ajoute-t-elle en avançant sa poitrine contre vingt yatagans dégaînés, mais inactifs, car elle tient haut le handjiar menaçant.

Plus prompt qu'un orang-outang, About-Merdjan fond sur elle par derrière, lui saisit le bras et la désarme, en lui lançant une épithète que le latin lui-même n'oserait reproduire. About-Loboutt lui vient en aide et se prépare à la *décollation*.

On se figurera aisément la consternation générale de toute la population *imberbe* du harem.

Toutes les poitrines se dégonflent en criant vengeance, et les esclaves se préparent à y prendre part, chacun selon ses moyens et ses forces.

Il n'y a que le petit Cadur-bey qui défend la

criminelle, en la tenant par les vêtements. Il lui
dit en pleurant :

— Ne crains rien ; je tuerai « mille et un »
guiaours pour te sauver, car je t'aime *peck
tchock*, beaucoup, beaucoup ! »

Il ne se trompe que dans le choix de ses victimes, ce Turc précoce ; mais il menace de son
petit poignard et accable d'injures les deux
About qui, comme deux tenailles monstres,
tiennent par les épaules son adorable protégée.

Il ne ménage personne, et traite de « noires
postalle » les odalisques qui le taquinent et le
houspillent.

Le Turc, aussi facile à prodiguer ses caresses
qu'à distribuer des coups de yatagan, habitua
de bonne heure les populations conquises par
lui à faire le même accueil aux unes et aux
autres.

L'amour d'un musulman inspire à la femme
chrétienne la même aversion que sa haine. Son
baiser est une souillure qui ne se lave que dans
le sang.

La femme spartiate ne se borne plus à son
fameux τὰν, ἢ ἐπὶ τάν ; elle n'offre plus le bouclier
à son fils : elle garde pour elle le fusil, l'épée,
les fourches au besoin, qu'elle considère comme
les meilleurs défenseurs de sa beauté, les ven-

geurs immédiats et les plus sûrs de son honneur.

La jeune fille, travestie en jeune garçon, trouve dans son courage la force virile, méprise le danger, et court aux premiers rangs des légions, où elle paye de sa personne autant, sinon mieux, que son frère ou son fiancé.

« C'est féroce », dira peut-être la lectrice française; soit. Mais cette férocité qui, dans des cas exceptionnels, met la femme sur la même ligne que l'homme, en lui donnant le courage de la défense personnelle, est le charme le plus enivrant que nos sœurs puissent faire briller à nos yeux.

Nous les aimons craintives, dociles, tremblantes au moindre péril, et se réfugiant sous notre aile *protectrice*, oui ; mais nous les admirons quand elles peuvent se passer de notre égoïste protection ; et l'admiration n'a jamais nui à la femme, quelle qu'en puisse être la cause.

On a dit : « la femme est faite pour donner la vie, non pour l'ôter. »

D'accord. Mais quand il n'y a que ce dernier moyen pour conserver la vie à ceux à qui elle l'a donnée, pour défendre son honneur de famille, sa dignité nationale, oh! alors, ce qui n'est pour l'homme qu'un devoir, est pour la femme un acte de sublime abnégation!

Après tout, notre héroïne, nous le répétons, est fille de Missolonghi, dont les femmes, aussi belles qu'héroïques, ont immortalisé le nom.

Le martyre de cette trop malheureuse enfant n'est cependant pas à son terme : le pacha, épouvanté, avait reculé et était tombé entre les bras des halaïques; mais il n'était atteint que superficiellement sous l'aisselle; grâce à un mouvement spontané du *fils du ciel*, causé par la frayeur, le fer avait glissé entre le côté gauche et le bras.

Désarmée, brutalisée par les About, serrée de près par toute l'assistance hurlante, embarrassée dans les jambes par le petit bey, la *délinquante* demeure imperturbable. Elle n'a qu'un regret : c'est d'avoir manqué son coup.

« Rendez-moi ce fer, puisque vous ne voulez pas me tuer sans défense », dit-elle avec un fin et triste sourire.

Au milieu du *tolle* général, le pacha seul reste taciturne, immobile, comme pétrifié, sur le sofa, où sa *nourrice* a bientôt fait de panser son égratignure.

Les deux favorites, croyant leur *époux* mort, rentrent dans la salle.

Gulzaadée injurie la terrible Grecque et lui crache sur la main, tendue pour ressaisir le handjiar fugitif. Celle-ci dédaigne de répondre à une pareille créature, et essuie sa main sur la joue d'About-Merdjan. L'archieunuque, habitué à des traitements de cette nature, passe le revers de sa main sur sa joue humectée de salive, sans autrement s'émouvoir. Cela lui vaudra une autre récompense, comme le *nischan-iftihar* qu'il a eu dans un cas pareil, et à propos duquel ses camarades, jaloux de sa fortune, lui ont dédié les vers que nous traduisons fidèlement :

> Ce que c'est que d'avoir la fortune en sa manche !
> About-Merdjan, cet eunuque Artaban,
>   Le lundi portait un ruban :
> Le drôle avait reçu le... crachat le dimanche !

Béni soit qui mal y pense ! car cet *incident* a une parfaite ressemblance avec une autre aventure qui se passa, à Versailles, la septième année de l'ex-règne de son ex-majesté l'ex-empereur, ex-locataire des ex-Tuileries.

Quant à Sâlih-pacha, qui n'a jamais fait connaissance avec cette terrible particule *ex*, ébloui par l'héroïsme de sa captive, pantelant d'émotion, il a cependant aperçu la scène risible du crachat. Il fait un effort pour parler, et ses lèvres contractées ne peuvent articuler que ces mots :

« Aman ! Rhodope, *innaett eïlé !* faites miséricorde.

— Trève de pantalonnades, pacha, réplique la jeune Grecque ; gardez vos sobriquets classiques pour ces viles créatures qui vous craignent ; et si vous croyez pouvoir échapper à la vindicte publique en tuant Cyriaké Parnis sous le nom de quelque femme inconnue, votre erreur est aussi grande que votre scélératesse.

— Comment! toi Cyriaké? toi, la fille de *monsieur* Parnis?...

— Vous ne le savez que trop.

— Mais c'est impossible, Rhodope.

— Que vous êtes lâche, pacha!

— Allah! Allah! mais nous savons tous que Cyriaké s'est fait enlever par un Anglais, et qu'elle est partie ce matin même pour Odessa. N'est-ce pas, About-agha?

— *Evett* effendum, tout Varna sait cela ; répond humblement About-Loboutt.

— Alors comment expliques-tu, mon fidèle esclave, les affirmations contraires de cette... *chrétienne ?*

— Effendum, si votre Glorieuse Altesse me le permettait...

— Elle te le permet, brave About, parle.

— Eh bien! effendum, je dirai que cette jeune guiaour n'est qu'une menteuse éhontée!

— Qu'as-tu à opposer à cette accusation solennelle, jeune fille?

7.

— Je réponds que vos esclaves sont aussi infâmes que leur maître. Cyriaké Parnis ne connaît pas le mensonge!

— Cyriaké? peut-être; mais Rhodope?... elle peut mentir *un brin* (*bir partchâ*), ce nous semble. »

La captive ne répond à cette dernière insinuation que par un haussement d'épaules ruisselant de dédain.

Après quelques minutes de silence, pendant lesquelles Sàlih paraît consulter ses souvenirs:

« Faites vite venir ici la Collioz; *tèze!* ordonne-t-il à ses eunuques. »

Les pauvres ténors se regardent d'un air ébahi, et c'est encore About-Loboutt qui ose parler:

« Effendum, la Collioz a quitté Varna dans *le tantôt*, par le *papour* de *Toûnah*, qui la transporte dans le pays guiaour de *Némtza*, à Vienna.

— Comment sais-tu ça, *écheck* (âne)?

— Effendum, j'ai quelqu'un qui est moins âne que moi: le cavasse Hassan. Il tient ce renseignement positif de la tzigane Maria-Séidie, sa blanchisseuse. qui, ayant porté du linge à bord du *papour*, a vu l'oustà Collioz enclavée dans un *yatak* des premières, au moment même où le *papour* allait quitter les domaines de Votre Radieuse Altesse. »

Enhardie par ce témoignage, la fragile Havaï

déclare que l'Arménienne était venue lui annoncer confidentiellement son voyage à Vienne,
entrepris par ordre et pour le service du pacha ;
et qu'à sa demande elle lui a confié sa parure de
brillants pour la faire remonter *à la franca.*

« Moi aussi, dit Gullzaadée, je lui ai remis
plusieurs de mes bijoux.

— Et moi aussi! Et moi de même! s'écrient
trois ou quatre des épouses secondaires de Son
Altesse... stupéfiée par l'évidente trahison de la
pésévinck Arménienne. »

Le doute n'est plus permis, et balancer serait
dangereux. Mais comment expliquer l'enlèvement
bien constaté de Mlle Parnis, dont le père avait,
dans la journée même, porté plainte au consul
de Grèce?

Y aurait-il une substitution adroite de Cyriaké
à Rhodope et *vice versâ?*

Sàlih n'hésite plus. Si sa captive est réellement
Cyriaké, Cyriaké doit être sacrifiée à la sécurité
d'un pacha. Si, au contraire, ce n'est là qu'une
malheureuse raïa du nom de Rhodope, rien n'empêche qu'elle ne pourrisse dans les méandres du
harem. Mais, dans l'une ou l'autre de ces deux
alternatives, l'amour du lieutenant du sultan sera
satisfait.

Hardi! donc, et vive le padischah!

« Jeune fille, dit le pacha en reprenant son air

important, peux-tu jurer par la *Méirem-Anna*,
par ta sainte Vierge, que tu es réellement la fille
de M. Parnis ?

—Autant vaudrait affirmer par serment que je
suis encore en vie.

— Mais alors, que fais-tu ici?

— Vous me le demandez ?

— Ah ! connu ; tu vas encore accuser nos
sicaires, dire qu'ils t'ont capturée. Mais n'y venais-
tu pas de plein gré, par la poterne du jardin ? Et
la vieille qui t'accompagnait, n'était-elle pas ta...
confidente ?

— Vous savez bien, pacha, où j'allais, et
quelle était la malheureuse que vos cavasses ont
étranglée. Ah! mon frère! où es-tu? Accours
enfoncer les portes de cette ignoble prison, et alors
à nous deux nous suffirons pour...

— Ton frère? mais c'est là précisément l'histoire de Rhodope, dit le pacha de plus en plus
effrayé.

— J'ai donc une compagne d'infortune ici?
demande Cyriaké.

— Non, sans doute, puisque Rhodope et toi
cela ne fait qu'un...

— Et maintenant, vilaine guiaour, en attendant
la sentence, rengaîne ta langue damnée, ajoute
le pacha, qui change brusquement et de ton et
d'attitude.

— Gloire à notre seigneur pacha effendi !
crient les About.

— Gloire et magnificence à notre souverain
maître ! hurle l'assistance courbée jusqu'à terre. »

Un silence profond succède à ces bruyantes
acclamations. Sâlih s'approche de l'archieunuque
et lui dit :

« Nous comprenons maintenant toute l'infamie
de cette damnée Collioz, que l'enfer ait son âme
de boue et ses os de... *fange*. »

Puis, revenant à Cyriaké, il lui glisse tout bas
ces quelques mots :

« Tu es véritablement la fille de M. Parnis,
nous n'en doutons plus. Nous comprenons, en
nous l'expliquant, ta persistance à vouloir mourir, et nous allons faire droit à ton légitime
désir. Seulement, comme toute peine mérite
salaire, tu nous dois une petite redevance. Tu
la refuseras, c'est connu, mais... nous l'au-
rons. »

Cyriaké ne fait que se détourner avec mépris.

Le pacha branle la tête en signe de pitié,
regagne son sofa, rappelle à ses côtés ses About,
et prononce sentencieusement les paroles suivantes :

« Là où il y a amour, la loi perd ses droits :
nous nous plaisons à accorder indulgence plé-
nière à cette jeune raïa, dont le vrai nom est

Rhodope. Nous lui pardonnons toutes ses impertinences, tous ses mensonges, et nous l'attachons à notre personne pour qu'elle contribue à parfaire les délices que le Créateur nous accorde dans cette vie. »

Puis, prenant un ton menaçant, il fait un geste d'autorité et dit à haute voix :

« *Deff ollounn !* disparaissez. »

Les enfants du pacha sont les premiers à se sauver. Cadur n'ose plus protester, mais il fond en larmes et serre avec transport les genoux de Cyriaké. Au moment où celle-ci se baisse pour le caresser :

« Tiens, lui dit le petit amoureux, prends cela, tu leur feras peur. » Et il lui glisse dans la poche son petit poignard.

Les malheureux esclaves ne se font pas répéter les ordres de leur *propriétaire :* femmes et eunuques s'empressent d'évacuer la place par le plus court chemin.

Sâlih reste seul avec Cyriaké, placée entre les deux noirs About.

Les lumières sont vite éteintes, les portes verrouillées. Son Excellence est déjà couchée.

Un silence sépulcral règne pendant deux grandes minutes.

Il est interrompu par un cri étouffé de :
« Allah ! »

Ce cri est suivi d'un bruit sourd, comme celui que produirait la chute d'un objet lourd.

Puis, un long grognement et un autre bruit sourd qui ébranle tout l'appartement.

Puis, le grincement d'une porte qui s'ouvre et se referme.

Puis... plus rien.

L'aurore envahit l'horizon.

Perchés sur les minarets, les muezzins entonnent la prière du matin.

Ils disent :

« *Allah ekber!* Dieu est grand!

« *Muhammedé ressoul Allah !* Mahomet est son prophète! »

Pourquoi pas!

CHAPITRE VII.

FOI, ESPÉRANCE, CHARITÉ, SELON LE CORAN.

Trois heures du matin viennent de sonner à bord des navires de guerre.

Deux fosses sont creusées dans le jardin du *connak* ou palais.

Accoudé sur le rebord de sa fenêtre, pensif, ému, accablé de pressentiments sinistres et rongé par la peur, Sâlih-pacha surveille lui-même l'exécution de ses ordres.

Il ne respire que quand il a vu, d'un côté, les cavasses Ali et Omer jeter précipitamment dans les fosses et les enfouir deux masses informes et rigides ; de l'autre, le cavasse Hassan sortir par la poterne du jardin, emportant sur ses épaules un grand paquet allongé, recouvert d'une carpette de Smyrne et soigneusement ficelé.

« *Yarabume sükkur !* merci, ô mon Dieu! »

s'écrie l'*alter ego* du commandeur des croyants, en poussant un soupir de buffle; puis il va faire ses ablutions pour se livrer à la prière du matin.

Homme, fragile créature, va! la peur te mène à la prière, comme elle t'a fait inventer ta religion.

Mais que va-t-il dire au bon Dieu, ce Turc?

Lui offrir ses actions de grâces, peut-être? ou bien le prier d'accepter l'hommage de ses pieuses offrandes?

Cette dernière supposition est la plus admissible : ce qui, chez un vrai chrétien, n'est qu'une abomination, est, pour le vrai musulman, une œuvre pie, agréable au Seigneur et très-méritoire, au double point de vue des félicités acquises ou promises.

Mais les croyances, elles aussi, ont leurs bornes; et les doctrines d'une religion qui fait bon marché de la nature n'empêchent point que celle-ci ne se révolte.

On est homme avant d'être mahométan et pacha : on a beau *vouloir* et même *devoir*, il faut *pouvoir*.

Sâlih sentait ses forces paralysées. Ses jambes refusaient le service; tous ses membres désobéissaient à sa volonté; partant, ni ablutions, ni prières!

Force lui est de se laisser choir sur un divan, en invoquant mentalement son Allah.

Un profond sommeil succède à cette crise terrible.

Les hallaïques noires traversent son cabinet sans le réveiller, et pénètrent dans la salle du festin pour... faire le ménage.

Ce qu'elles y voient n'est point spectacle nouveau, ni besogne sans précédents.

Habituées à voir tout plier devant la volonté du despote, elles professent le plus grand mépris pour le reste de l'humanité.

« Le droit n'est qu'une invention chrétienne; la justice, qu'une fiction importée; l'opinion publique, qu'une institution créée tout exprès pour admirer la splendeur de leur omnipotent Effendi. »

Elles enlèvent donc les carpettes, nettoient les meubles, lavent le plancher, et, comme toujours, elles versent, par les fenêtres donnant sur le jardin, les eaux... rougies de leurs baquets.

A cette heure matinale, qui n'est troublée que par la voix des *muezzins* et par le chant des coqs, deux êtres humains passent le long des murs du jardin. Ce sont deux guiaours. Peuh!...

Il faisait grand jour déjà quand Sâlih-Pacha ouvrit les yeux.

La matinée était magnifique.

La mer, en dépit de sa réputation *noire*, étendait ses eaux tranquilles comme une glace immense, destinée à refléter l'immensité des cieux. Le bleu sombre du Pont-Euxin tranchait admirablement sur l'azur ensoleillé d'un ciel limpide : vraie fête de l'air et de la lumière.

On se serait cru à Athènes ou à Corfou.

Un doux zéphir, chargé des parfums de la saison, chassait les miasmes inhérents aux villes turques.

Au sein de cette atmosphère balsamique, en face de ce panorama saisissant, de ce spectacle solennel, où tout renaissait à la vie, où tout appelait au mouvement, où l'amour régnait en maître souverain sur la nature réveillée, le mortel créé pour être le plus heureux de la contrée, celui-là même qui devait goûter le plus les délices prodiguées par la nature, le pacha enfin, eût tout donné pour se dérober à cet accord parfait du beau, du bon, du vrai.

Non ! Sàlih n'a pas le courage de sa scélératesse : Sàlih est un misérable, mais Sàlih est un lâche.

« *Allah ekber !* » s'écrie-t-il en étendant ses membres endoloris, et en poussant un bâillement sonore et prolongé.

Oui, créature pusillanime : Dieu est grand, et tu n'es qu'un atome imperceptible.

« *Là illahé ! ill Allah !* » ajoute-t-il avec componction.

Oui, musulman, il n'y a point d'autre Dieu que Dieu.

Puis enfin, se levant avec peine, il conclut triomphalement :

« *Muhammedé ressoul Allah !* »

Voilà ce qui fait votre mal, pacha ! Mahomet n'est pas le prophète de Dieu.

Après avoir dévotement récité ainsi son *sela-vatt,* ou *credo,* Sâlih entra dans son *apteste-hanné* et se mit à faire son *apteste,* ou ablution.

Il passa de l'eau pure sur les yeux, le front, les joues, les oreilles ; il en introduisit dans la bouche, dans les narines ; il se *rinça* les mains et les bras jusqu'aux coudes, et les pieds jusqu'aux jarrets ; tout cela par trois fois successives, et en marmotant une espèce de prière consacrée à cet acte religieux, qui est un des sacrements de l'islamisme : *sunnett.*

Au moment où, agenouillé sur la « carpette à prières », il allait se prosterner, il sentit à l'épaule gauche une douleur aiguë, qui lui arracha un cri.

« *Allah ! Allah !* que signifie cette douleur ? » murmure effrayé le terrible dompteur... de femmes achetées.

— Fouillez-vous, pacha ! » lui aurait répondu un habitué de l'ex-cour des Tuileries.

La douleur s'étant chargée de lui faire cette

croustillante recommandation, le Turc se fouilla,
et vit avec effroi du sang suinter à travers ses
vêtements.

Il était blessé, et il voyait pour la première
fois couler son sang, à lui.

Il se rappelle alors certains détails d'une « lutte
à outrance », dont il n'est sorti vivant que grâce
à l'obscurité; et ces souvenirs qui, pour tout
autre qu'un Agaréen, seraient autant de sujets
d'horreur et de mépris de soi-même, ne font
que le confirmer dans ses doctrines de *droit
d'élu* et de supériorité universelle.

« *Yaradan Allah!* Dieu créateur, s'écria-t-il
en découvrant d'une main tremblante son épaule
labourée par un instrument tranchant; tu le sais
bien, c'est en obéissant à ta divine volonté, pour
sauver une âme de l'enfer, que j'ai risqué ma
vie; et ce sang qui coule, c'est le mien : le sang
d'un musulman!

« Reçois, reçois, ô Seigneur Éternel! ce noble
sang en offrande expiatoire de mes péchés...
à venir.

« Si je n'ai point encore tué assez d'infidèles,
si je n'ai pu compter mes jours par autant de
courbans (victimes) de guiaours, immolés à ta
juste haine pour cette engeance impie, ce n'est
point faute de volonté, ni manque de dévouement
à ta cause! Détourne ton visage, Seigneur Créa-

teur, des péchés de tes élus : nous en avons
assez été punis.

« Redonne à notre glaive sa puissance primitive, rends-le tranchant, *keskine eïllez*, et ta
volonté sera mieux accompli. De Bagdad jusqu'à
Londra, du Maroc jusqu'à Moscow, il ne restera
pas à sa place une tête de guiaour nubile. Leurs
femmes trouveront le salut éternel par le commerce avec les dinn-islam ; leurs enfants seront
convertis à la vraie religion, et leurs biens
reviendront à tes élus.

« Leurs infects *kitabhanés,* pleins de livres
damnés, seront livrés aux flammes ; leur prétendue science sera refoulée au fond du *djéhindème*
et rendue à Satan leur grand *professeur.*

« Leurs infâmes édifices deviendront des
amas de décombres, « pierre ne restera sur
pierre ».

« Leurs ignobles idoles seront réduites en chaux
vive, comme les statues grecques ; leur malfaisante philosophie, leurs lois pétries de blas-
phèmes, leur prétendue sagesse, leurs inventions,
toutes plus impies les unes que les autres, leurs
temples immondes avec leurs autels, leurs
images et leurs peintures, tout cela « mille et
une fois » conspué par les disciples de ton bien-
heureux Prophète, sera foulé aux pieds, livré à
l'exécration de tes fidèles, et aux insultes des

bêtes impures qu'ils mangent dans leurs orgies et qu'ils adorent dans leurs églises[1]. Amen! amen! »

Il a déjà été dit combien les Turcs aiment à exhaler en imprécations leurs souhaits de malheurs, quand leur haine ne peut être autrement satisfaite. Le monologue ci-dessus, qui n'est qu'un résumé incomplet de leurs prières quotidiennes, n'est pas moins consolant pour l'Osmanli en peine que les imprécations, variées à l'infini.

Ainsi soulagé, et la conscience parfaitement libre, Sâlih-pacha peut revenir à des occupations moins abstraites. Il fit donc panser sa blessure, qui consistait en deux trous béants, peu profonds, entre la clavicule et la côte supérieure.

Il se mit au lit, et, n'osant appeler le médecin, il dut recourir à la savante thérapeutique de la bohémienne Maria-Séidie, amie du cavasse Hassan.

Avec la triple profession de blanchisseuse, de diseuse de bonne aventure et de danseuse émérite, Maria-Séidie cumule l'art de la médecine empirique, de la chirurgie tout particulièrement.

Contre son habitude, l'Esculape tzigane est

---

1. Notamment, le compagnon bien connu que la tradition catholique assigne à saint Antoine.

sortie dès l'aube. Le messager envoyé revient annoncer au pacha que Maria-Séidie a été rencontrée par une campagnarde, de grand matin, à la hauteur du village Frangha ou Yénikeuy, à une lieue de la ville. Elle était accompagnée du cavasse Hassan, qui pliait sous le faix d'un énorme paquet.

« *Allah binn-bir bella versunn*, que Dieu le comble de mille et un malheurs! crie le pacha. Comment, Hassan se livre à la contrebande! et en compagnie d'une bohémienne encore! Vite! qu'on aille le chercher, et que, mort ou vivant, on l'amène en notre présence.

— Effendum, dit un eunuque qui a remplacé son chef, About-Merdjan, le cavasse Hassan-agha est commis à la garde de la porte cochère, en attendant le retour d'About-Labout-agha, absent pour le service de notre glorieux Seigneur.

— *Tèze!* qu'il monte vite! » ordonne Sâlih.

Au bout de trois minutes, Hassan, les yeux bandés, selon les règles du harem, et mené en laisse par le nouveau *kizlar-agha,* est introduit dans le cabinet particulier du pacha.

Le lecteur est peut-être curieux de savoir le colloque qui eut lieu entre Sâlih et Hassan.

La suite de cette narration mettra au jour bien des réticences obligées.

Ce qui, pour le moment, est à notre connaissance, c'est que Hassan sut désarmer la colère de son maître en démence par un seul geste d'intelligence, et en lui remettant une petite boîte soigneusement cachetée.

« Sans témoins?... questionna Sâlih.

— Aucun! sinon Dieu et les alouettes matineuses, répliqua l'affidé et « l'ami à tout faire », avec fierté.

— Et la tzigane?...

— Elle m'a aidé à...

— Achevez, misérable!...

— ... à ... l'accomplissement d'un *catchurmâ*, contrebande. Grâce! mon Seigneur, grâce!

— Malheureux! tu te livres à la contrebande!

— Grâce! effendum, je ne le ferai plus jamais!

— C'est bien; allez-vous-en. Tahir-agha, reconduisez cet homme, et envoyez *quérir* la tzigane. »

Resté seul, le pacha brisa plutôt qu'il ne décacheta la petite boîte; il en tira quelque chose qui rappelait par la forme une crète de coq blanchie, y mordit avec rage, mâcha en grognant comme une hyène qui se repaît, et cracha le tout dans un *hoccâ* d'argent, meuble indispensable à tout effendi, ainsi qu'à tout évèque oriental, comme on l'a vu dernièrement à Rome, pendant le saint synode plus ou moins œcuménique — comme tous ses devanciers d'ailleurs.

« Que la matinée soit heureuse à Votre Altesse sacrée », dit la bohémienne Maria-Séidie, qui se présente devant le pacha la tête haute et le sourire sur les lèvres.

— Laisse-nous, Tahir-agha ; ordonna le maître. »

Le nouveau dignitaire disparut comme par enchantement.

Le pacha ne pense plus à sa blessure ; au lieu de consulter la femme-médecin, il questionne la femme sa complice, ou crue telle.

« Tu as fait la contrebande cette nuit ? lui dit-il avec un ton sévère.

— *Elle* y est bien, mon bon pacha ; répond la *tchinnghiané*.

— Et tu la crois en sûreté ?

— A moins que Hassan ne la dévoile...

— Hassan, non ; mais toi, vilaine !

— Moi ? Ah ! pacha de mon cœur, je tiens trop au repos de Votre Altesse, sans parler du salut de mon âme, pour que j'aille attirer sur nous l'attention des consuls firings...

— Et à ta tête donc ? postalle ! n'y tiens-tu pas ?

— Pouah ! la tête d'une « abjecte bohémienne !... »

— Qu'est-ce qui te fait penser aux *consulos* ? crois-tu que quelque chose ait transpiré au dehors ?...

— Tout ce que je sais, mon pacha adoré, c'est que M. Parnis se trouve en ce moment chez le consul de Grèce, après avoir, toute la nuit, rôdé avec lui autour de votre palais.

— Que veux-tu dire, malheureuse!..

— Je veux dire que votre *Collioz-oustâ* vous a joués, vous et l'Anglais, d'une façon!.. .

— Explique-toi sans réticence, damnée guiaour! ou sinon, par Allah!...

— O pacha de mon cœur!...

— Au diable ton cœur, « et ta rate, et ton foie et toute ta triperie en bloc! » Nous te défendons ces libertés de langage : tu n'es plus d'âge à.....

— Effendum! comment oser vous attribuer une ignorance!...

— Ose toujours! sale chrétienne; et plus vite que ça! « si tu ne veux pas avoir le dos aussi mou que le ventre! »

— Parfaitement, *sublime maître;* je ne me ferai plus *prier,* du moment où je tiens à la dureté de mon dos. Je dirai donc à *votre splendeur* que la jeune fille enlevée par le goddam était... était...

— Eh bien! était?

— ... Était... mettons une pauvre chrétienne raïa, et que la vôtre *fut* tout simplement mademoiselle Cyriaké Parnis, l'honneur et la gloire de Varna.

— Après?

— Et que M. Parnis et le consul de Grèce, au lieu de dépêcher un émissaire à Odessa, comme ils l'avaient d'abord décidé, ont dirigé leurs investigations vers votre *sublime* demeure, dès que, grâce au caquetage de la vieille Bahar, la *diablerie* de la Collioz a été éventée. Voilà!

— Es-tu bien sûre, toi, *mourdar supurgué*, de n'avoir point aidé à cet *éventement?*...

— Effendum, je ne suis pas « un immonde balai » ainsi qu'il vous plaît de me qualifier; mais je suis sûre, deux fois sûre, d'avoir beaucoup contribué à ébranler un moment la conviction publique. Le père lui-même commençait à douter; mais c'est le satané consul qui reste inaccessible aux arguments. Il prétend posséder des preuves irréfragables.

— Les a-t-il formulées, ces preuves?

— Est-ce qu'un consul formule jamais ses pensées secrètes? « J'ai vu, de mes yeux vu! » C'est là tout ce que je l'ai entendu dire dans son colloque avec le consul de France.

— Il ne pourrait rien avoir vu, ce consul minuscule, si tu n'étais pas une... »

A cette réticence, le pacha se leva nonchalamment, endossa une pelisse, fit quelques pas, caressa sa barbe en se mirant dans la glace et, le sourire sur les lèvres, appela :

« Guell ! »

L'archieunuque improvisé apparut comme s'il sortait de dessous le plancher.

« Que toute la gent femelle soit renfermée dans les réduits du fond, ordonna Sâlih ; et toi, avec tous les eunuques, retire-toi dans la grande salle d'en haut. Tu y attendras nos ordres.

Tahir disparut comme il était venu.

Le pacha sortit, quelques minutes après, pour s'assurer de l'exécution de ses ordres. Il ferma à double tour de clef les *réduits* des femmes, et par un signal conventionnel appela le cavasse Hassan.

La bohémienne Maria-Séidie, calme, l'ironie aux lèvres, attendait son excellence *bourreaucratique,* qui ne tarda pas à rentrer, accompagnée de son Tristan l'Hermite, à défaut de son regretté About qui, à lui seul, aurait suffi à déverser l'aversion d'un peuple contre un autre.

« Hassan, dit le pacha avec abandon, prends-moi cette ignoble postalle et va la « frapper à la nuque. »

Cette périphrase, si peu rassurante pour la personne à qui elle se rapporte, se prononce en turc : *boïnound vour,* et signifie, comme on s'en doute : tranche-lui la tête.

Hassan saisit par le bras, sans autre forme de

8.

procès, celle qui joue à l'épouvantée d'une façon à faire pâlir d'envie toutes les sociétaires de la maison de Molière.

« Aman! effendum! sultanume! Laissez-moi vivre encore quelque temps. Ce n'est point pour moi que j'implore votre clémence, c'est pour...

— Hassan, dépêche-toi! cria Sàlih.

Et Hassan se dépêche...

Maria Séidie se laisse entraîner et, pour mieux simuler son désespoir, elle jette à la face du pacha les imprécations d'usage en pareille occurrence.

Le roulement de tambour qui empêche le condamné de parler, au moment suprême, n'est pas connu en Turquie, par la simple raison que les exécutions n'y sont pas *solennelles*. La victime (le condamné mérite ce titre quatorze fois sur quinze) peut donc se donner la dernière satisfaction de dire son fait au padischah, toujours absent.

Nous lisons cependant dans l'histoire de la « Régénération de la Grèce », par G. G. Gervinus, le fait suivant, arrivé en 1821, qui est une exception :

Le prince Constantin Mourouzy, faisant suite à des myriades de Grecs décapités à Constantinople, allait être exécuté sous les yeux mêmes

de Sa Hautesse le sultan Mahmoud, placé à la
fenêtre de son palais d'Anadolou. Au moment où
le bourreau aidait le patient à se dépouiller de
ses riches vêtements, celui-ci aperçoit le sultan
derrière son *caffess* et lui montrant les deux
poings fermés, il crie : « Va! misérable tyran!
lâche massacreur! tu as beau nous tuer, la mèche
a bien fonctionné... Il y aura toujours assez de
Grecs pour venger quatre siècles de joug infâme
et d'atrocités sans nombre dont ton engeance de
loups nous accable! Que mon sang coule pour
la patrie et pour la liberté. « Vive la Grèce! »

Une seconde après, la tête du prince roulait
sur les dalles du quai. Elle fut ensuite mise entre
les jambes du cadavre et, au bout de trois jours,
elle l'accompagna dans les flots du Bosphore.

Le lecteur qui ne connaît pas la Turquie (et
il y en a!) nous saura peut-être gré de lui dire
comment les exécutions s'y font, puisqu'elles ne
sont pas *solennelles*.

Il faut d'abord énumérer les différents *modes*
de supplice encore en usage dans les États de
Sa Hautesse. Il y a vingt-cinq ans à peine, la
justice turque ne négligeait aucun des procédés
aimables de notre bon moyen âge — qu'une
certaine *droite* regrette encore — pour prolonger
l'agonie des condamnés, — moins le bûcher

cependant, qui est un raffinement tout catholique.

Aujourd'hui, les bourreaux osmanlis ne se servent plus que du sabre, de la corde et du lacet. Le pal même est relégué aux antiquités.

S'agit-il de pendre un être humain quelconque? Deux hommes, Turcs ou Arméniens, se présentent devant n'importe quelle boutique en vue, demandent un escabeau au boutiquier, enfoncent solidement un gros clou dans l'auvent, et y attachent le bout d'une corde terminée par un nœud coulant bien frotté avec du savon. Le condamné, les bras attachés derrière le dos, conduit par le bourreau seul (qui n'est que le premier venu des gendarmes ou des sergents de ville), monte sur l'escabeau qui a servi à enfoncer le clou; un des deux *officieux* lui passe le nœud autour du cou, et le bourreau, d'un formidable coup de pied, fait sauter l'escabeau sous les pieds du condamné qui déjà n'est plus qu'un pendu.

L'exécuteur n'a plus qu'à vendre aux juifs qui le suivent la défroque du supplicié, laquelle lui appartient de droit, pour tout salaire.

Les rassemblements ordinaires se forment autour du cadavre se balançant dans l'air à une hauteur de quelques pieds du pavé, pendant trois jours *pleins*; après quoi, les juifs se chargent de l'aller jeter à la mer, en le traînant par *sa corde*.

'L'exécution par le lacet n'est pas publique, et pour cause... D'ailleurs elle ne diffère de la strangulation *élémentaire* qu'en ce que la courroie, passée autour du cou, est graduellement serrée à l'aide d'une petite manivelle de fer.

La décapitation est encore plus simple que la pendaison : le bourreau conduit tout seul sa victime bien garrottée, la fait agenouiller devant une boutique en renom, et, d'un coup de yatagan, souvent deux et même plusieurs, lui tranche la tête et la met entre ses jambes toutes palpitantes.

Maria-Séidie était destinée à cette dernière *opération*. Et comme personne ne peut lui enlever la parole avant le coup suprême, elle dit en se laissant entraîner :

« Pacha, tu t'y prends un peu trop tard ; quelques heures plus tôt tu pouvais, en me tuant, détruire deux... existences : la mienne et celle de...

— *Haïdé, haïdé*, allons ! dit Hassan en enlevant son amie, de peur qu'elle ne le compromît en affichant trop d'assurance.

— *Djehindémé*, à l'enfer ! crie Sâlih avec véhémence.

— J'irai peut-être, riposte la bohémienne, mais ELLE restera... Gare à toi, lâche assassin ! »

Ces derniers mots ayant exaspéré le satrape, le sens caché des menaces lui échappant :

« Allez ! s'écria-t-il en montrant la porte. Et toi, Hassan, fais bien ton devoir. Avant que le sultan des astres ne plonge dans l'Océan, apporte-moi le nez de cette infecte femme. Tiens ! voilà la récompense de tes loyaux services. Et il lui montra une pile de pièces d'or posée sur la table.

Débarrassé ainsi d'un témoin trop dangereux et se sentant en parfaite sécurité, Sâlih désemprisonna toute sa gent, se mit au lit et se livra aux soins d'une vieille négresse, cuisinière au harem, qui *s'entendait* beaucoup en l'art du docteur Nélaton, et bien mieux encore en celui du docteur Coutil Lapommeraye.

La journée se passa sans incident. Le pacha refusa de voir ses femmes, mais il manda son *djudjé*, lequel fit beaucoup rire Son Altesse avec la liberté qui est l'apanage des bossus, appelés fous parce qu'ils sont les plus sages parmi les courtisans les plus fiers de leur bon sens, — malgré leur bassesse.

Vers le soir, le remplaçant provisoire d'About-Merdjan, l'eunuque Tahir, vint présenter au maître un petit paquet cacheté de la part du cavasse Hassan. Ce paquet contenait un nez,

comme celui de la veille contenait une oreille.
Le pacha le serra dans un tiroir.

La chronique prétend que ces particules carac-
téristiques de la figure humaine avaient, l'une
et l'autre, appartenu à une des victimes de Sâlih-
pacha, exécutée quatre jours auparavant, de la
même main de Hassan.

Nous n'accordons à cette rumeur publique que
la foi qu'elle mérite ; mais nous garantissons de
la façon la plus péremptoire que, quant à Maria-
Séidie du moins, son pauvre nez n'a jamais
quitté sa place.

« Le sultan des astres » s'est déjà couché.

Laissons notre pacha manger, fumer, se diver-
tir, comme à l'ordinaire, et dormir avec la satisfaction du devoir accompli, absolument comme
un certain écrivain de notre connaissance le fait,
après avoir signé un article *spirituel* contre son
propre pays...

CHAPITRE VIII.

YANGLUSCHE OLDOU.

C'est aujourd'hui mardi, jour de l'arrivée du bateau d'Odessa.

Les journaux russes contiennent une nouvelle bizarre. Voici, en effet, ce qu'on y lit :

« Le dernier paquebot venant de Varna portait soixante-deux voyageurs, parmi lesquels un pasteur anglais avec sa Lady.

« Cette dernière a manqué à l'appel, fait au bureau de la santé, bien que le nombre des passagers reste conforme aux registres du bord, et égale le nombre des billets de passage.

« On se perd en conjectures pour expliquer la disparition miraculeuse de la jeune Miss qui, selon la déposition de la femme de chambre du bord, était tellement prise du mal de mer que, dès son arrivée, elle s'étendit tout habillée sur sa couchette, et s'endormit profondément.

« Le malheureux Anglais, ne sachant plus à qui s'en prendre, met en cause le capitaine du vapeur qui, de son côté, accuse le touriste britannique de *chargement frauduleux*.

« La police informe... .

« Une perquisition, minutieusement opérée à bord du steamer, n'a amené aucun résultat sérieux : personne, sur le navire, ne peut avoir enlevé la Miss, et elle n'a point quitté sa cabine. Un accident ou un suicide sont donc inadmissibles.

« D'ailleurs, comment concilier pareille hypothèse avec les livres et les billets de passage?

« La cameriste déclare n'avoir pas même vu le bout du nez de la Miss, hermétiquement voilée. Mais elle a été frappée, dit-elle, des pieds de cette mystérieuse Lady, qui étaient plutôt des pieds allemands.

« Chacun explique cette énigme à sa façon ; et l'opinion *officielle,* secondée par les rumeurs qui suivent de près le touriste excentrique, penche à lui attribuer, à cause de ses relations avec les Turcs, des habitudes fort peu anglaises. »

Poor Finlay! Te voilà soupçonné de la dernière dégradation, toi, le fier enfant d'Albion, toi, le puritain clergyman, qui devais professer la plus sainte horreur pour tout ce qui est abjection!

9

Mais aussi, pourquoi fréquentais-tu les Turcs!
pourquoi?

Cette nouvelle qui, pour la ville de Varna,
était toute une révélation, s'y répandit avec la
rapidité de l'éclair, et ne tarda pas à franchir les
barrières du harem, ce qui est presque miraculeux. — « Mille et un anathèmes » (*naalett*)
sur l'âme bourbeuse de l'infâme Collioz! s'écria
le pacha, en apprenant ce *haber* (nouvelle), dans
laquelle il voyait clairement un nouveau tour de
la satanée Arménienne, tour dont il était loin de
soupçonner la nature.

« Guell! Tahir-agha, fais vite amener la vieille
Bahar! »

En moins d'un quart d'heure la rapetasseuse
de vieux châles était admise en audience particulière chez l'Altesse, qui la reçoit avec une parfaite urbanité.

« Arrive donc, « immonde torchon! » et dépêche-toi de nous expliquer cette énigme, si tu veux
garder « ta peau autour de tes os » : dis-nous
par l'effet de quelle puissance occulte a disparu
des bras de son ravisseur la jeune Grecque,
Cyriaké Parnis, partie il y a trois jours pour
Odessa, avec l'Anglais... de notre connaissance. »

— Effendum, répond la fine Arménienne, je
suis moi-même à me poser cette question depuis
ce matin. J'eusse pu apprendre quelque chose

par Mme Collioz, n'était une brouille survenue entre nous dimanche dernier.

— Et où diable se trouve cette infernale Collioz ?

— Mais... chez elle, je pense, effendum.

— On nous a rapporté qu'elle était partiè pour Vienna.

— Partie! effendum? partie! Ah!... et mes pauvres châles! et les bijoux qui ne m'appartiennent pas! Mon Dieu! que deviendrai-je! hi! hi! hi! Je suis une femme perdue! »

La comédie était si bien jouée par la Bahar, que Sâlih s'y laissa prendre. Après une courte réflexion, il dit :

« Hé mais! puisque tu as tant à en vouloir à ton ancienne *compagne,* voici une belle occasion d'en tirer vengeance; écoute bien ce que nous te conseillons : Va trouver le *consulos* de Grèce; raconte-lui, en l'assaisonnant à ta façon, l'enlèvement de Cyriaké Parnis. Dis-lui comment la Collioz s'y est prêtée, et comment elle abuse de la confiance de cette honorable famille pour livrer la fille la plus pure de nos États à l'amour ignoble d'un Anglais *bestial.* Tu expliqueras la disparition de la victime, en affirmant que, pour laver l'opprobre d'une *première faute,* elle avait juré de se jeter à la mer, dans le cours du trajet d'ici à Odessa.

« Le *consulos* écrira à son ambassadeur à

Vienna, la Collioz sera pincée, décapitée, et tu auras ton bien. Ce n'est pas plus difficile que cela; *vesselame!* (Voilà tout!)

« Nous en voulons aussi à cette misérable créature, car elle a pris à notre harem des bijoux d'une grande valeur. Si tu fais ce que nous te conseillons, tu seras largement récompensée par nous.

A l'appui de cette promesse, le pacha fit miroiter aux yeux émerveillés de la *simessar* tout un *tiroir d'or.*

« C'est très-bien, effendum, répond la Bahar, mais la conviction de votre humble esclave est complétement opposée à cette version. »

— C'est-à-dire ?...

— Je sais, moi, que la personne qui a suivi l'Anglais n'est point Cyriaké, ce n'est même pas...

— Oui, interrompit Sâlih sans laisser prononcer le mot resté sur les lèvres de la Bahar, mot qui était la clef du mystère; oui, continua-t-il, on a prétendu que c'était une pauvre raïa, une certaine *Rhoudoub,* croyons-nous; mais c'est faux! c'est faux!

— Cependant, effendum...

— C'est faux! Avons-nous dit. Que tu as donc la *comprenette* dure, toi!...

— Mais, mon glorieux vizir, j'en sais plus long là-dessus que...

— Malédiction de tous les diables! exclama Sâlih; immonde chrétienne! tu ne tiens donc pas à ta hideuse *cavéche!*

« Prends cet or, ajouta le redoutable Turc avec un sourire qui contrastait singulièrement avec son accent; et, lui jetant sur le tapis une poignée de ducats, prends et tâche de nous contenter! C'est compris, n'est-ce pas? Va-t-en...

La « Marie bon-bec » comprenait, en effet; mais un faux témoignage n'est point chose aisée quand on a affaire aux lois des Firings; et, toute réflexion faite, elle préféra résoudre la question par une combinaison de son cru.

Débitrice plutôt que créancière de la Collioz, successeur naturelle de la Frosine brevetée (avec g. d. g.), héritière d'une nombreuse clientèle de « bêtes à plumes », et n'ayant plus aucune rivalité à redouter, la Bahar avait trop vécu pour ignorer que l'argent destiné à récompenser une mauvaise action peut tout aussi bien servir au châtiment de celui qui la paye. Pourquoi donc hésiterait-elle?

La réalisation d'une aussi brillante perspective n'étant possible qu'avec la chute du pacha, la Bahar se rendit donc au consulat de Grèce, mais dans une tout autre intention que celle suggérée par Sâlih.

Un eunuque, détaché pour la surveiller, revint annoncer qu'elle est entrée au consulat, et qu'elle y est encore.

Elle y était en effet, et voici comment elle se présenta au consul :

« Excellence (en Orient, tous les consuls sont des Excellences), dit l'Arménienne en s'avançant hardiment devant l'agent du bon roi Othon, j'ai un pied dans la tombe, et le glaive du pacha est suspendu sur ma tête. Demain, il pourrait être trop tard pour parler : je viens en toute sincérité décharger ma conscience. Questionnez-moi, je répondrai ; je dirai la vérité sans rien cacher. »

Le consul, qui connaît parfaitement son monde ottoman, craignant avec raison quelque manége de par le *conak,* croit devoir s'envelopper de précautions.

« Sur quoi, ma bonne femme, voulez-vous que l'on vous questionne ? demande-t-il avec aménité.

— Eh bien ! sur l'affaire de Cyriaké, donc !

— Quelle est la personne que vous appelez de ce nom ? expliquez-vous.

— Ah ! Excellence, vos soupçons à mon endroit ne sont pas immérités, je le sais, hélas ! Une malheureuse Arménienne !... elle ne peut être que l'espion de quelque Turc...

— Et qu'y aurait-il à espionner ?

— Dame! cela pourrait bien avoir trait aux
mesures que vous êtes en train de prendre contre
Sàlih, l'assassin, le bourreau, le...

— Dans ce cas, bonne vieille, vous n'auriez
rien à surprendre, puisque l'homme que vous
traitez si bien est tout à fait un inconnu à moi.
Si c'est d'un Turc que vous parlez, comme le nom
semble l'indiquer, c'est au pacha que vous devez
adresser vos plaintes, à moins toutefois que votre
homme ne soit sujet hellène, ce qu'il est difficile
d'admettre.

— Mais c'est du pacha, du pacha lui-même
que je parle, Excellence! C'est de Sâlih-pacha,
qui a fait enlever Mlle Cyriaké et l'a renfermée
dans son harem, d'où elle n'est sortie qu'à l'état
de cadavre, vous le savez bien!

— Vous racontez là une *nouvelle* peu croyable,
en vérité; mais, fût-elle véridique, en quoi les
actes du pacha pourraient-ils me regarder,
moi? Adressez-vous au grand vizir, à Constantinople.

— Mais, monsieur le consul, Cyriaké est
des vôtres, elle est *Hellinos*, fille de M. Parnis.

— Comment! cette malheureuse qui est partie
avec un Anglais? Mais elle est en Russie. On
vous a induite en erreur, ma bonne femme. Allez
en paix, ajouta le consul en se reculant de quelques pas.

— Veuillez m'écouter, Excellence. Si je vous croyais aussi peu au courant des affaires de vos protégés, je me permettrais de ne pas adresser des éloges à votre roi. Je viens chez vous d'abord pour chercher un refuge sous un drapeau chrétien; ensuite pour vous éclairer dans vos perquisitions. Ne m'outragez pas gratuitement par vos soupçons; veuillez recueillir ma déposition, et gardez-moi sous clef comme prisonnière, si vous ne voulez pas m'accorder l'asile que vous ne refusez à personne. Sous la sauvegarde de l'étendard grec, je suis prête à répéter, devant le pacha, ce que je dis, à cette heure, devant vous et devant Dieu.

— Mais, ma bonne vieille, quel est donc le mobile secret qui vous pousse à une démarche aussi... inconséquente, pour le moins? Vous sortez de chez le pacha, suivie de loin par un eunuque de Son Excellence. Que parlez-vous d'asile et de sauvegarde?

— C'est précisément parce que je sors de chez ce tueur de femmes, et parce que je suis surveillée par ses séides, que j'implore votre protection.

« Sâlih m'a donné plein mes poches de l'or que voici, pour venir déclarer ici :

« Que Cyriaké était réellement partie avec « l'Anglais, et que, pendant son voyage à Odessa,

« elle doit, à coup sûr, s'être jetée à la mer, ainsi
« qu'elle avait juré de le faire avant son départ
« de Varna. »

— Et qu'est-ce qui vous fait manquer de promesse à Son Excellence?

— Promesse, dites-vous, monsieur le consul?
On promet bien des choses quand il y va de la
tête, fût-ce une tête *hideuse,* comme le pacha
appelle la mienne en menaçant de la déplacer.
Mais la peur n'étant plus de mise, une fois chez
vous, je viens accomplir un devoir de conscience,
pour contribuer à délivrer le pays d'un *Antechrist.*

« Écoutez-moi d'abord, monsieur le consul, et
si j'ai le malheur de vous inspirer le moindre
doute sur ma sincérité, livrez-moi pieds et poings
liés à la vengeance du pacha.

— Parlez, dit le consul d'un air distrait, mais
soyez brève, car, quoi que vous disiez, ce ne
pourrait être, je le crains fort, qu'un colportage
de cancans. »

Il s'assied à son secrétaire, et promène négli-
gemment un crayon sur une large feuille de papier
blanc.

L'Arménienne commence ainsi :

« L'infâme Collioz...

— Vous débutez mal, interrompit le consul,
ménagez vos épithètes; il faut respecter les convenances...

9.

— C'est pour les respecter que je ne l'appelle pas autrement. L'infâme Collioz, qui avait pris à tâche de tout profaner, tout corrompre, tout prostituer dans cette ville chaste et pieuse, n'a point respecté la perle de la société, la personnification de la bonté et de la charité, le tabernacle de toutes les vertus : Cyriaké Parnis!

« N'osant la tenter par les moyens ordinaires de la séduction, elle imagina de l'attirer dans un guet-apens pour la livrer au pacha, tandis que, d'autre part, elle la vendait, très-chèrement du reste, à un Anglais aveuglé par l'amour. »

Le consul, bien que parfaitement instruit sur tous les détails de l'affaire, se laissa cependant raconter une fois de plus les machinations de la Collioz, le témoignage de la Bahar étant très-grave.

Le lecteur n'est peut-être pas disposé à imiter le consul ; aussi lui faisons-nous grâce des redites.

La Bahar finit son long discours en disant :

« Rhodope n'est qu'une fiction, un être imaginaire, et Cyriaké, à moins qu'un miracle n'ait été opéré, n'est plus de ce monde.

— Vous la croyez donc bien morte?

— Je suis sûre que le paquet porté par le cavasse Hassan et la bohémienne Maria-Séidie, dans la matinée de lundi dernier, n'était autre que le cadavre de Cyriaké.

— Mais on affirme que c'était simplement un acte de contrebande, pour lequel tous les deux ont été sévèrement punis...

— Trop sévèrement même, dit l'Arménienne avec finesse, car la bohémienne a été envoyée au supplice. Le pacha avait grand intérêt à faire disparaître un si terrible témoin de ses forfaits, de ses crimes.

— Que dites-vous là ! Est-il possible qu'on ait décapité une femme, coupable d'un simple fait de contrebande ?

— Ah ! monsieur le consul, on est *sévère* en Turquie ! mais la bohémienne a été si peu décapitée, qu'à l'heure qu'il est, elle doit être bien loin, si elle court toujours.

— Elle s'est donc sauvée, la pauvre femme ?

— Oui, monsieur, avec sa jeune protégée, Néghella de Toultcha.

— Qu'est-ce que cette Néghella ?

— Une jeune Bulgare, très-jolie, que le pacha eut pendant quelques jours, et qu'il livra au même Hassan pour en faire... ce qu'il a fait de Cyriaké.

— Et Hassan l'a...

— Votre Excellence l'a deviné : Hassan, la trouvant de son goût, la garda pour lui, cachée chez son amie, Maria-Séidie.

— Étrange ! je crois entendre réciter des contes arabes.

— Et cependant, rien n'est plus vrai, monsieur le consul.

— Et la disparition de Cyriaké d'entre les mains de l'Anglais, comment l'expliquez-vous? cela dépasse toute supposition... *raisonnable.*

— Parce que la chose est des plus simples.

— Vous dites?

— Je dis ce que Votre Excellence ne croira que par le témoignage du « corps du délit » lui-même.

— Je ne saisis pas.

— Voulez-vous m'accorder une faveur, monsieur le consul?

— Parlez.

— Envoyez un homme de confiance quérir mon... »

L'Arménienne est interrompue par l'arrivée des consuls de France, d'Angleterre, de Russie et d'Autriche, qui font leur entrée dans le salon attenant à la chancellerie, et dont la porte est grande ouverte.

Le consul se lève avec empressement pour aller recevoir ses collègues, et dit à la Bahar :

« Retirez-vous, *madame,* dans ce cabinet, là, à gauche, et tenez-vous-y coi; vous ne manquerez de rien. »

Le lecteur n'a aucun souci de connaître ce qui

s'est dit dans les longues et laborieuses confé-
rences des agents des quatre grandes puissances
avec le consul hellénique.

Il lui suffit de savoir que le crime de Sàlih-
pacha, péremptoirement constaté, fut rapporté à
Paris, à Londres, à Saint-Pétersbourg, à Vienne,
et surtout à Athènes.

Les ambassadeurs réclamèrent auprès du divan,
et les notes énergiques des quatre grandes puissances allèrent *cogner* à la « Sublime-Porte »,
qui dut s'ouvrir sans trop de façons.

L'ambassadeur de France fut le plus ferme à
réclamer, et le divan, en présence d'un fait qui
n'admettait aucun doute, se vit forcé de recourir
à son éternelle échappatoire de

YANGLUSCHE OLDOU,

« c'est l'effet d'une méprise. »

Cette espèce de méprise est très-fréquente en Turquie.

En 1858, sir Henry Bulwer, ambassadeur
britannique à Constantinople, est couvert d'injures, rompu de coups de courbache, pour avoir
osé regarder une femme du sérail se promenant
en voiture.

Yanglusche oldoû. On s'est mépris, et...
voilà.

Hier encore, l'amiral osmanli bombardait, dans les eaux de l'île de Candie, un navire italien, qu'il prenait pour le vapeur grec, déjà légendaire, le *Panhellenium* « endiablé ».

Yanglusche oldoû encore.

Seulement, Victor Emmanuel n'a pas les mêmes raisons que Victoria pour ménager le deuvlett, et... on connaît le reste.

A l'occasion de l'enlèvement et de l'assassinat de Cyriaké, le *yanglusche* ne pouvant être directement invoqué, on a dû le chercher d'une façon indirecte.

Faire justice, c'est bien ; mais le moyen de tuer un musulman, un pacha surtout, qui, somme toute, n'a obéi qu'aux commandants du Coran ?

On jette donc la poudre aux yeux des *boudallas Firings*, en renvoyant l'accusé devant une sorte de tribunal hybride, qui l'acquitte, naturellement.

Mais, tout boudallas qu'ils soient, les Firings ne se payent pas de pareils expédients : il leur faut un vrai coupable, puisqu'il y a eu un *vrai mort*.

Peuh ! qu'à cela ne tienne ; il y aura toujours un cas plausible de yanglusche oldoû.

Le pacha a été acquitté, parce qu'il n'avait dit au cavasse Hassan que : *deff-ett sounoû*, ce qui signifie *débarrassez-moi de celle-ci* ; mais le malheureux cavasse a compris : *téleff ett sounoü*, ce qui veut dire mot à mot *détruisez celle-ci*... C'est là le *yanglusche* indirect, et c'est pourquoi Hassan a été condamné à mort !

Le pacha fut disgracié cependant. Disgrâce terrible, car il fut envoyé gouverner une province de l'Asie Mineure, où les guiaours sont très-rares, et les *guiaouresses* plus rares encore.

Quant au cavasse, il n'a jamais cessé d'exercer son métier en plein Stamboul.

Monsieur Layard doit être *very happy!* très-heureux ; et cependant les Turcs trouvent que c'est très-mal à lui d'être deux fois Turc, sans être une seule fois musulman. Ah ! les égoïstes !

« Quel intérêt Mister Layard peut-il avoir à prôner les Turcs, dira-t-on ?

— Eh, mais ! quel intérêt a donc notre M. About (Edmond) à éreinter les chrétiens ? »

« Les Turcs sont convaincus que leur bien se compose du mal d'autrui. »

Chacun sait ça. M. About aussi.

Mais M. About, qui est trop spirituel pour faire comme *chacun*, est assez distrait pour faire... absolument comme les Turcs ; sinon avec son yatagan (d'ailleurs inoffensif), du moins avec sa plume, petillante de verve... quand elle conserve le sens commun.

« Est-ce sa faute ?

— Hélas! non : l'esprit est le pire locataire du cerveau, quand il l'habite à lui tout seul. »

Mister Layard n'écrit pas, lui, il parle. Et il ne parle que pour vilipender les chrétiens orientaux.

Les auditeurs de Layard-*agha* font comme les lecteurs de *Herr von* About : ils l'admirent, et le croient sur parole.

Layard-*agha* est le *Herr* About de l'autre côté du Canal : un autre chevalier — de la Manche — criant, gesticulant, écumant.

Le mobile est toujours le même. Les deux About internationaux ne diffèrent que d'expédients; mais...

ILS PROSPÈRENT.

SECONDE PARTIE.

CHAPITRE PREMIER.

ENTRE COMPAGNONS DE VOYAGE.

Le trajet entre Varna et Constantinople n'est que de onze petites heures; les *steamboats* des Messageries nationales sont excellents, et le Bosphore vaut la peine d'être vu et *revu*.

La lectrice audacieuse qui nous a accompagné dans le harem de Sâlih-pacha peut donc nous suivre à Péra, sans autre danger que celui du *feu* et de *la mer*. Nous promettons d'être aussi prudent que galant, et même plus galant que pru dent, le cas échéant.

« Tribord! — Bâbord! — Tribord! — en avant... » Nous voilà partis.

Les côtes de ce point de la Thrace ne présentent rien de remarquable. D'ailleurs la brune

gagne l'horizon, la blonde peut donc aller se
coucher; c'est le plus sage. A demain donc,
madame et chère compagne, bonne nuit.

. . . .

Zing! zang! tam! boum! *All! all! caïktchú!*
Allah! *saoul!* aaa! coâ! coâ! brrrrr...! houaw!
houaw!

« Bonjour, monsieur.

— Bonjour, madame.

— Qu'est-ce que ce sabbat infernal?

— C'est Stamboul, Madame.

— Et ce vacarme assourdissant?

— C'est la condition *sine quâ non* de la société
ottomane.

— Mais cela fait peur!

— Pas le moins du monde. Il n'y a dans ce
qui frappe vos oreilles que des cris d'avertisse-
ments divers; c'est le bruit de l'activité tapageuse
des Turcs, accompagnée par le croassement des
goëlands et par l'aboiement des chiens, — les
citoyens les plus libres de ces pays-ci. Vous
vous y habituerez. Débarquons maintenant à
Tophaneh.

— Mais qu'est-ce donc qui flotte là, à deux
pas de notre embarcation?

— Nos bateliers vous le diront.

— *Corkma, cocóna,* n'aie pas peur, madame,
ce n'est que le cadavre d'un *guiaour* supplicié.

— Quelle horreur! On n'enterre donc pas dans ces contrées?

— Non, *cocóna*, le courant porte les guiaours à leur pays, vers la mer Blanche (mer Égée)...

— Allons, madame, le plus difficile est fait. Vous verrez peut-être, chemin faisant, par-ci, par-là, quelques pendus, quelques décapités, mais il n'y a pas de quoi s'effrayer : ils sont bien morts. »

Ce qu'il faut le plus craindre, ce sont ces groupes de portefaix, réunis par plusieurs paires, pour effectuer le service du camionnage, dans ces rues étroites, montueuses, atrocement pavées, dépourvues de trottoirs et boueuses. Et puis, il se faut garer, avant tout, de ces interminables convois d'ânes chargés des matériaux de construction. Ils vont par cinquantaines, encombrant les rues, et se font un plaisir de bousculer les passants, les guiaours, notamment, et les *guiaouresses*.

Nous allons descendre à l'hôtel Missiri, lequel, à l'endroit du confort, de la propreté, de l'insolence des serviteurs et des portiers, ne laisse rien à désirer, car c'est un hôtel qui se respecte.

Nous occuperons le bel appartement du 1ᵉʳ étage sur la rue, composé de trois chambres à coucher et d'un salon, devenu célèbre par suite de cinq mariages, conclus et consommés en moins de quarante-huit heures, comme vous le verrez par la suite.

Nous y voilà. Nous sommes en plein Péra. Écoutons maintenant la narration de notre brave cicerone.

Dans les derniers jours du mois de mai 1857, trois compagnons de voyage, trois *respectable gentlemen*, réunis dans ce même salon, et nonchalamment étendus sur des meubles *à la franca*, causent en fumant.

Ils attendent quelqu'un ou quelque chose, ces deux ne faisant qu'un dans les États d'Ali-Osman.

M. Missiri et son *état-major* montrent une déférence toute particulière pour les trois voyageurs.

N'examinons pas le pourquoi.

Présentons-les, cela suffit.

L'un de ces messieurs s'appelle Vermont. Il est Français, docteur en médecine, jeune, élégant, charmant cavalier, et décoré, ce qui ne gâte rien.

L'autre est capitaine d'artillerie au service hellénique, beau garçon, séduisant militaire, mis avec recherche, vif, sans affectation, et décoré aussi. Il se fait appeler Odysseus, tout court, de son nom de baptême. Nous l'appellerons Ulysse sans le débaptiser.

Le troisième est un pasteur presbytérien; il

est Anglais de nom, de physionomie, de mœurs
et d'accent. Il n'est pas décoré, lui, mais il paraît
destiné à l'être... à la façon des maris. Il s'appelle Wildcock. Il est vêtu tout de noir, d'une
tenue sévère, bavard, par extraordinaire, mais
pas beau du tout ; ah ! mais, non ! D'ailleurs
il n'est pas de la première jeunesse. (Ouvrons
maintenant une parenthèse, pour prier ceux qui,
en lisant ces pages, peuvent, sous le faux nez
de Wildcock, reconnaître leur Anglais de Varna,
de n'en pas parler à ses compagnons de voyage,
qui sont loin de le soupçonner.)

L'intimité qui s'établit entre voyageurs de
bonne compagnie devient souvent amitié ; et
nos trois gentilshommes, dont les pérégrinations
en commun durent depuis plus de quatre mois,
ont eu tout le temps de se connaître, de s'aimer,
de se haïr même, le cas échéant[1].

Naturellement, ils se sont confié leurs petits
secrets, communiqué leurs désirs, leurs goûts, etc.
Et s'il y a encore réserve, à l'endroit des *aventures*, ce n'est point à Mister Wildcock qu'elle
doit être attribuée : il est si loquace ! D'ailleurs,
si l'on excepte ses folles amours pour une Arménienne, qu'il veut épouser à tout prix, il lui reste

---

1. C'est dans un pareil voyage que M. B..., ami de l'auteur, a fait la connaissance de sa femme, hélas !

peu de choses à raconter. Mais il raconte
bien.

Le révérend n'a jamais été marié, quoiqu'il ait
eu, toute sa vie, grande envie de l'être; et son
caractère lui interdit toute narration *shocking*. Il
a cependant suivi l'armée britannique; mais à la
guerre, que peut faire un ecclésiastique, sinon
lire des *de profundis*? Et il en a beaucoup lu...

Le capitaine Ulysse, lui, n'a pas certes manqué
d'aventures : mais un grand chagrin semble le
préoccuper et absorber toute sa pensée; nous
dirions toute son attention, si une partie de cette
rebelle faculté de l'âme n'eût été, chez lui, dis-
traite par les séductions d'une jeune beauté
israélite, une blonde aux yeux noirs, *cosa raris-
sima!*

Au demeurant, les aventures de notre Ulysse
n'ont aucune similitude avec celles de son ancêtre.
Notre brillant officier est comme tous ses braves
camarades : il va à l'ennemi la poitrine découverte; il craint aussi peu les canons rayés du
général Treuil de Beaulieu que les traits acérés —
souvent empoisonnés — du général Cupidon.
Minerve n'accompagne plus les jeunes Ulysses
que sous la figure de Mars ou de Vénus, souvent
même sous les deux figures à la fois. C'est un
malheur, mais cela est.

Reste M. Vermont, l'invulnérable médecin —

tous les médecins sont invulnérables — qui n'a jamais été *féru*.

C'est lui qui parle maintenant, qui raconte bien des *shocking things*, il est vrai, mais pleines d'enseignements... historiques.

« C'était à Paris, mes amis ; j'avais perdu mon Eurydice ; « il fallait à mon chagrin trouver une consolation. »

— Pas bégueule, le docteur.

— Laissez-le conter, capitaine !

— La consolation arriva vite ; elle n'avait que dix-sept ans. Pas belle, par exemple, mais *stylée*, à la perfection ! D'ailleurs, la fraude, qui sophistique tout, suppléait chez elle à plus d'un détail oublié par la nature.

Appelons la consolatrice Marie, puisqu'il faut lui donner un nom.

— Appelez-la Pancracine, alors.

— Non ! Marie, et pour cause.

— Mais puisqu'elle était si laide ?

— Laissez donc, capitaine ; le docteur la trouvait, ou du moins se la figurait belle.

— Je l'assurais même qu'elle était la plus belle fille du monde !

— Sans doute pour qu'elle se conformât au proverbe ?

— N'interrompez donc pas, capitaine.

— M'aimez-vous, Marie? lui dis-je.

— Ingrat!... Taisez-vous! »

Ce doux *nenni*, accompagné d'un sourire plus doux encore, m'encourageait à lui adresser souvent la même question, soutenue par l'éloquence des yeux, et appuyée, occasionnellement, par...

— Par celle des mains!

— N'interrompez pas *l'orateur*, vous dis-je, capitaine!

— Ah, çà! mes amis, vous vous croyez donc au Corps législatif?

— Continuez, docteur, je mets le capitaine aux arrêts pour vingt-quatre heures.

— Pas chez Mlle Tackouie, je vous en supplie, mon révérend! Continuez, docteur, car je suis menacé d'être renfermé chez une vertu, qui pourrait bien faire la quatrième aux trois autres : Diane, Joseph et Suzanne, — à la condition d'habiter le Sahara, par exemple.

— Eh bien, Marie n'avait pas de ces préjugés-là; mais elle était pieuse, au point d'attirer les bontés de M. le *capelan* de sa paroisse. Les principes n'avaient rien à craindre, au contraire : Marie était laborieuse; et désintéressée, au point de toujours accepter, demander souvent, refuser... jamais.

— Et donner toujours!.....

— Non, mais promettre toujours beaucoup, et n'accorder que de petits dédommagements à peine saisissables; probablement parce qu'elle se proposait de « *grands exemples* » à imiter... plutôt que des chemins rebattus à suivre. Ou peut-être encore parce qu'elle voulait se marier. Et elle le disait! Seulement, elle tenait beaucoup aux titres de noblesse, et le moindre *de* ou *da* ou *van*, voire même le *von* commun à tous les Allemands, pouvait faire son bonheur.

Ce *bonheur* n'arrivant pas, et la bourgeoisie étant *inadmissible*, Marie finit par perdre l'usage de la main droite.

— Et se servit de l'autre!...

— Précisément; et elle lui rapportait beaucoup. Seulement, la mère — car il y avait une mère, naturellement — semblait avoir surpris le secret des houris de Mahomet : elle obtenait toujours le *statu quo ante bellum;* les combats singuliers, les victoires invariablement... subies ne comptaient pour rien : le *uti possedetis* lui était acquis d'avance.

— Ah! cher docteur, et c'est dans un milieu pareil que vous avez été chercher votre... consolatrice?

— Avais-je le choix?

— *Aoh!* je vois que vous n'avez pas été consolé, et que vous avez fait le malheur d'une demoiselle.

— Laissez donc! cher révérend, un malheur
réparable et déjà maintes fois réparé. Dites plutôt qu'elle a fait le malheur de notre brave docteur.

— Je parie que non! capitaine.

— Je parie que si! révérend.

— Laissez-moi finir, mes amis, et vous verrez que le malheur était pour M. le comte
de...

— Continuez, docteur.

— Marie, m'*aimes-tu?*

— Monstre... »

Nous continuâmes ainsi à nous tutoyer pendant longtemps, jusqu'au moment où le comte
fut signalé à l'horizon. Marie ne m'en voulait pas
assez pour m'aimer ; elle... me donna *mon
compte.*

« Pour prendre son *comte!*

— Vous avez deviné! et tout Paris en parle
encore.

— Je vous prie seulement, mes bons amis, de
ne pas aller chercher la péronnelle dans les hauts
parages de la société parisienne. Elle n'était
même pas Française ; elle était...

— Oh! elle devait être Arménienne!

— Non, cher capitaine ; vos préventions pour
cette race vous égarent. Je sais que vos malheurs
sont dus à une descendante des Tigranes ; mais

gardez-vous de faire retomber sur toute une
tribu les crimes de quelques vilaines personna-
lités. Surtout, rendez hommage à Mlle Tackouie,
une charmante fille, bien qu'Arménienne, et.....

— Hum ! il y a beaucoup à dire...

— ... Et que notre révérend a parfaitement
raison d'aimer... jusqu'au dernier des sacrifices !

— Cela le regarde, cher docteur ; quant à
moi..., peuh !

— Oh ! je sais que vous préféreriez certaine
juive...; car ce n'est pas d'aujourd'hui que nous
savons qu'Esther Pépéhi... Mais nous sommes
aussi discrets que vous, capitaine !

— De grâce ! mes amis, pas un mot de cela,
je vous en supplie ! Pauvre Pépéhi !... J'espère
cependant un jour racheter largement mon...
inadvertance...

— Soyez tranquille, capitaine ; mais reconnaissez que Tackouie peut disputer la palme à la
plus belle de vos compatriotes.

— Halte là ! des Grecques ! mais avant d'oser
se présenter devant elles, cette massive nymphe
de l'Arax aurait bon besoin d'être dégrossie,
rabotée, façonnée, polie, vernie. Et encore !

— Aoh ! quel feu, capitaine ! On voit que
vous avez étudié à fond vos compatriotes.
Mais... chut ! j'entends Pépéhi qui arrive.

— Voyons un peu les exploits de votre Hermès nazaréen. Je parie gros qu'il exploite votre... passion en partie double, et que la Dulcinée d'Ararat lui donne un bon prix de ses bons offices.

— Laissez-le faire, dit le docteur, sa réputation est bien établie ; et, pour les arrangements *matrimoniaux*, il n'a son pareil à Constantinople que dans la personne de Mme Euphrosine Arsène Kaïsserli, de Péra.

Pépéhi en turc signifie bègue ; et le factotum de l'hôtel Missiri bégaye quand il veut.

Il est Juif ; très-*uscuzar*, polyglotte, dégagé de tout scrupule, aimant passionnément l'argent (par exception), faisant flèche de tout bois ; craintif, comme le sont les juifs ottomans, mais malicieux et spirituel à sa façon.

Le domestique de place attaché aux hôtels et servant d'interprète, de *cicerone*, de courtier *et cœtera*, est un type à part qu'on ne trouve à ce degré qu'à Constantinople.

Pépéhi porte le cafetan turc, et est coiffé d'un chapeau noir, comme Mister Layard ; couvre-chef qu'il ne quitte jamais, comme tous ses conationaux d'Orient.

Il entre dans le salon, salue à la turque, et s'adressant à Vermont :

« Monsieur le d-d-d-docteur, voici un de vos compatriotes qui-q-q-qui aurait une faveur à vous de-d-d-demander.

— Un malade, sans doute? qu'il entre.

— Peste soit de l'importun! murmure Mister Wildcock.

— Docteur! crie de toute la force de ses poumons le malade, je suis Frrrrançais, serrurier de profession, et je m'appelle Clairet. J'ai attrapé un *rhumatisse* qui me *botte* de façon à m'empêcher de travailler ; et, vous savez, quand on a femme, *gosses* et *gosselines*, chat et chien par-dessus le marché...

— Depuis quand avez-vous ce mal? crie le docteur aussi haut que son malade.

— Depuis trois jours et autant de nuits! répond Clairet en se faisant un porte-voix de ses deux mains.

— Prenez un bain de vapeur !

— De vapeur? où ça?

— Dans le bouilleur d'une machine, parbleu! dit Ulysse en criant comme le docteur.

— *Biiigre!* je n'aurais plus besoin de médecin, répond Clairet à voix basse.

— Finissez, au nom du ciel ! supplie Wildcock.

— Il y a à Péra des bains russes ; informez-vous en bas, dit le docteur en glissant une pièce

10.

de dix francs à Clairet qui, pour le remercier, élève le diapason jusqu'à l'*ut* de Tamber-
lick.

— Pourquoi vous égosiller ainsi? crie Ulysse,
nous prenez-vous pour des sourds?

— Et vous-même, monsieur, me prenez-vous
pour un sourd?

— Ne l'êtes-vous donc pas? *Hao!*

— Pas plus que vous, messieurs, mais... le
docteur...

— Le docteur, sourd! »

Et de rire! C'était un tour de Pépéhi. Il
avait persuadé à Clairet que le docteur était
sourd, et il avait fait à celui-ci la même recommandation à l'égard de l'autre.

« Eh bien! drôle? demanda Wildcock au
bègue.

— Pa-p-p-par la tê-t-t-tête du grand pa-p-p-
padischah!...

— Par la tête du grand diable, sacré...
Parle, ou...

— Vous jurez! mon révérend, observe Ulysse
en riant.

— L'amour parle plus haut que les règles,
capitaine! insinue le docteur.

— Laissez donc, l'amour est bègue pour le
quart d'heure. »

Ces plaisanteries seraient parfaitement du

goût de l'Anglais, si elles s'adressaient à un autre; mais Wildcock, de plus en plus impatienté, lâche un *damn!* réglementaire et prenant Pépéhi par les oreilles :

« Gueux de Juif! s'écrie-t-il avec colère, parleras-tu?

— J'ai à di-d-dire que-q-q-q-...

— Achève!

— Que Ta-t-t-tackouie et sa sœur attendront dans le jardin du pr-pr-prêtre à-à-à...

— Voyons, mon bon Pépéhi, dit Ulysse, craignant que le révérend ne s'abandonnât à la violence, parle tranquillement. Ces dames attendront au jardin du prêtre, à quelle heure?

Pépéhi fait un effort suprême et dit :

« A qua-qua-quatre heures, là !

— A quatre heures? répète Vermont; alors nous n'avons pas de temps à perdre : il est trois heures passées.

— Partons! crie Wildcock. Suis-nous, monsieur le drôle, ordonne-t-il au Juif. »

Le sort en est jeté, pensa le digne pasteur : Tackouie sera à moi, ou je ne suis plus un Anglais.

Les trois amis s'étant retirés dans leurs chambres respectives pour s'habiller, Pépéhi, qui ne bégaye plus, se livre aux réflexions suivantes :

« Le problème n'est pas bien difficile, mais c'est toujours un problème qui demande à être résolu : Étant données deux jeunes filles, l'une bête et vaporeuse, l'autre bête et gaie; plus un Anglais, bête aussi, qui aime la vaporeuse, lui faire épouser la gaie.

Le médecin usera de l'influence que lui donne sur son ami sa froide raison.

L'officier emploiera son implacable ironie pour contrecarrer mes plans : je le sais...

Mais, bah! un drogueur et un sabreur! misère! j'en ai enfoncé de plus malins que ça.

Ces gens à grands sentiments, à grande parole d'honneur, se laissent duper le plus aisément du monde. Trente années d'expérience militent en faveur de cette vérité.

Faites la bête; pliez-vous à toutes leurs extravagances; flattez leur vanité, caressez leur ambition, admirez leur science, leur bravoure, leur beauté même; soyez sourd parfois, aveugle souvent; bégayez au besoin pour avoir le temps de réfléchir, et vous aurez toujours quelques plumes à arracher au plus rusé, au plus roué de ces Firings tant vantés et si surfaits.

Je comprends que les Israélites de l'Occident soient de parfaits honnêtes gens : ils jouissent de toutes les prérogatives des indi-

gènes; mais ici, ah! le Juif n'est qu'un objet de
mépris et d'horreur! Nous supportons tout; mais
nous nous vengeons... par les moyens qui
restent aux faibles, aux persécutés, aux esclaves.
Encore si les autres valaient mieux que nous!
mais pas du tout! Les Turcs? tas de brutes qui
mourraient de faim sans leurs raïas; les Arméniens? bons tout au plus à valeter auprès des
Osmanlis, à lécher leurs casseroles, les *pézévincks*
les plus achevés du monde, qui croient aussi
peu à Jésus, mon compatriote, qu'à Mahomet,
mon voisin. Quant aux Grecs et aux restes des
baptisés, ah! ce n'est pas nous qui aurions pris
un chrétien... pour Dieu. Sont-ils bêtes! sont-
ils stupides! Les Turcs même les appellent *boudallas;* et c'est beaucoup dire!

Voyez plutôt mes trois *béyzadés;* l'un, fier
comme un sultan, *paye* ses malades au lieu de se
faire payer par eux, et c'est Pépéhi qui profite en
présentant des notes de médecin dûment libellées
et scrupuleusement payées.

L'autre, un vrai *goddam* celui-là! parce
qu'une Arménienne lui a cédé son fiacre, à la
suite d'un *bobo* qu'il avait eu en promenant son
oisiveté, il se croit obligé d'épouser cette Arménienne, et les jaunets affluent dans les poches du
sale Juif, du *tchiffoutt!*

Le troisième, grand *pourfendeur* de cœurs,

croit avoir beaucoup *endommagé* Esther, et se prépare à bien *dédommager* son père.

Ah ! puisse le ciel faire pleuvoir à Stamboul beaucoup de pigeons de cet acabit, et Israël sera bien vengé !...

CHAPITRE II.

Le jardin du prêtre est situé aux environs de Taxime, à Péra.

C'est un charmant petit verger, où les fruits et les fleurs si renommés de Byzance se donnent rendez-vous. Mais la plus belle des fleurs, c'est la prêtresse, car pater Cosmas est marié. Elle serait en même temps le plus beau des fruits, si elle n'appartenait pas au domaine des fruits défendus.

Elle est jeune, mignonne, jolie et accorte. Un costume bien simple, composé d'une robe écourtée, d'une veste à manches et d'un tablier noir, soutenu par une ceinture à boucle d'argent, rehausse à souhait les membres potelés de la jeune Grecque.

Un fichu de soie, noué à la façon des Bordelaises, retient avec grâce sa luxuriante cheve-

lure. Le fichu est mauve, la lectrice a déjà deviné
la couleur des cheveux.

Une jolie petite habitation, toute blanche en
dehors, toute proprette en dedans, abrite le jeune
couple et sert, en temps de pluie, de refuge aux
visiteurs du jardin.

Poulailler, volière, écurie, grange, four, rien
n'y manque. Un puits avec manége, que fait
tourner un *chantre* (c'est le sobriquet de l'âne
dans ce pays), grince mélancoliquement et donne
une réplique aiguë à la basse profonde des abois
d'un gros chien en niche, et aux notes trillées de
mille oiseaux libres ou captifs.

Le prêtre vend le superflu de ses récoltes aux
gourmets, peu nombreux, qu'il admet dans son
petit Éden. Il cultive lui-même, aidé souvent par
un de ses beaux-frères.

Les prêtres grecs de la Turquie, loin d'être
rétribués par l'État, sont soumis à des impôts
comme le reste des sujets *guiaours* de Sa Hautesse.

Les petites aubaines qui leur sont allouées par
leurs paroissiens, en échange des offices de leur
ministère, étant fort peu considérables, chaque
pappas, pour gagner honnêtement sa vie, embrasse un métier compatible avec le caractère du
sacerdoce. Le plus grand nombre d'entre eux se
livre à l'agriculture, dans les campagnes, au

jardinage dans les villes; mais il y a parmi eux
des tourneurs, des relieurs, des menuisiers, des
peintres, des tisserands, etc. Leur dignité n'en
souffre point; saint Pierre n'était-il pas pêcheur
et saint Joseph charpentier?

Dans le jardin où nous conduisons le lecteur,
deux jeunes Arméniennes, deux sœurs, mangent des cerises sur un banc rustique.

On a déjà une idée de la beauté plantureuse
de Mlle Tackouie. Sa sœur cadette est toute mignonne, rieuse et pas bégueule du tout. Elle
répond au nom de Doudou.

« Ah! ma chère, lui dit Tackouie, que je suis
à plaindre! Je perds le repos, le sommeil, l'appétit; je ne me reconnais plus : je ne vis pas, je
végète et je dépéris à vue d'œil.

— En effet, ma bonne Tackouie, je m'en
aperçois, va! Tu as tellement perdu le repos,
que tu ne quittes plus ton sofa, si ce n'est pour
te jeter sur un lit. Quant au sommeil, le mien
est troublé toutes les nuits par tes ronflements;
et pour l'appétit... les cerises en savent quelque
chose.

— Tu plaisantes toujours, toi, petite méchante!

— Eh bien, j'ai tort, ma chère sœur, parlons
sérieusement : es-tu réellement décidée?

— Décidée à quoi?

— A prendre ton Anglais, donc!

— Je l'aime, Doudou, je l'aime!

— Mais, belle Roxane, ton Alexandre n'est pas beau.

— Je l'aime! répond Tackouie en se bourrant de cerises.

— Tu l'aimes! Il n'est pas tout frais non plus.

— Je l'aime! entends-tu?

— Mais il est hérétique.

— Encore! puisque je l'aime! il n'a aucun défaut à mes yeux.

— Excepté peut-être sa qualité d'Anglais.

— J'aimerais mieux qu'il fût Français, tu as raison, ma chère Doudou; mais qu'est-ce que cela fait! c'est toujours un mari.

— En effet, il est un peu tard pour changer. cela... Mais j'y pense : le docteur est Français, lui...

— Mais... voudrait-il de moi?

— Dis donc, Tackouie, et le gentil capitaine, hein?

— Oh! celui-là... il n'y a rien à faire avec lui; il déteste les Arméniennes, et c'est bien dommage!

— Serait-ce pour cela qu'il pousse ton Anglais à t'enlever?

— Pourvu qu'il m'épouse! Qu'importent les cancans des vieilles filles, quand on est mariée. Enrageront-elles assez de me voir *annexée* à l'Angleterre! Et puis, c'est celui-là que mon cœur me fit voir dans les rêves de mon enfance. Ah!...

— Ma pauvre Tackouie! si ta passion pour ton idéal égale ton amour pour les cerises, ton Mylord est un homme perdu! Tu as tout mangé! ajouta la malicieuse petite en montrant le panier vide. »

En ce moment, Pépéhi, qui espionnait par derrière les deux sœurs, survient à l'improviste et dit :

« Les cerises, mademoiselle, c'est autre chose : elles sont de belles comètes. »

Doudou qui, comme la lectrice, n'était pas précisément versée dans la science de M. Leverrier, n'a pas compris le mot, et dit au Juif :

« Arrivez donc, *sior* Pépéhi; vous êtes d'une lenteur désespérante! Où sont messieurs nos ravisseurs?

— Comment, *nos?* comptez-vous aussi...

— Ma foi, si le beau capitaine, par exemple, voulait m'emporter dans ses bagages, peut-être me laisserais-je faire sans trop crier.

— Les Firings, mademoiselle, ne mettent pas les femmes au rang des bagages : ils s'en font des *moitiés.*

— La moitié d'une femme? qu'est-ce à dire?

— Non, la moitié du mari...

— Mari! mari! où est le mari? interrompit avec véhémence la belle Tackouie; vous impatienteriez Job lui-même! D'ailleurs, je n'y tiens pas...

— Vous le voyez, sior Pépéhi, ma sœur croit n'y pas tenir...

— Elle y ti-t-t-tiendra, mademoiselle, le meuble est commandé en co-co-conséquence... »

Puis, s'adressant à Tackouie :

« Vous êtes donc bien pressée, mademoiselle? vous avez bien attendu vingt et quelques années. »

Dépitée par cette rebuffade, Tackouie s'éloigne et va cueillir des cerises. Doudou répond pour sa sœur :

« Plus on attend, plus on est pressé. Vingt-six ans, c'est trop long pour une Arménienne, et la condition est dure; moi, bien que de huit ans plus jeune que ma sœur, je puis vous le garantir. Mais au fait, où en sommes-nous, *mon cher* Pépéhi? »

Le Juif prend familièrement les deux mains de la jeune fille et répond sans bégayer :

« Laissez-moi *opérer*. Tâchez seulement de faire accepter à votre sœur notre mode d'enlèvement. Au moment décisif, c'est moi que cela regarde.

Mais voilà nos trois *béyzadés* qui arrivent. Retirons-nous un peu à l'écart, vous paraîtrez quand il le faudra. »

En effet, Vermont, Ulysse et Wildcock entraient joyeusement dans le jardin. Le prêtre et sa *presbytéra* leur font un accueil cordial.

Pater Cosmas leur souhaite la bienvenue ; la prêtresse fait une jolie révérence aux visiteurs, et les engage à demander les fruits qu'il leur plaira.

« Cueillez-en vous-mêmes, ajoute-t-elle ; voilà des cerisiers, des fraisiers, des amandiers, des gruautiers, des mûriers...

— Et des pommiers, n'y en a-t-il point ? demande le capitaine avec un fin sourire.

— Non, monsieur, ils ne prospéreraient pas dans notre petit Éden, répond la *pappadia* avec malice.

— Elle est charmante ! dit Ulysse bas à Vermont. Je compterais pour rien mes douze visites mensuelles chez l'officier payeur de mon bataillon.

— N'allez pas si vite, capitaine ! que resterait-il pour les autres ? »

Wildcock qui, pendant ce temps, a parcouru le jardin à la recherche de Tackouie, revient en montrant une belle rose à ses amis.

Ulysse la lui prend des mains et l'offre à la prêtresse en disant :

« C'est à vous, charmante *pappadia*, que cette fleur revient « par droit de conquête et par « droit de naissance » ; daignez l'accepter de la main d'un grand pécheur, mais d'un compatriote.

— Mille remercîments. Mais prenez-y garde : elle pique si on la touche de trop près.

— Sans doute, madame; aussi n'ai-je d'autre ambition que de la respirer... de loin.

— Oh! de près si vous voulez, du moment que vous n'y touchez pas. »

Et la prêtresse lui met la rose sous le nez, en riant d'un rire frais.

« C'est bien fait! crie le docteur.

— Cela vous apprendra, capitaine, observe Wildcock.

— Messieurs, dit le prêtre en arrivant, voici des fruits choisis. J'espère que le témoignage de juges aussi compétents que vous justifiera la réputation de mes produits; et il dépose devant eux deux corbeilles toutes pleines.

— Quels superbes fruits! s'écrie Wildcock.

— Quel dommage qu'ils ne soient pas défendus! riposte l'incorrigible artilleur.

— Vous mourrez garçon, mon cher, fait le docteur. Mais j'ai fait la remarque que, parmi vos compatriotes, les femmes des prêtres grecs sont partout les plus belles.

— Je crois bien, ce sont les paroissiens qui les choisissent.

— Par déférence, sans doute?

— Non, par prudence, tout simplement.

— Mais, quand les prêtres ne se marient pas, que devient la prudence de leurs ouailles?

— En ce cas... on rentre dans la loi commune.

— Comme chez nous?

— Absolument. »

Pendant que les trois amis causent ainsi en mangeant des fruits, le dialogue suivant s'établit entre le Juif et les deux Arméniennes, à l'autre extrémité du jardin.

« Oui, mesdemoiselles, dit Pépéhi en continuant son discours interrompu, le capitaine Odysseus est insouciant, bon vivant, adorateur de la beauté, et brave à faire tête à toute une cohorte de janissaires. Mais il a des moments de tristesse qui le rendent misanthrope. Je vous ai déjà dit à quoi sont dues ces tristesses.

— Mon Dieu! exclame Tackouie en bâillant, comment peut-on tuer un Turc !

— Et comment savez-vous tout cela, sior Pépéhi? interrogea Doudou.

— Oh! mademoiselle, les murs ont des oreilles et les portes des yeux.

— Est-ce par ces voies-là que vous avez connu le projet du révérend Wildcock?...

— Oh! pour cela, il avait bon besoin de mon imagination pour la conception, de mon habileté pour l'exécution du plan. C'est moi qui ai surveillé tous les préparatifs : Mlle Tackouie sera dans sa malle comme dans son alcôve.

— Cependant... sior Pépéhi...

— Laissez donc, chère belle, vous y tiendriez toutes les deux, et le capitaine pa-p-p-par de-d-d...

— Il me semble que vous pourriez nous faire grâce de vos... gentillesses, répond Doudou avec un semblant de colère. Puis, poussant du coude sa sœur à moitié endormie, elle dit :

— Les voilà! »

Pépéhi s'avance avec force salutations vers les trois Firings, qui arrivent sans avoir l'air de rechercher les Arméniennes.

— Monsieur le docteur, dit-il, vous ne reconnaissez pas ces dames? C'est à elles que vous avez dû, la semaine dernière, la conservation de Mylord.

— Ne pas les reconnaître après un pareil service! fait Vermont en saluant, et surtout avec des traits si charmants! Ces traits sont restés gravés dans le fond de mon âme; mais j'aurais craint d'être indiscret...

— Indiscret? riposte Doudou, vous ne sauriez jamais l'être pour nous. Et quant au service, le hasard nous a bien favorisées...

— En effet, ajoute Tacouie, sans bâiller; le hasard, c'est nous qui le devons bénir.

— Hasard ou *kusmett,* comme vous appelez ici la destinée, intervient Ulysse, toujours est-il que la rencontre est agréable pour tout le monde, et que M. de Foy, seul, peut avoir en France des chances pareilles. Qu'on s'embrasse donc et que ça... ne finisse pas.

— Veuillez, mesdames, dit le docteur, pardonner la brusque franchise de notre ami : il est militaire.

— *Hé ben!* s'exclame Ulysse, où est le mal, morbleu? Topez là, et que cela... ne finisse jamais.

— C'est l'offre d'un brave, mesdames, observe le docteur; il a le cœur sur *les mains.* »

Doudou touche du bout des doigts la main tendue du capitaine et dit :

« Oh! je sais bien que, malgré vos protestations, vous ne nous aimez guère...

— Que vous nous détestez même, fait la grosse Tackouie, qui serre fortement l'autre main du capitaine.

— Moi, détester les femmes! quel blasphème! mais si j'avais été à la place du père Adam, je

11.

me serais fait arracher toutes les côtes, pour avoir autant d'Èves. Les femmes, je les adore toutes, moi! Et le bon militaire serre dans ses mains les menottes potelées des deux jeunes filles.

— Même quand elles sont Arméniennes? demande Doudou.

— Pourquoi pas? la beauté n'a pas de patrie.

— Absolument comme l'infamie, » ajoute Ulysse à voix basse, et il devient pensif.

En ce moment, Pépéhi, qui avait pressé de questions Tackouie, dit à Wildcock à part :

« Tout est accepté, le *transport* y compris. »

Puis s'adressant à tous, il fait solennellement la déclaration suivante :

» Messieurs, mademoiselle Tackouie déclare devant Dieu et les hommes, qu'elle est prête à braver tous les périls — présents, *passés* et futurs — et à ne reculer devant aucun sacrifice, *le grand* inclusivement. Elle ne met à son consentiment qu'une seule clause : c'est que les choses se fassent *illico!* »

Tackouie baisse les yeux, et s'efforce d'étrangler un bâillement qui tourmente sa large figure.

Wildcock prononce avec componction les mots suivants :

« Confirmez-vous, mademoiselle, ce que le brave Pépéhi vient de formuler?

— Mais, ou — ou — oui! » répond Tackouie qui lutte en vain contre son bâillement.

Alors le révérend, qui prend cela pour un effet de pudeur, continue sur le même ton :

« Devant l'être suprême qui nous voit et ces quatre honnêtes et loyales personnes, sur mon âme, sur mon honneur, sur ma religion, je jure que la femme qui m'aime assez pour accepter le moyen d'enlèvement par moi proposé, sera mon épouse légitime, une, seule...

— Et indivisible! s'écrie le capitaine.

— ... aussitôt qu'elle aura mis les pieds chez moi, à Béyouk-Déré. Messieurs, vous avez entendu; vous pouvez en témoigner dans ce monde et dans l'autre.

— Je ne m'engage que pour celui-ci, dit Pépéhi en riant; dans l'autre nous ne serons pas ensemble, — je l'espère du moins. Mais il est l'heure de nous retirer.

— *All right!* partons, » fait Wildcock tout radieux.

Pépéhi recommande aux jeunes filles le rendez-vous pris pour le lendemain au café Bostandjû, à Guiok-Souyou.

Wildcock effleure des lèvres la main de sa future; Ulysse dépose l'hommage retentissant de son respect sur la joue de Doudou.

Et l'on se sépare.

CHAPITRE III.

Faites-vous belle, ma chère madame. Parez votre délectable personne de vos meilleurs atours, et garnissez bien vos poches de pièces blanches, car rien ne se fait en Turquie sans *bachtzuss,* ces interminables largesses que le mot pourboire rendrait mal, car les enfants de Mahomet ne boivent que de l'eau — en public.

Montez à présent en voiture, ce drôle de meuble en cartonnage doré, et descendons à l'embarcadère de *Tophané,* ou arsenal d'artillerie, si galamment décrit, dans une pièce à femmes, par un député au Corps législatif — côté droit.

Ici, veuillez sauter le plus légèrement possible dans cette pirogue ou *piadé* à trois paires d'avirons, et partons pour Guiok-Souyou, sur la côte d'Asie, la promenade favorite des sultanes et de leurs innombrables nymphes, éblouissantes de beauté, et plus provocantes que les sirènes, leurs cousines germaines.

Ne bougez pas! madame; le moindre déplacement de l'équilibre fait chavirer ces « hirondelles marines »; et les eaux du Bosphore sont *un peu* plus à craindre que celles de notre chère Seine.

Nous voici arrivés, en moins d'une demi-heure.

Donnons une pièce d'argent à ce vieillard qui tient un long bâton; c'est le chef des bateliers de l'endroit; offrons-en une autre à ce brave Turc qui nous a aidés à débarquer; n'oublions pas non plus ce bon cavasse qui bouscule la foule pour frayer un passage à votre charmante personne.

Jetez quelques piastres dans la sébile en noix de coco de ce derviche, qui vous crie *houh!* c'est de rigueur. Lancez quelques menues monnaies sur le drap étalé de cette mendiante qui vous trouve plus belle qu'une sultane, et toute une poignée à cet essaim d'enfants qui court après vous.

Ne vous effrayez pas : l'ourse, qui se dresse hurlante devant vous est apprivoisée; on la fait danser en votre honneur. Écoutez plutôt le chant de son meneur : « Danse, ma petite Marion; rivalise de grâces avec la belle dame à qui tu souhaites la bienvenue, et je t'habillerai tout comme elle : en jupon brodé et bottines à doubles glands. »

Payez, madame, la flatterie invite à la générosité.

Laissez-moi maintenant distribuer des demi-piastres à cette double rangée de mendiants des deux sexes, qui exhibent des infirmités écœurantes, et avançons vers le centre de la promenade, au café Bostandjû.

Contemplez le panorama de ce vallon vraiment élyséen, et dites-moi si vous avez rêvé quelque chose de plus heureux.

Voyez-vous ces arbres gigantesques qui forment une toiture verte plus haute que la coupole de Saint-Pierre de Rome? il y en a parmi eux qui ont abrité le dernier des Constantins, et qui ne refusèrent par leur ombre à Méhémet II, lorsqu'il vint, en 1453, interrompre la messe du 12 mai, à la basilique de Sainte-Sophie, qu'il envahit à la tête de ses cavaliers.

Regardez cette eau cristalline qui se précipite du haut de ce tertre, là-bas, à gauche; c'est l'eau fameuse que les Turcs ont surnommée *Guiok*, bleue, parce que le vert des feuillages lui donne un reflet bleuâtre.

Quelle végétation, quel velours éternel, quels parfums indéfinissables !

Le murmure des eaux courantes, le chant des

oiseaux, ayant le rossignol pour soprano, la fauvette pour ténor, le merle pour baryton, le sansonnet pour basse ; quel concert, quelle harmonie !

Et tout cela à cent pas du rivage de la mer !

Admirez, de grâce, ces mille costumes des diverses nations de la terre, ces couleurs éclatantes de l'accoutrement des femmes turques, qui contraste avec la tenue sombre des Persans, des Caraïbes, des Arabes même, et comme les habillements des Firings sont pâles à côté des somptueux vêtements des Osmanlis.

Et ces marchants ambulants avec leurs appareils *sui generis;* et ces garçons de café en manches de chemises retroussées jusqu'à l'aisselle ; et ces diseuses de bonne aventure, et ces saltimbanques, ces prestidigitateurs, ces musiciens des rues, etc., etc.

Nous voici arrivés au café, ou *caïvé*. Faisons comme tout le monde, mettons-nous sur des escabeaux de paille et prenons du café à la turque, dans de petits coquetiers.

« *Caïvédjû*, deux *caïvés !*

— *Varîor !* »

Ce mot, qui veut dire « cela arrive », correspond à notre *voilà!* au *kleich!* des Allemands, au *at once!* des Anglais, au *subbito!* des Italiens, au *améssos!* des Grecs, au *séitchass!*

des Russes, etc., etc., et il n'en n'est pas moins lent.

Autour de nous s'agite toute une Babel de races et de langues. On devient forcément polyglotte quand on a séjourné huit années à Stamboul. Tant mieux pour ma compagne. Mais elle fait exception à son sexe : elle est curieuse, et veut à toute force savoir ce qui se dit à son sujet.

Les Turcs semblent être les plus galants, car ils la trouvent *pek dilbère, pek nazlû, pek haspâ*. Les deux premières expressions signifient très-belle, très-gracieuse; quant à la troisième, prière de s'adresser à Pépéhi, si l'on veut en avoir la traduction.

O tis oréotitos ! s'exclame un Grec, et ses compatriotes répètent : Quelle beauté !

Français, Anglais, Russes, Allemands, tous parlent élogieusement d'elle ; mais nous ne traduirons que l'observation d'un Albanais.

Il paraît que son compagnon avait exprimé confidentiellement un certain vœu, et il lui répond en souriant : « Oui, mais n'oublie pas ce qui arriva à un de nos compatriotes à Guiordja : « *Erdhé mè call vélé mè gommar.* »

(Arrivé à cheval, il s'en alla à dos d'âne.)

Mais voilà maintenant que madame veut savoir les cris des marchands, et elle me les fait

écrire sur son calepin. Les lectrices n'ayant pas
besoin de connaître...

« Si, si !

— Non !

— Si ! non ! si ! non !

— Si, si, si. »

En voici quelques-uns donc, et des plus connus
à Stamboul :

Le marchand de cerises : « *Dallará bastú*
Kiraz ! »

(Aux cerises, qui font plier les branches.)

Le marchand de fleurs : « *Tchitchek, tchitchek !*
cocoussoú dilber, gull ! »

(Aux fleurs, aux fleurs ! aux roses d'un déli-
cieux parfum.)

Le marchand de bonbons : « *Secker ! secker !*
paraú djebtenn tchecker ! »

(Aux bonbons, aux bonbons ! qui tirent l'argent des poches !)

Le marchand de sorbets glacés : « *Done-dour-*
ma ! gull bé secker, séfa ! »

(Au sorbet ! rose et sucre, quelles délices !)

Le marchand de bouillie de riz, le fameux
muhalébi : « *Muhalébidjú, bidjú, bidjú ! sutlú*
caïmaklú ! »

(Voici le marchand de *muhalébi*, bi, bi, bi !
laiteux et crémeux.)

Donnons encore comme dernier spécimen le

cri du marchand de cerneaux, pour déconcerter
les dames qui disaient : si, si!

« *Tchiatchi, tchiwtchi, djevizitchi! tchiatchi!...* »

(Des cerneaux, neaux, neaux, etc.)

Les promeneurs affluent au café; un grand
cercle est déjà formé, sur triple rangs', comme
les carrés du vrai Bonaparte aux Pyramides.

Près de nous viennent se placer trois messieurs, dont la tenue et les manières dénotent
assez des hommes de bonne compagnie, comme
dirait le général Changarnier.

La lectrice a sans doute compris que ce sont
là les *hommes* de Pépéhi; mais l'auteur l'avait
compris avant la lectrice, et il en tire vanité.

A côté de Vermont se trouve *campé* un Arménien trapu et dodu, que Pépéhi nous signale
depuis longtemps sous le nom de Mégavôroglou.
Il se pique de parler français, et dit à Vermont :

« Monziou, zé groir vour né amousez bas dans
zette broménade.

— Non, mais vous me mettez en train, et
pour peu que cela continue...

— Zé ni gombrehenne pas : « en *drain?* »

Mais voilà Wildcock en veine d'esprit; il
répond pour le docteur :

— Monsieur vous demande si vous avez
jamais voyagé en chemin de fer.

— Vaï! vaï! vaï! guelle bède zé souis!

— L'aveu était inutile, fait Ulysse.

— Voui, voui! z'ai allé en semin dé fer beau-
coupe fois. Z'ai bassé guadre anes dans la Franze,
dit Mégavôroglou en levant quatre doigts.

— Et voilà ce que vous avez appris de français, *kioppoglou!* dit un Turc assis près de l'Arménien, et qui prononce parfaitement cette langue.

— Vous étiez jeune à votre dernier voyage?
demande Wildcock.

— Zé avais drende houite anes, répond le dodu
en levant huit doigts.

— Ça faisait trente-neuf en le comptant, observe
Ulysse.

— Moua gondent, doujours gondent! »

Un marchand de fleurs passe en jetant son
cri de *gull! guller!* Mégavôroglou appelle l'adolescent Arménien en lui souriant agréablement.
Turcs et Arméniens dévorent des yeux l'Isabelle
en culotte du Jockey-Club osmanli. On s'empresse
de lui acheter ses roses, et Mégavôroglou en
prend trois.

« Bermedez - moua vous birrinzender oune
djolie rôze! dit-il en *birrizendant* ces fleurs aux
trois amis, qui acceptent en remerciant.

— Je parierais ma jument arabe contre un
clou que nos sirènes sont par ici : je flaire le
musc, dit Ulysse à Vermont, qui répond :

— Parbleu!... et les voilà, accompagnées de leur respectable mère. Ah çà! mon cher révérend, n'allez pas vous trouver mal ; ma science reste impuissante devant cette sorte d'*affections*.

— Laissez donc, cher docteur, le mal de notre ami est de ceux dont on n'aime pas à guérir.

— Pas même vous, cher capitaine, riposte Wildcock.

— Moi, c'est autre chose ; je prends mon bien où je le trouve. Mais que pourrait-on faire de votre petite Doudou? une bouchée, tout au plus. C'est bon à vous mettre en appétit, et voilà tout. Tackouie, à la bonne heure! un morceau de résistance ; mais le révérend se l'est réservée, et l'on respecte le bien des camarades, *fouschtra!* comme dirait M. Rouher.

— Chut! on nous écoute, fait Vermont. »

En effet, Mégavôroglou, qui avait entendu prononcer les noms de Doudou et Tackouie, suit le regard de Wildcock, aperçoit les trois femmes, se lève précipitamment, les rejoint et les entraîne au loin.

— Messieurs, vous avez scandalisé ce brave Arménien, dit le Turc assis près de Mégavôroglou.

— Le beau malheur! exclame Ulysse.

— Mais c'est de ses filles que vous parliez, messieurs.

— Ah bah! ses filles? Et lui, le connaissez-vous, monsieur?

— Parfaitement. Il est employé à la Monnaie, il se nomme Kircor Mégavòroglou.

— *Eh ben!* tant pis! Oui, corbleu! nous connaissons ses filles, nous; et, ce qui est mieux, nous les aimons. Il faut qu'il en prenne son parti, ce bon papa. Et quant à vous, monsieur, vous êtes militaire, nous pouvons compter sur votre discrétion, n'est-ce pas?

— Très-positivement, monsieur. Mais qui vous dit que je suis militaire?

— Eh! cela ne se voit-il pas tout d'abord, à l'allure, à la tenue, au geste, au parler, au regard, que sais-je! Je puis même assurer que vous comptez parmi les *guiaourisés,* comme on appelle ici les Osmanlis éduqués à l'étranger.

— Vous ne vous trompez pas; je sors en effet de l'École d'application de Metz.

— Tiens! comme vous, capitaine, dit le docteur.

— Touchez là, camarade, je m'appelle Odysseus, officier d'artillerie au service hellénique.

— Tiens! tiens! je suis Eddin-bey, officier d'état-major (malgré moi), Grec de naissance, Turc par aventure (et chrétien de cœur). Vous m'aviez devancé à Metz, où j'ai mille fois entendu citer votre nom, en bien, cela va sans dire; j'avais même épousé votre veuve.

— Vraiment! Pauvre chère Marguerite! une bien bonne fille. Et rangée!

— Un peu capricieuse.

— A qui le dites-vous?

— Un peu volontaire.

— Elle était si jolie!

— On vous doit l'équation de la vertu...

— C'est une équation irrationnelle: l'inconnue dépend de tant de *conditions!* Mais bast! ces souvenirs font toujours plaisir. Où vous voit-on?

— A Scutari, mon cher, en famille, hélas!...

— Moi, à Péra, hôtel Missiri, le matin.

— Donc, à bientôt. »

Un remue-ménage qui se fait dans la foule arrête la conversation des deux camarades, qui bientôt vont se changer en rivaux, puis en amis, puis... qui sait en quoi?

— Ah!... c'est elle!...

CHAPITRE IV.

ZELLY LA BOHÉMIENNE.

Le son criard de la petite flûte attire de loin l'attention des promeneurs ; puis on entend les violons, les clarinettes, et, pour toute basse, le tambour et le tambourin (*dumebellek*), inséparable de toute musique orientale.

La bande approche. Tous les regards se tournent vers le quai : C'est Zelly ! Zelly la bohémienne, la diva de la danse, la reine des grâces et de la beauté.

« C'est elle ! répète Edinn-bey, c'est Zelly la *magicienne*, la vraie sylphide, celle-là, qui ferait mourir de jalousie les étoiles de la rue Le Peletier. »

Il dit ces mots d'un ton ému, et reste en extase, comme don Bartolo.

D'ailleurs, comme lui, la foule n'a d'yeux que pour la charmeresse bohémienne ; et tout le monde

l'invite. De tous côtés on n'entend que des cris
de : « Aman, Zelly ! *guell ! guell !* »

Mais Zelly est présente partout et ne s'arrête
nulle part. Elle feint de s'enfuir, on la retient
sans la jamais pouvoir toucher.

Dans un de ses bonds prodigieux, elle heurte
une jeune modiste française qui porte un carton.
Le carton s'échappe, et une nuée de fleurs fines
se répand sur le sol.

La petite modiste, qui a nom Valérie L... et
qui est blonde comme Phœbus, blanche comme
le lis, douce comme l'aurore, court après ses
fleurs en apostrophant désagréablement la danseuse.

« Oh ! la vilaine *tzigane !* crie-t-elle en essayant
d'échapper aux étreintes de Zelly qui cherche
à l'embrasser, en mimant qu'elle la trouve
jolie.

« Eh mais! elle a du goût, la danseuse! dit
Valérie, et elle se défend toujours. Mais Zelly
s'arrête, lui adresse un sourire irrésistible, croise
les bras et tend à la Française une joue où se
fondent le lis et la rose.

« Mais... c'est qu'elle est ravissante, cette...
demoiselle! Bah! après tout, ce n'est qu'une
femme. Et puis, *il baccio non fa bucco,* comme
affirme ma patronne, qui se dit Italienne, parce
qu'elle est Dunkerquoise. »

Ce disant, Valérie s'élance dans les bras de la danseuse et la couvre de baisers.

L'assistance applaudit frénétiquement.

« O beauté! charme divin, qui peut te résister! dit Vermont.

— La beauté elle-même, observe Wildcock en désignant Valérie, succombe à la perfection, car votre *payse* est bien jolie aussi, cher docteur; et, à mon sens, elle aurait le droit d'être jalouse.

— On n'est pas jalouse de la perfection : on l'admire, on l'adore. Et cette danseuse est tout ce que j'ai vu de plus parfait, foi d'artilleur! affirme Ulysse.

— Camarade, répond Edinn-bey, un tel éloge dans votre bouche est bien précieux... pour moi, car vous êtes aussi du pays des belles. »

Ulysse s'incline.

Pendant que les deux jeunes filles se tiennent enlacées, un Grec, capitaine marin, ramasse parmi les fleurs éparses une guirlande de roses blanches et la pose sur la tête de Zelly.

Un Provençal, marin aussi, lui met sur l'épaule un bouquet des mêmes fleurs, et les musiciens attachent de petits bouquets à sa robe de gaze blanche brochée d'argent.

La petite modiste revient enfin de son abstraction et s'écrie :

« Ah! et mes fleurs! ma patronne...

— On vous les payera! répond le marin grec d'un ton bourru.

— Dites donc, monsieur, croiriez-vous par hasard me faire peur? C'est que je suis Parisienne, moi, vous savez!... »

Le Provençal, lui prenant le menton, la prie de ne pas être *messante*. Elle le repousse et s'écrie :

« A-t-on jamais vu des Mohicans pareils?

— Des Mohicans? petite bibelotte, mais nous sommes *pays!*

— Pays? allons donc!... vous!... vous, Parisien?

— Parisien, non; mais je suis de Marseille!

— Vous voyez bien que vous n'êtes pas Français!

— Ah! elle est bonne, celle-là! Où placez-vous donc Marseille, té?

— Mais, dans le pays de la Cannebière, parbleu! c'est pas malin, ça!

— Bagasse! cette petite m'amouse! »

Le marin grec, qui a ramassé par terre la facture des fleurs, dit à Valérie :

« Tenez, ma fille, voici le montant de votre facture. C'est bien cela, n'est-ce pas?

— Quatre-vingt-dix francs...; il me faut encore soixante-quinze centimes.

— Une misère, gardez le reste pour vous, ma

fille, dit le Grec en s'éloignant. Mais il revient vite et offre à Valérie une pièce de dix francs.

— Merci, m'sieu! — C'est un brave homme tout de même; dame! c'est pas un Turc...

— Avec ça, vous pouvez monter votre ménaze, lui dit le Marseillais, en essayant encore de lui prendre le menton.

— Et faire la cuisine tout à l'huile, » riposte la petite espiègle en repoussant son agresseur.

Zelly se dépouille de toutes ses fleurs et les remet à Valérie. Celle-ci improvise un atelier avec deux petits escabeaux, tresse en un clin d'œil une belle couronne, et l'assujettit sur la tête de la bohémienne avec un petit sourire dont certaines Parisiennes possèdent le secret. Puis, l'embrassant sur les deux joues, elle la prend par la main, la dévore des yeux et lui dit :

« Partons pour Paris, ma chère! »

La foule applaudit, enlève Zelly et se range autour d'elle en cercle.

La musique joue un air oriental qui invite à la danse et Zelly s'élance tout d'un trait.

Les pas, les poses, les mouvements de cette étonnante créature n'ont rien qui ressemble à ceux des danseuses turques. Elle bondit d'un bout à l'autre du cercle, en sort, puis y rentre en sautant entre deux spectateurs.

Les pièces d'argent pleuvent de toutes parts.

Elle quitte le tambour de basque pour les castagnettes, et réciproquement. Sa mère la regarde en silence; mais tout son être fait preuve d'un contentement mêlé de fierté.

La danse se transforme en un papillonage de plus en plus surprenant.

Tantôt la sylphide s'élève à une hauteur de deux mètres, décrit une courbe de chute, effleure du bout du pied l'épaule d'un musicien, bondit de nouveau, se pose sur un seul pied d'escabeau, y pirouette comme une toupie, puis, au moment où l'on croit qu'elle va toucher le sol, elle part comme une hirondelle pour aller embrasser sa mère et revient plus accorte que jamais.

La foule lui fait une ovation à rendre jaloux un empereur improvisé, car on improvise des empereurs... Les spectateurs, chacun dans son idiome, poussent des cris d'admiration. Les *brava*, les *machâ-Allah* rivalisent avec les souhaits.

Un Turc de belle prestance crie *aman!* et prie Zelly de lui *enlever* l'âme. Celle-ci lui tend son tambour de basque à baiser, et le malheureux Crésus y dépose toute une poignée d'or, qu'elle lance vers les musiciens.

Un béyzâdé, un *prince,* ainsi qu'on appelle à Constantinople les gamins des rues, s'élance dans le cercle, ramasse quelques pièces de monnaie, envoie un baiser à Zelly, et se sauve en faisant des grimaces du cru.

Valérie s'indigne après le gamin ; mais Zelly arrive comme un coup de vent et embrasse la jolie Parisienne. Celle-ci applaudit en criant de toutes ses forces :

« Bravo ! Zelly, bravo ! vous êtes une fée, aussi vrai que je suis une pauvre ouvrière. »

La foule ne cesse de battre des mains. La musique fait trêve, les musiciens ramassent l'argent qui jonche le sol. Zelly cherche des yeux un endroit pour se reposer. Le bon Marseillais lui offre son escabeau et dit :

« Vénez, ma pétitte bichette, venez, ô anze des amours ! »

Tous s'empressent à lui offrir des siéges. Valérie aide Edinn-bey à apporter un fauteuil américain.

« Mettez-vous-y, *mademoiselle,* » dit ce dernier en couvant des yeux la « magicienne ».

Zelly rougit, baisse les yeux, et se jette plutôt qu'elle ne s'assied sur le fauteuil.

Un grand nombre de ses admirateurs défile devant la danseuse, lui adresse son compliment, et dépose, sans ostentation, de l'argent dans le tambour placé à ses pieds.

Vermont y jette de l'or et lui dit tout bas :

« Enfant, vous êtes digne d'un tout autre sort.

Quelque chose me dit que vous y arriverez.

— Aoh! mademoiselle, vous devez venir à Londres! exclame Wildcock en déposant son *sovereign*.

— Acceptez ceci, dit Ulysse, en souvenir d'un voyageur qui vous admire trop pour vous oser revoir, et qui cependant, ajoute-t-il à voix basse, serait très-heureux s'il vous revoyait. » Et il dépose sur les genoux de la danseuse un petit porte-monnaie doré.

Zelly ouvre précipitamment le porte-monnaie, en vide le contenu sur ses genoux, et découvre au fond une carte de visite. Elle fronce le sourcil, puis se rassérène, sourit, et, fixant Ulysse avec un regard scrutateur, elle lui jette un mouchoir brodé d'or.

A ce moment, une vieille bohémienne arrive en criant :

« *Fállia backahume, coucoúlia! coucoúlia!* »

C'est le cri invariable de toutes les diseuses de bonne aventure en Turquie.

La sibylle s'avance dans le cercle, et sa démarche dénote assez qu'elle veut s'approcher de Zelly. Mais la mère de la danseuse est là pour déjouer toute menée malveillante.

Jeune encore, bien que n'ayant plus aucune prétention, la mère de Zelly est une femme très-agréable comme aspect, langage et tenue.

Elle s'avance d'un pas mesuré, tend la main à sa fille et dit :

« Mon enfant, partons. Tu as besoin de repos ; viens.

« Et vous, vilaine créature, vous auriez dû renoncer à vos infâmes manéges, depuis que vous en connaissez l'impuissance. Allez ! et ne vous montrez plus, si vous tenez à votre ignoble vie. »

La vieille fait semblant de ne rien comprendre, et continue sa course et son *boniment*.

« Il y a là quelque mystère, ou je ne m'y connais plus, » dit Vermont à Ulysse.

La mère de Zelly, qui a entendu la remarque du docteur, répond :

« Un mystère, dites-vous, monsieur ? Oui ! pour les *Francs,* pour les diplomates, qui ne peuvent ou ne veulent rien voir à découvert. Mais pour nous, quand on nous enlève, on assassine nos enfants ; quand on nous refuse jusqu'à la porte des temples, jusqu'au droit de nous appeler femmes ou hommes, oh ! ce qui est pour vous un mystère n'est pour nous qu'une persécution patente !

— C'est le sort de tous les raïas, hasarde Wildcock en sa qualité d'Anglais turcophile.

— Que l'on me pende cet Anglais haut et court !

s'écrie Valérie dont les yeux bleus comme des saphirs jettent des flammes d'indignation.

— Ah! s'écrie la mère de Zelly, si nous étions seulement au rang des raïas, ou des guiaours rebelles, comme vous, monsieur! Mais non, nous sommes des *tschinghianés*, des êtres inférieurs aux bêtes, et...

— C'est bien, c'est bien! nous savons tout cela. Mais pourquoi chassez-vous cette vieille? je veux me faire dire la bonne aventure, *moá!*

— Et qui vous en empêche, monsieur *Goddam?*

— Allez vous faire prédire la potence! dit Valérie, et ce ne sera que justice. »

Wildcock, dépité et ayant grand besoin de se faire prédire des *bonheurs* futurs, court après la vieille devineresse.

Zelly parle à l'oreille de sa mère, qui fait un signe d'assentiment, et s'approche du capitaine Ulysse avec déférence.

« Laissez-vous prédire votre avenir, cher monsieur, dit-elle, et un peu votre passé et votre présent. »

Ulysse se laisse faire, et la mère de Zelly commence en ces termes :

« Vous dire que vous êtes brave, loyal, capable de tous les dévouements, est chose inutile pour vous, et pourrait être désagréable à d'autres. Vous avez beaucoup de qualités, et quelques vices ; vous...

— Passons sur les qualités, ma bonne devineresse, et voyons les vices.

— Vous aimez les femmes, toutes les femmes !

— C'est donc un vice, ça ?

— C'est, en tout cas, une pente fertile en... fautes. Votre bon cœur vous en épargne beaucoup, il est vrai, mais il vous sert mal quand il vous pousse à affronter de grands dangers, par dévouement pour les autres. A cette heure même, vous êtes engagé dans une affaire d'honneur.

— D'honneur ! elle est belle, celle-là, dit Ulysse en riant.

— Monsieur, continue la bohémienne avec assurance, ma science ne me trompe jamais ! Oui, l'honneur de votre famille...

— Des sornettes ! fait Ulysse en retirant sa main ; mais il change de couleur. »

Zelly, qui partage visiblement l'émotion du capitaine (et pour cause), prie sa mère de continuer. Celui-ci abandonne encore sa main.

« Laissons le passé ; il est bien triste. Le présent ne vaut guère mieux, malgré l'apparente jovialité qui enveloppe votre personne. Quant à l'avenir, parlons-en. Tous vos souhaits seront réalisés d'une façon inattendue. Mais gardez-vous d'une méprise qui vous rendrait la vie insupportable... »

Ulysse reste rêveur. Ses yeux rencontrent ceux de Zelly. Tous deux se regardent comme s'ils s'interrogeaient.

« Vous ne prédisez là que du malheur !

— Qu'il dépendra de vous, cher monsieur, de changer en un bel et grand bonheur, ajoute la prophétesse, qui voit revenir tout penaud Mister Wildcock, la priant de lire dans sa main.

— Votre présent, dit la bohémienne avec un certain dépit, répond mal à votre passé. Vous exercez une profession... grave; vous êtes estimé, honoré, même par ceux qui ne vous connaissent pas bien; mais pas trop *révéré* par les femmes. Une d'elles vous a rendu malheureux...; vous vous en êtes débarrassé... non sans peine.

— Ce n'est pas à l'aide de la digitaline. j'espère; fait Valérie.

— Aoh ! je n'ai jamais été marié, moâ !

— Et en ce moment même, continue la bohémienne, vous ne refuseriez pas d'épouser une seconde femme. Mais... *alche ghiozunû, deurt éillé* (écarquille tes deux yeux à en faire quatre) : ne prenez pas un « coucou pour un rossignol », ce serait une... *récidive*.

— Cela ferait deux coucous, voilà tout ! insinue Valérie. »

La diseuse de bonne aventure prédit à Vermont qu'il épousera, sur le tard, la femme qui est destinée à faire son bonheur *durable;* mais qu'il sera riche en bonheur à courtes échéances.

— Pourvu, ô mon Dieu! que les soldes se fassent sans protestation! exclame la maligne Parisienne. »

Quand Edinn-bey vient consulter, Valérie frappe une main contre l'autre et s'écrie :

« C'est ça! vous allez voir, « messieurs et dames », ce qu'un Turc a d'épouses et de contre-épouses!

— Pas énormément, fait la mère de Zelly, rien qu'en ouvrant la main du bey : une demi-douzaine de femmes blanches, et quelques servantes de couleur; mais pas une seule épouse.

— Et des enfants? demande Edinn-bey.

— Aucun!

— Misère! exclame Valérie; chez le pacha où je portais ces fleurs, il y a une vingtaine de blanches, et deux fois autant peut-être de femmes de nuances diverses. Encore, s'il y en avait de belles! **Les unes,** *crapaudes;* **les autres,** *bécasses;* pas une d'intelligente! Ah! ces Turcs! Quant aux enfants, je n'en ai jamais vu un seul. On dit à Paris : « Il n'y a plus d'enfants! » eh bien! c'est **chez les Turcs de condition que cela est vrai. Ils** n'en font donc pas?...

— Est-ce exact, bey? demande Ulysse.

— Comme la géométrie, cher camarade. »

Cette conversation est interrompue brusquement par la voix stridente d'un crieur public, qui court annonçant un incendie à Scutari. Il dit :

« *Uscudardâ yanghune vaaaar!* »

Un incendie à Constantinople prend toutes les proportions d'une catastrophe, chacun sait ça.

En un clin d'œil, la foule des promeneurs se disperse; Zelly et sa mère s'éloignent, suivies de loin par Edinn-bey. Valérie gagne le rivage après avoir embrassé Zelly.

Nos trois voyageurs, malgré l'opposition d'Ulysse, se dirigent vers le lieu du sinistre, à deux kilomètres de Guiok-Souyou.

Le *yanghundjû* court toujours en poussant son cri terrifiant. Des pompiers, emportant sur leurs épaules de petites pompes à incendie, passent au pas de course. Jambes nues, manches de chemises retroussées, ils sont vêtus de culottes courtes, de vestes serrées à la taille et ouvertes à la poitrine. Des globes de cuivre étamé couvrent leurs têtes. Ils bousculent et renversent tout sur leur passage, distribuent des horions aux passants et crient le plus fort possible : *Aaaa!*

Viennent après des hommes armés de perches à crocs, de seaux, de pelles, de haches, de pioches, etc.

Tout cela ne revêt aucun caractère officiel. En Turquie, on est pompier amateur, comme en France on est orphéoniste. Les pompes, les ustensiles, appartiennent aux mosquées, aux églises, aux établissements publics.

Et les pompiers, et leurs services, sont toujours au plus offrant. Gare aux pauvres!

Cela ne veut cependant pas dire que les riches soient saufs, car c'est par ces mêmes pompiers que la plupart des incendies sont allumés.

Le vent du nord souffle en tempête. Les flammes s'élèvent à des hauteurs prodigieuses. L'écroulement d'une maison incendiée lance sa toiture embrasée sur les bâtisses voisines et communique le feu à tout un pâté de maisons, presque toutes construites en bois léger, qui brûlent comme des copeaux.

Des solives en feu, pliant sous le poids des murs croulants, basculent, forment détente et projettent à d'énormes distances des clous, des tisons, des ferrures chauffés à blanc. En 1827, la fameuse tour vénitienne de Galata fut incendiée par un clou qui lui arriva du quartier du Funduclu, distant de plus de trois kilomètres.

C'est là une pluie de feu, dont on ne se peut garantir que par la fuite. Le grand incendie de Péra, en 1870, donne la mesure de pareils sinistres. L'eau, lancée en petite quantité par les pompes portatives des *touloumbadjîs*, ne fait, la plupart du temps, qu'alimenter le terrible élément; à ce point que le peuple ignorant accuse souvent les pompiers de mettre dans leurs pompes... de l'huile, — le pétrole n'étant pas encore en usage chez l'heureuse population stamboline.

Mais voilà notre Pépéhi qui court après les trois amis. Il est essoufflé, il bégaye à peine ces quelques mots :

« V-v-v-voilà nos d-d-dames qui arrivent, il n'y a pas un moment à p-p-perdre, profitons de la confusion.

— Où sont-elles ? courons-y ! s'écrie Wild-cock.

— Les voilà ! crie Vermont. »

Les deux Arméniennes se précipitent tout effarées au milieu de leurs... prétendants. Elles sont vêtues à la franque.

« Hâtons-nous, fait Doudou, notre père a lancé des cavasses à notre poursuite...

— Mille... tromblons ! s'écrie Ulysse, il serait bien amusant d'emporter les cavasses aussi. »

Tackouie appelle sur ses lèvres frémissantes

son plus séduisant sourire et prend le bras de notre insouciant militaire.

Le docteur offre le sien à Doudou.

Le révérend serre fiévreusement la main à ses amis et invoque l'assistance divine sur leur œuvre de charité.

« A demain, mes amis, à Béyouk-Déré. Au revoir, chère sœur Doudou !

— Au revoir, cher... *frère !* »

Et Wildcock part comme une fusée, suivi à distance par Pépéhi ; les deux couples se dirigent vers l'embarcadère.

Le tumulte est à son comble. L'incendie fait des progrès épouvantables.

Pépéhi, qui ne perd point la tête au milieu de ce vacarme, aperçoit de loin deux cavasses armés jusqu'aux dents, qui arrivent au pas gymnastique. Il court en avertir les deux couples fuyards et revient se mêler à la foule, où les deux vautours cherchent les deux tourterelles.

Le rusé *yahoudi*, l'homme de Dieu, ainsi que les Turcs appellent l'israélite, accoste deux femmes arméniennes, reconnaissables pour tout le monde à leur mise, et engage avec elles une conversation bruyante, car ces jeunes filles cherchent leur frère égaré dans la cohue.

Les deux cavasses, qui courent précisément à

la recherche de deux femmes de cette tribu, s'ar-
rêtent et les regardent.

Pépéhi fait semblant de les avertir du danger
qu'elles courent. Naturellement, elles manifes-
tent de la frayeur, et les agents de police, per-
suadés qu'ils ont mis la main sur les *délin-
quantes*, les invitent à les suivre, de la façon la
moins galante possible.

« Allah! Allah! disent-ils, on ne décampe
pas ainsi du foyer paternel, que diable! Allons!
postalle, en avant, *arche!* »

Des passants essayent de s'interposer. Pépéhi
fait chorus avec les cavasses et s'évertue à expliquer le fait aux badauds qui se rassemblent.

« Allah! Allah! crie Pépéhi, comme les cavasses, ce sont là les deux filles d'un honnête
Arménien. qui allaient se faire enlever par des
Firings. Ces braves *fonctionnaires* ont ordre de
les ramener au bercail, force doit rester aux
droits paternels. N'y aurait-il pas parmi vous un
seul père de famille, par exemple! »

Un jeune homme se présente en ce moment
et déclare être le frère des deux jeunes filles. Les
cavasses l'accueillent avec la douceur qui est le
propre de leur état, et l'invitent à les *accompagner*, pour aller présenter sa réclamation à M. le
chef de la police.

Cette fois-ci, tout s'est passé, il le faut bien

avouer, absolument comme chez nous. Et la foule, muette d'ordinaire comme un certain comte de Paris, crie cependant :

« Vive l'autorité paternelle !

— Vive la force armée ! »

Et elle applaudit Pépéhi... naturellement.

CHAPITRE V.

Il est quatre heures du matin.

L'aurore fuit au loin, emportant le sombre voile qui couvrait les beautés incomparables du Bosphore.

Chrysopolis, la ville d'Or, aujourd'hui appelée Scutari, si éprouvée par l'incendie de la veille, se présente à l'œil émerveillé comme une œuvre gigantesque d'orfévrerie, sous la forme d'un paysage en relief, sculpté sur une montagne d'argent pur et semé de dorures.

Les tours des murailles et des palais des Constantins, les cimes des minarets, des cyprès, des màts de vaisseau. empruntent déjà leur vermeil aux premiers rayons de Phœbus. que Byzance voit une heure quarante-six minutes trente-cinq secondes avant Paris.

La surface de la mer, transparente comme un immense cristal de roche, reflète l'image du firmament éthéré, et l'œil du contemplateur s'épouvante, en croyant voir un second ciel abîmé sous ses pieds, dans des profondeurs vertigineuses.

Les oiseaux gazouillent sur les arbres, les fleurs sourient au retour du jour.

Toute la nature se réveille, mais la voluptueuse population de Stamboul dort encore.

Deux hommes veillent à l'hôtel Missiri. Ce sont nos deux voyageurs : Ulysse et Vermont.

Ils parlent tout bas. Pourquoi?

Sans doute pour ne pas troubler le sommeil de quelqu'un.

Sur la table du milieu de leur salon, gisent encore la vaisselle et les restes d'un souper somptueux; près de cette table est placée une malle énorme.

Ulysse, assis sur un canapé, contemple avec amour le mouchoir donné par Zelly.

Vermont se promène à grands pas, et peste après Pépéhi qui se fait trop attendre.

« Il sait bien pourtant, dit-il, dans quelle délicate position il nous laisse, le misérable! Si l'on venait à découvrir ici ces dames... c'est que la loi...

— *Hé ben!* quoi? nous les épouserions, parbleu! répond Ulysse sans rire; et puis, vous parlez de loi; quelle loi, s'il vous plaît? Ici l'on se passe d'un pareil luxe. Pourvu qu'il y ait épou-

sailles, tout est permis, jusqu'au meurtre. Demandez plutôt au grand vicaire.

— Cachez donc le mouchoir de votre nouvelle
Dulcinée, avant de songer à de nouvelles con-
quêtes... Quel terrible épouseur vous faites !

— Eh ! *by Job !* comme disent les Anglais,
quand deux beaux yeux m'appellent, je ne résiste
jamais ; et quand ils parlent à mon cœur, oh !
fallût-il franchir toutes les mers pour les atteindre.....

— Prenez garde ! capitaine : les flots sont
presque aussi changeants que les femmes ; et
souvent le naufrage a lieu tout près du port...

— Le naufrage, cher docteur ? Eh ! qu'importe ? Il est parfois aussi beau de périr pour
l'amour que pour la gloire. Quand la beauté
commande, tous les cœurs doivent obéir ; les
obstacles sont autant d'aiguillons ; et, si l'on
échoue avant d'atteindre le succès, eh bien !...
on a du moins l'honneur « de l'avoir entrepris. »

— Bon ! du La Fontaine à présent. Vous voilà
livré à la poésie, cher capitaine ; et si je ne
vous connaissais pas, je vous croirais amoureux
fou !

— Dites amoureux, dites fou. Mais ce que je
ressens cette fois-ci ne ressemble ni à l'amour
ni à la folie.

— Comme toutes les autres fois, pardine ! Je

connais toutes ces belles passions-là, *va!* ajoute
le docteur; puis il entre dans la chambre de
Wildcock absent. »

Resté seul, Ulysse se dit :

« Il a raison, ce brave ami, s'il me juge d'après
ma réputation. Et cependant... Non! aucune
femme ne m'a fait éprouver ce saisissement de
cœur indéfinissable. Zelly!... elle est là, constamment dans mon cœur, devant mes yeux,
quoi que je fasse ou que je dise. Serait-ce un
sortilége? se demande le malheureux, en dé-
ployant le mouchoir brodé. Fi donc! un soldat ne
croit pas à ces niaiseries.

« Serait-ce un amour soudain? On en voit dans
les romans; mais... une bohémienne...

« Et pourquoi pas? n'a-t-on pas vu des rois
épouser des... modistes?...

« Mais voici nos péronnelles qui se réveillent :
faisons semblant de dormir. »

Les deux sœurs sortent de la chambre voisine
sans bruit, et s'asseyent sur le canapé opposé à
celui où dort Ulysse.

« Ah! ma chère Doudou, soupire Tackouie,
plus le moment suprême approche, et plus je
sens mes forces défaillir. Pense donc! quitter ses
parents, ses amis, son pays...

— Ses basilics, interrompt Doudou.

— Sans doute, ses basilics!

— Ses poules, ses dindons...

— Sans doute, ses poules... Qu'est-ce que tu me fais dire donc? Et puis se mettre à la merci d'un ignoble juif, passer toute une nuit avec des gens qui... que... qui...

— Qui ne sont pas ceux qu'on aime! achève Doudou.

— Oh! chère Doudou, je ne les déteste pas, ceux-là non plus, mais... tout ceci est bien compromettant; et des jeunes filles qui...

— Qui désirent vivement se marier, n'est-ce pas, Tackouie?

— Mais, Doudou, es-tu sûre de l'amour du docteur pour toi?

— Qui te parle du docteur! Je comprends : tu prêches le faux pour... Connu, va!

— Chère petite cachottière, je sais ce que je dis. Le docteur t'aime, c'est certain; et toi, en retour, tu le hais si peu, si peu!

— Alors, ma bonne Tackouie, si tu te crois fine, il est temps de te détromper. C'est toi que le docteur adore! Ne maudissait-il pas tout à l'heure ton flegmatique Anglais, en lui enviant son sort?

— Dis-tu vrai?

— Vrai comme la géométrie! dirait le beau capitaine.

— Mais, à propos, qu'est-ce que c'est que cette *géométrie* si vraie?

— Ah! chère Tackouie! tu oublies donc le vieux bénédictin qui, à la pension, nous mettait à la torture avec ses *carrés* et ses *hypoténuses?*

— Oui, oui, oui! je sais; celui qui nous apprenait que la somme des deux côtés d'un triangle équivaut toujours au troisième côté; découverte pour laquelle, disait-il, le bon Dieu avait sacrifié cent bœufs à... A qui donc?

— Que tu es... *simple,* ma pauvre Tackouie! Mais laisse-moi donc achever.

— Où en étais-tu donc?

— Je disais que le docteur t'aime, et j'ajoute que ton révérend est encore à se demander si ce qu'il sent pour toi ne serait qu'un simple élan de...

— De?...

— De pitié, na!

— De pitié, as-tu dit? ai-je bien entendu Doudou?

— Dame! tu es jeune, jolie, *potelée,* et... sans mari : il croit sans doute te faire *plaisir.*

— Vraiment, Doudou? Mister Wildcock...

— Mon Dieu! il y a beau jour que Pépéhi m'a ouvert les yeux, va! On ne commande pas à l'amour, quoi! Pour moi, je n'y suis pour rien, tu le sais, et cependant!...

— Cependant, quoi, tu l'aimes?

— Distinguons, chère Tackouie : il m'aime, et je ne le peux pas empêcher, à moins de me donner une garde du corps...

— Il te l'a dit?

— Il pourrait bien me le dire cent fois; serais-je forcée de le croire? mais... enfin!

— Parle, ma chère, ne crains rien.

— Je l'ai vu, là! de mes yeux vu!

— C'est donc un traître, un parjure que *ton* Mylord!

— Un parfait honnête homme : il t'a promis mariage, il t'épousera.

— Tandis qu'il en aime une autre?

— Oui; qu'y peux-tu faire?

— J'y peux faire que... que je consentais à l'enlèvement parce que je me croyais aimée de la tête aux pieds...

— Il y aurait de l'ouvrage, ma chère Tackouie...

— Laisse-moi finir, Doudou; autrement, je ne consens plus à rien. C'est révoltant, à la fin! me prend-on pour une dinde, moi?

— Elle serait grasse, murmure Doudou; mais ne parle pas si haut, ma bonne, tu vas réveiller le capitaine.

— Qu'est-ce que ça fait!

— Ça fait que Pépéhi va arriver, et ta *pagode*

t'attend, reprend Doudou en montrant du regard le coffre.

— Pas de danger! fait Tackouie dans son langage trivial.

— Comment! tu refuses? mais... les apprêts, le bateau, le bon Wildcock, le coffre?...

— Entres-y, toi, puisque c'est toi qu'on adore.

— Mais... je ne l'aime pas, moi!

— *Qué que ça fait!* Tu seras mariée; cela ne te suffit-il pas? Et puis, d'ailleurs, demande-t-on jamais à une femme si son cœur lui appartient?

— Mais si, en effet, j'en aimais un autre, moi?

— Qui ça? le capitaine?

— Oh! crois, chère Tackouie, que, pour celui-là, j'aurais des cœurs par douzaine, qu'il serait bien sûr de n'avoir pas même... le *treizième.*

— Ce n'est pas Pépéhi, toujours, qui tisonne ton cœur?

— Ah! ma sœur, celui qu'on aime est, le plus souvent, celui qui en aime une autre!...

— Tu vois bien, petite maligne, c'est le docteur.

— Et le docteur adore Tackouie!

— Et le révérend qui meurt pour Doudou!

— Fatalité! exclame Doudou en poussant un gros soupir qui réveille Ulysse.

— Pardon, mesdemoiselles ; vous m'avez réveillé. Où est donc le docteur? demande le capitaine en se frottant les yeux.

— Il n'a rien entendu de notre conversation, dit Tackouie tout bas à sa sœur.

— Holà ! docteur, où donc êtes-vous ? crie Ulysse.

— Me voici, répond Vermont qui sort tenant un sac à la main. A quoi pense donc cet original de pasteur ! voici son sac plein d'argent qu'il a oublié dans sa chambre. Il n'aura pas seulement de quoi payer son hôtel là-bas.

— Mlle Tackouie lui apportera cela, fait le capitaine ; d'ailleurs, il ne restera à Béyouk-Déré que le temps de célébrer son *hymen*. Demain, il sera ici.

— Il attendra longtemps, murmure Tackouie à l'oreille de sa sœur.

— Tu vas donc laisser languir celui qui t'offre sa main, son nom...

— Et qui te garde son cœur, interrompt Tackouie. »

Et les deux sœurs se retirent dans une embrasure, où elles causent à leur aise.

« Mon cher docteur, se hâte de dire Ulysse, je feignais l'endormi, pendant que nos *séductrices* échangeaient leurs petites confidences. *Eh ben!* le révérend n'est pour Tackouie qu'un pis-aller.

C'est vous qu'elle désire. Profitez-en ; poussez votre pointe de ce côté-là...

— Vous êtes bon, vous! Laissez-les donc se marier.

— Quel serpent vous faites, docteur! En tout cas, pointez bien vos pièces, vous allez être attaqué incontinent.

— Je me défendrai, capitaine !

— Pour capituler ensuite... »

Après ces paroles, Ulysse va remettre à Tackouie le sac de Wildcock.

« Tenez, belle enfant ; vous apporterez ce trésor à votre mari, qui l'a oublié ; il contribuera puissamment à votre bonheur, — le trésor, bien entendu.

— Monsieur, ce n'est point le moyen le plus rapide pour faire parvenir ce sac à Mister Wildcock, répond Tackouie en regardant tendrement le docteur.

— Que voulez-vous dire, charmante enfant? demande Vermont en fixant Tackouie avec amour.

— En Turquie, fait observer Ulysse, rien ne va aussi vite que la *malle*. C'est le moyen le plus prompt pour les *expéditions*.

— Emploieriez-vous ce moyen, si... l'on vous aimait? interroge Tackouie.

— Avec transport! réplique le docteur.

— Même s'il s'agissait d'une... Arménienne?

— Les anges n'ont pas de pays. »

« C'est pas ça ! c'est pas ça ! murmure Ulysse à part ; il lui file le parfait amour. » Puis il dit à Vermont :

« Bravo ! docteur ; voilà une maxime qui me va. L'ange est l'ange ; et, pour arriver jusqu'au mien, je me donnerais volontiers à tous les diables !

— Ce serait le plus long, capitaine, observe en souriant la petite Doudou.

— Il est de fait, répond Ulysse, qu'un bon mariage est un procédé plus expéditif pour arriver... au diable.

— Expéditif, oui, capitaine, mais quelquefois *difficile*, dit Vermont.

— Tu l'entends? ma chère Tackouie ; et sans ton... Anglais...

— Les choses difficiles ne sont pas toujours impossibles, monsieur le docteur, et elles n'en ont que plus de mérite, riposte Tackouie.

— Délicieuse enfant ! qui ne vous adorerait à genoux !

— Oui, pour s'en aller en se relevant ; murmure l'incorrigible artilleur.

— Ma chère Doudou, tu as raison ; le docteur m'aime, et il est loin de soupçonner ton amour pour lui, déclare Tackouie bas à sa sœur.

— Naturellement il ne soupçonne rien! sans cela... Mais voyons, Tackouie, que vas-tu faire? il faut prendre une décision.

— Petite présomptueuse!... Tu partiras, je reste; et j'épouse le Français, voilà! »

Très-contente d'elle-même, Doudou s'adresse le petit *speech* suivant :

« Allons, se dit-elle : j'épouse l'Anglais *malgré moi*, et ma sœur le Français *malgré elle*. Ah! que j'ai bien fait d'obéir à mon inspiration, au lieu de suivre le plan trop compliqué de Pépéhi. Qu'on aille maintenant vanter la finesse des hommes et la subtilité des *diplomates*... de toutes espèces La femme, voyez-vous... D'ailleurs, le proverbe a raison, « tout vient à point à qui « sait... tromper ». Et la femme, c'est son fort! »

De son côté, la lourde Tackouie ne s'abîme pas; elle se dit :

« Je passe ma sœur au goddam, et je m'annexe le *dis-donc*. Suis-je bête, hein! J'ai bien vécu vingt-six ans sans l'esprit de personne, je m'en passerai à l'avenir. »

« Six heures passées! annonce Vermont en tirant sa montre. Ce retard « ne ressemble pas à Pépéhi »; que lui est-il arrivé?

— Quelque accident, peut-être! Monsieur le docteur, si vous vouliez bien...

— Je cours, mademoiselle Doudou! se hâte de
dire Vermont, » et il disparaît comme un spectre.

Resté seul avec les beautés araxiennes, le terrible militaire invoque la protection de tous ses
dieux lares. Pour se donner une contenance, il
dit à Tackouie :

« Eh bien, mademoiselle, quelques heures
encore, et vous LE verrez.

— Non, monsieur, j'y renonce ; et ma sœur
prend ma place. Mister Wildcock l'aime, et je
ne veux pas faire le malheur de ce... tendre
cœur. »

« Sapristi! comme ma sœur devient spiri-
tuelle! » murmure Doudou.

Mais le capitaine, comme tous les capitaines,
est paternel ; il sermonne Tackouie ; il lui
dit :

« Et qu'allez-vous devenir après votre esca-
pade, mademoiselle? Un cloître bien sombre et
bien triste vous attend, si vous rentrez chez
votre père ! »

Et la massive Arménienne de riposter avec
hauteur :

« Gardez votre *commisération*, capitaine ! je
ne suis pas tant à plaindre que vous avez la
bonté de le penser.

— Si vous en êtes sûre, mademoiselle !...

— Il m'agace, ce *soldat !* Tâche, ma chère

Doudou, qu'il ne dise rien au docteur. ajoute Tackouie, à l'oreille de sa sœur. »

« Entrez ! » crie Ulysse qui entend frapper à la porte.

Pépéhi se présente tout effaré et, bégayant plus que jamais, dit à la cantonade :

« *Hammals,* restez là sur le carré ; je vous appellerai. »

Puis il entre, ferme la porte et ne peut prononcer que ce mot :

« Dé-dé-décidément... »

On s'empresse de le calmer ; on lui fait respirer des sels, boire une limonade. Il reprend haleine, et Tackouie lui demande s'il a vu le docteur.

« J'ai...ai... Ah ! je me sens mieux. Fi...fi... figurez-vous les peines que j'ai eues pour détourner les envoyés de votre père ! Ils ont *filé* deux autres femmes. et ils ont fini. grâce à moi, par les emmener, en votre lieu et place, chez le *zaptié.* Mais on a découvert le subterfuge, dénoncé par un Arménien de votre connaissance, et la police m'a *coffré.*

— Bravo. la police ! s'écrie Ulysse, j'aurais voulu voir Pépéhi au violon ; quelle danse !

— Pauvre *bibi !* fait Doudou, et comment vous êtes-vous échappé ?

— Grâce aux vingt livres que M. Wildcock m'avait données hier ; et me voilà bredouille maintenant ; car les deux autres béyzadés ne sont pas excessivement généreux.

— Voici de ma part, dit Doudou en lui offrant dix livres turques, et ne pleurez plus, mon pauvre Pépéhi !

— Et en voici autant de la part de *M. de Vermont, docteur en médecine !* dit Tackouie en bravant le capitaine.

— Merci, mes sultanes !... Puisse Jéhovah vous rendre chastes comme Sarah et fécondes comme Agar. »

Ce disant, Pépéhi regarde le capitaine d'un air suppliant ; mais, comme celui-ci lui rit au nez, il dit entre ses dents : Ah ! beau capitaine, vous me le payerez !

« Quant à cet excellent docteur, poursuit-il en s'adressant aux Arméniennes, c'est bien lui qui m'a aidé à sortir de ma cage, et il attend que je lui fasse parvenir de l'argent pour payer les policiers subalternes.

— Que ne parlais-tu plus tôt, malheureux ! Tiens ! porte-lui ça. Et Tackouie lui remet un porte-monnaie.

— Dans un instant, ma sultane, répond Pépéhi en empochant le *trésor;* le docteur est commodément à déjeuner au café ; mais nous, il nous

reste un bout de besogne à faire. Pas une minute
à perdre, ou sinon nous sommes tous perdus ;
vous l'entendez ? Regardez, mademoiselle, ajoute-
t-il en ouvrant le coffre : il y a matelas, oreiller,
châle, courroies, rien n'y manque ! Veuillez donc
y entrer, ma sultane. »

Ulysse adresse à la fiancée de Wildcock la
même invitation :

« Entrez-y, mademoiselle,... pour en sortir
madame.

— C'est à ma sœur d'y entrer, Pépéhi, puisqu'elle aime le révérend.

— Non ! ce n'est pas moi ! c'est lui qui
m'aime.

— N'importe, je te cède ma place ; dépêche-
toi d'en profiter, et fais le bonheur de celui qui
aime et désaime en moins de temps qu'il n'en
faut au capitaine ici présent pour boire dix
canons de santorin.

— Quand on en laisse,.... marmotte Ulysse ;
et, s'adressant à Doudou : Allons, mademoiselle,
une ! *deusse ! allllez !* et il fait mine de se
retrousser les manches pour emballer *l'objet.*

— Mais je porte crinoline ! fait Doudou.

— Si ce n'est que cela... Il me semble cependant que le bon révérend avait formellement
juré, devant Dieu et les hommes, d'épouser...

— D'épouser *la femme qui lui arriverait dans la malle !* s'écrie Doudou.

— C'est exact ! dit Pépéhi.

— Absolument ! fait Tackouie.

— A votre aise donc, » répond Ulysse.

En un clin d'œil, le *malakoff* est enlevé, et Doudou couchée bravement dans le coffre.

Sa sœur l'embrasse avec tendresse, et Ulysse est trop bon prince pour lui épargner de retentissantes accolades.

« Adieu, ma bonne sœur ! lui dit Tackouie ; que le Seigneur te protége !

— Pourvu, ô mon Dieu ! qu'elle soit heureuse, dit Ulysse en levant vers le ciel des bras et des yeux suppliants. Excusez-moi, mademoiselle Doudou, si je ne vous accompagne pas : on y serait à l'étroit.

— Adieu ! répond Doudou, adieu, ma sœur ; adieu, cap... »

Le couvercle est baissé, et le coffre est fermé à clef par Pépéhi, qui dit :

« Retirez-vous à présent, mademoiselle Tackouie ; cachez-vous, monsieur le capitaine. Et, ouvrant la porte, il crie au portefaix : *Hammall, guell !* »

Les hammals arrivent, entourent la malle par le milieu avec une corde, et l'enlèvent à l'aide d'une manivelle.

« Vous savez, doucement ! c'est *très-fragile* ; et, sans vous arrêter, portez ce colis au bateau de Béyouk-Déré, et le remettez à M. Pàris, le mécanicien du bord, qui l'attend.

— *Pek éhi, Pek éhi !* répondent les portefaix, qui emportent comme une plume le fardeau... *très-fragile.* »

Resté seul, le trop *uscuzar* Pépéhi pense tout haut, et naturellement sans bégayer :

« Grâces soient rendues au Dieu de Jacob ! Je craignais d'échouer au port. Enfin, voilà une de mes houris d'établie, non sans peine, en vérité, car on peut se dire des vérités quand on se parle et qu'on s'écoute sans témoins.

« Passons à l'autre. Le docteur se fera peut-être tirer l'oreille pour conclure un mariage... *quelconque ;* mais n'avons-nous pas la main gauche à notre service ! pourquoi nous en a-t-on fait deux ! D'ailleurs, n'est-ce pas lui-même qui en parlait dans son histoire de Mlle Marie de.....

— Misérable ! s'écrie Ulysse, qui rentre dans le salon comme un ouragan ; tu laisses une femme enfermée dans une caisse à la merci de deux faquins ! Mais tu mériterais être embroché comme une grenouille !

— Ho, ho ! capitaine ! vous êtes plus prodigue de vos injures que de votre argent. »

Ulysse est pâle de colère ; d'une main, il applique un soufflet au juif, de l'autre lui jette de l'or sans compter. Il le prend par les épaules, le fait pirouetter sur les deux pieds, lui assène un coup de talon... là où les coups de talon s'assènent, et lui dit ces seuls mots :

« Cours ! vole ! ou gare à toi ! »

Pépéhi empoche l'or, le soufflet et le coup énoncé, et calme, froid, imperturbable (quel métier !) dit en souriant :

« N'ayez aucune crainte, monsieur le capitaine : Mister Wildcock est à bord pour recevoir *l'expédition*, et Mister Pâris, son satellite *obligé*, accompagne la *pagode* ; il était posté à dix pas de la porte de l'hôtel.

— Sors d'ici alors, indigne imposteur ! épargne-moi la honte de te châtier.

Pépéhi sort en faisant un profond salut et, une fois hors de la porte, il dit à la cantonade :

« Je me vengerai !... »

Pendant que Tackouie soigne ses atours dans la chambre du docteur, Ulysse se livre à un monologue, selon sa bonne habitude, commune d'ailleurs à tous les mathématiciens.

« Quel abominable *tchiffoutt !* dit-il ; ça ne vaudrait pas la corde pour le pendre, si ça n'était le père d'une si jolie fille. Et ces Arméniennes !

nom d'un... canon ! sont-elles enragées ! en voilà des gaillardes qui ne crachent pas sur le métier de Figaro ! Quelles prêtresses de Cupidon déclassées, quelles Phèdres !... Pas difficiles, d'ailleurs ; l'une aime Pierre et épouse Paul, l'autre s'annexe à Jean, parce qu'elle adore Jacques !

« Et ce candide Vermont qui, cherchant à servir de coefficient matrimonial à l'Anglais, se laisse entortiller comme un Russe au passage des Panoramas !

« Je verrais ces choses-là au théâtre que je crierais à l'invraisemblance, parole d'honneur ! »

Un moment arrêté, notre trop sévère officier cherche son mouchoir et tire de sa poche celui de la danseuse bohémienne.

« Malédiction ! rugit-il ; il me sied bien, à moi, d'abîmer les autres, quand je suis ensorcelé par une... fille bohême ! Et cependant... Oh ! Zelly ! Zelly !... »

Et il embrasse le mouchoir, sans voir Tackouie qui se précipite dans le salon tenant en main une miniature encadrée et un album à photographies.

« Quels traits réguliers ! dit-elle en contemplant le médaillon, quelle physionomie noble et franche ! et quelle force de muscles doit-il avoir ! Ah ! que j'ai bien fait de *lâcher* le cacochyme

Anglais! Mais ce beau volume doré? Un parois-
sien, sans doute. »

Elle ouvre l'album au hasard et fixe les yeux
sur un portrait.

« Une femme !

— Et fort jolie ! lui crie Ulysse qui la regarde
dans la glace.

— Et celle-ci ? capitaine.

— Celle-là ?... c'est sa cousine germaine.

— Et cette autre ?

— Celle-là... attendez donc, que diable ! je
ne suis pas le registre de M. de Foy, moi !
Ah ! oui... c'est une des filles de sa tante.

— Et cette blondine ?

— Celle-là, c'est une des filles d'Ève; ah ! la
bonne, l'excellente personne ! C'est même elle
qui a tenu notre ami Vermont sur les fonts bap-
tismaux.

— Et elle est plus jeune que lui !

— Précisément ! en France cela se fait toujours ainsi.

— Et cette fillette qui se dresse sur la pointe
des pieds ? elle est presque nue ! Et cette autre
qui remet sa chemise? et celle-là qui l'ôte; et
cette effrontée, à cheval sur une chaise avec
une jambe en l'air? En voilà une drôle de famille, par exemple, pour un docteur en médecine !

— Mais, c'est l'anatomie, parbleu ! l'anatomie des vêtements sur le corps.

— Anatomie ? connais pas, mais elle doit être
une bien vilaine femme ! *Tiens !* voilà ce que je
fais de *ton* anatomie ! »

Et elle déchire les photographies par petits
morceaux.

Le hasard a souvent des méchancetés qui lui
sont propres : En ce moment, Vermont, accompagné d'Edinn-bey, entre sans frapper.

CHAPITRE VI.

RACHEL OU LIA, QU'IMPORTE?

Il fait déjà grand jour depuis plus d'une heure. Le docteur ouvre les rideaux, pousse les volets et éteint les lampes. Il reste immobile à la vue de ses photographies lacérées, éparses.

Tackouie boude et pleure, renversée sur un canapé.

« Vous ne m'attendiez pas si matin, cher camarade, dit Edinn-bey à Ulysse; et, par sainte Barbe! je m'attendais fort peu, moi, à vous trouver en si bonne compagnie. Le hasard m'a conduit à la rencontre de monsieur Vermont; mais, si je suis importun... vous savez?...

— Importun? mille pétards! mon cher bey! mais c'est Allah qui vous envoie à mon secours; je perds la tramontane! Le mariage monte, monte comme une marée autour de nous; il va infailliblement nous submerger, si vous ne nous tendez pas la perche.

— Vous connaissez ça, le mariage, vous autres musulmans ; sauvez-nous, bey, sauvez-nous, et je jure le célibat à perpétuité !

— Allons ! ne faites pas le dégoûté, cher capitaine... Mais voyons, en quoi vous puis-je être utile ? enlevez-vous Zelly ?

— Il ne s'agit pas de Zelly — pour le moment.

— De quoi s'agit-il, mon Dieu ! demande Vermont.

— D'épouser, morbleu !

— Épouser ? mais épouser qui ou quoi ? fait Edinn-bey. »

Tackouie se retire prudemment, et le capitaine répond à son départ en poussant un gros soupir de soulagement :

« Eh ! parbleu ! la houri qui vient de s'enfuir. Vos regards langoureux, cher docteur, lui ont persuadé que vous l'adorez ; et comme ses propres sentiments ne s'opposent guère à ceux qu'elle croit vous avoir inspirés, elle est toute prête à faire votre bonheur.

— *Bagasse !* Et le révérend ?

— Il va, dans peu, recevoir, bien emballée, bien ficelée, Mlle Doudou, qu'il n'attend pas, à la place de Mlle Tackouie qu'il attend, et qui... vous attend impatiemment, espérant que vous accepterez avec ardeur la suite des affaires du *clergyman*.

— Ah çà! mais je crois rêver!

— Tâtez-vous, pour secouer l'illusion, et considérez un peu que votre future moitié prélude déjà à l'exercice de ses droits, en faisant pleuvoir sur le tapis les débris de votre respectable *famille*.

— Mon pauvre album! Mais au fait, c'est là une *fichue* affaire.

— C'est une affaire de rien du tout, affirme Edinn-bey, mais Ulysse n'a pas fini son sermon.

— Vous la trouvez mauvaise? dit-il; à qui la faute, si vous avez joué au parfait amour! Maintenant, Tackouie ne peut retourner chez son *papa* sans déshonneur; et il n'y a plus, *à ce mal*, d'autre remède que le saint hyménée; vous la devez *espouser*, c'est prouvé comme le carré de l'hypoténuse. Exécutez-vous donc de bonne grâce, et *vivan gli sposi!*

— Épouser, c'est bientôt dit; mais, du sentiment que cette robuste beauté m'inspire au mariage, il y a une distance linéaire incommensurable!

— *Guiaours* que vous êtes, mes amis! S'embarrasser pour si peu, quand on se trouve dans les États du padischah, c'est pitoyable! Ici se marie qui veut et comme il veut. Moyennant

quelques jaunets *œcuméniques* à l'effigie de Victoria, sont sanctionnées les épousailles les plus
atrocement conçues, les plus odieusement con-
sommées ! Mais qu'avons-nous besoin des *pappaz*
et de leur trop accommodant supérieur ! Laissez-
moi arranger cela à la façon musulmane. Attendez !

Venez ici, mes amis ; faites aussi venir la
future. Là !

Maintenant, écoutez-moi bien. Le temps presse
comme un créancier anglais. Vous ne pouvez
aller chercher ni prêtres, ni consuls, ni témoins,
n'est-ce pas ? Non ! Laissez-moi donc vous marier de par le *nikiah*. Je m'y connais, car j'ai
eu un mollah pour gouverneur. Y consentez-
vous ?

— Mais... fait Vermont.

— Le capitaine Odysseus vous expliquera ce
que c'est que le nikiah. (Epousez donc sans
crainte, fait Edinn, bas à Vermont ; une somme
d'argent promise vous permettra de *désespouser*
quand il vous plaira, sans autre forme de procédé que de remettre à votre femme ladite
somme en lui montrant la porte). »

Le docteur sourit, et ne semble pas disposé...
à la résistance.

Edinn-bey s'adressant alors à Tackouie :

« Et vous, mademoiselle, y consentez-vous ?

— Dame! bey-effendi, si... si le temps presse...

— C'est juste, observe Ulysse, *puisque le temps presse !* Allez, mon cher *hôdja*, allez-y sans broncher. Quand tout un demi-milliard d'honnêtes mahométans se marient de la sorte, deux guiaours peuvent bien s'en passer la fantaisie, que diable!

« Pendant la guerre de Crimée, des centaines d'officiers des deux camps ont ainsi épousé des femmes tartares, dans toute la Péninsule; et ils s'en sont bien trouvés, par Allah! Demandez plutôt au comte Souchter.

« Commencez la cérémonie, bey ! je servirai de témoin, de bedeau, au besoin. Ici, mademoiselle; entrez dans cette chambre, fermez-en la porte, et répondez catégoriquement aux questions que le seigneur *hôdja* va vous adresser. C'est ça !»

L'heureuse *guéline* (future) ayant obéi, Edinn-bey débute par la prière d'usage, qui sert de prélude aux moindres actions des musulmans :

Missm' Illâhi rahmâni rahimm !

« Toi, femme vierge Tackouie, fille de Kircor Mégavòroglou, épouses-tu de plein gré, en premières noces, et avec le nikiah prescrit par la sainte loi, Charles-Amédée, fils de Louis-Auguste Vermont, non marié jusqu'ici, mais se réservant de prendre autant de femmes qu'il voudra ou pourra ?

— Oui ! répond la guéline toujours renfermée.

— Et toi, Charles-Amédée, fils de Louis-Auguste Vermont, non marié jusqu'ici, épouses-tu sans répugnance la femme vierge Tackouie, fille de Kircor Mégavôroglou, et cela sans préjudice pour tes *femmes* actuelles ou tes *épouses* à venir ?

— Oui ! répond Vermont en étouffant un gros rire.

— Telle qu'elle est, avec ses qualités et ses défauts physiques, *kior, tapal?* (borgne ou boiteuse.)

— Mais... je n'ai pas eu le loisir d'examiner...

— Vous examinerez après, c'est la loi ; répondez toujours ! ordonne le bedeau improvisé.

— Eh bien !... oui !

— A quelle somme fixes-tu le nikiah que tu lui promets? demande encore Edinn-bey.

— A... 5,000 francs.

— Parle en monnaie osmanli ! les termes des mécréants ne sont pas admis ici. Y mets-tu cinq mille piastres *aslanliés,* soit dix *bourses?* (1,000 francs.)

— Oui !

— Toi, femme vierge, etc., etc., écoute bien : Charles–Amédée, etc., etc., consent à t'épouser, se réservant tous ses droits d'homme, de mari et de maître, aussi longtemps que tu ne lui déplairas point ; et il t'offre pour prix de possession cinq mille *aslanliés*. Acceptes-tu ?

— Oui !

— Elle accepte ; je vous déclare mariés au nom de la loi. Sois donc heureux, brave musulman... je me trompe, brave chrétien, et rends-la, à ton tour, heureuse, le plus souvent possible. »

Edinn-bey va alors chercher la mariée, la couvre d'un drap de lit, et la tenant par la main, il dit au capitaine :

« Prends et rends. »

Celui-ci hésite et demande :

« Ne vous trompez-vous pas de porte ? *hódja effendi ?*

— Naïf guiaour ! réplique Edinn-bey, n'as-tu pas servi de compère, de témoin ? c'est donc à toi de recevoir la *guéline* et de la remettre saine et intacte, toute enveloppée, comme une poire dans sa peau, entre les mains du *guvéhi* (le marié). »

Ulysse s'empresse d'obéir. Il prend par la main Tackouie, et la passe à Vermont en disant solennellement :

« La voici, mon cher *compère;* elle est saine, trop saine, vous le savez ; et intacte comme une amande dans sa coquille (sauf les vers rongeurs). Recevez les vœux que je forme pour votre félicité. Aimez-vous bien l'un l'autre, « soyez deux en une chair », et tâchez de devenir trois, quatre, et même plus. Et le capitaine découvre la mariée qui étouffait sous son *enveloppe.*

— Si vous goûtiez votre lune de miel à l'anglaise? fait Edinn-bey.

— C'est ce que je pensais, répond Vermont ; nous allons partir pour Thérapia ou Béyouk-Déré.

— Je vais précisément à Béyouk-Déré. Partons de compagnie, voulez-vous ?

— A merveille ! partons à l'instant même.

— Allons !

— Adieu !

— Adieu... et à bientôt, mes amis.

— A demain peut-être, dit Vermont ; et il sort emmenant sous son bras sa volumineuse *moitié.* »

Edinn-bey reste en arrière et dit au capitaine :

« A quand sera-ce votre tour ? Zelly vous adore ! heureux ravisseur de cœurs. Et elle est pure comme Diane, je l'affirme sur l'honneur !

— C'est vous que Zelly aime, mon cher sultan. Je sais tout, moi.... Mais bon voyage, et à bientôt. »

« Ouf! fait Ulysse livré à lui-même. Il était temps, j'étouffais! Mais deux mariages accomplis en une seule nuit, voilà, j'espère, de la besogne promptement bâclée!

« Décidément, Constantinople est la patrie de l'hymen, comme Athènes est le pays du célibat.

« Ici, voulez-vous vous marier? jetez l'œil sur n'importe quelle demoiselle, séduisez-la, trompez-la, enlevez-la au besoin; vous trouverez toujours des prêtres à la douzaine, qui vous marieront moyennant 20 francs d'*honoraires*. Un *grand-vicaire* quelconque fera mine de gronder un peu, il ordonnera un semblant d'enquête, de procès même; il frappera de quinze jours d'interdiction les *pappaz* coupables; il empochera, sans remercier, votre *pieuse offrande,* et sanctionnera votre mariage, alors même que vous seriez le plus ignoble des pendards, et que la fille enlevée serait des plus honorables.

« Mais gardez-vous d'aimer d'amour! car alors vous pouvez soupirer et vous morfondre sous les fenêtres de votre idole pendant des années, sans oser rien entreprendre.

« Tout est là dans ce pays-ci. N'aimez jamais, pour pouvoir séduire; et séduisez, pour jouir de la vie, pour gagner l'estime des femmes légères, et surtout pour gruger une dot que les parents

sont souvent assez faibles pour accorder à leur
fille.

« Voyez plutôt Tackouie et Doudou. L'une,
mariée pour rire, peut être considérée, avec le
temps, comme une victime; mais elle est, aux
yeux de la société, comme une femme dûment
mariée, et, par conséquent, ayant tous les droits
à la dot que ses parents lui destinent dès son
enfance.

« Quant à l'autre, Doudou, elle tient bien son
homme; elle peut quitter la Turquie, aller à Londres, à Rome, à Athènes même, il ne se passera
pas longtemps sans qu'elle revienne embrasser
ses parents, heureux de la revoir et de la com-
bler de présents.

« Ah! si Zelly... Mais non! j'aime, moi! Hélas!
un malheur ne vient jamais seul; souffrons! A
moi! mon courage, et allons nous coucher. »

CHAPITRE VII.

OU L'AMOUR PERD SES DROITS.

–

Notre brave officier s'est bien rattrapé de la nuit blanche qu'il venait de passer : il a dormi jusqu'à l'heure du dîner.

En ont-ils pu faire autant, ses amis de Béyouk-Déré ? Les hôtels y sont si mauvais !...

Ulysse, sorti dans la soirée, ne rentre que le lendemain, après déjeuner. Le cigare à la bouche, il se dirige vers la loge du portier, où Pépéhi est nonchalamment installé sur le fauteuil de mons Jossée.

« Dites donc, portier, je monte chez moi ; je n'y suis pour personne ; vous entendez ?

Puis il dit au garçon de salle :

— Il est une heure et demie ; si je ne vous sonne pas, venez me réveiller pour le dîner. »

Il monte l'escalier à grandes enjambées.

Le garçon court discrètement après lui :

« Monsieur, une dame qui désire parler à monsieur attend au salon.

— Comment est-elle?

— Taille au-dessus de la moyenne, long bournous noir, excellemment chaussée, hermétiquement voilée; jeune, et à coup sûr jolie.

— Priez-la de passer dans notre salon.

« Ah! mon cœur bat... ça doit être... c'est... Mais non!... »

Flottant entre l'espérance et le doute, Ulysse entre chez lui, laisse la porte du salon ouverte et attend.

Pépéhi a bien vu la visiteuse, et a reconnu Zelly; mais il a juré vengeance, et il ne tarde pas à forger la chicane. Il prend à part Jossée le portier, juif comme lui, et lui dit:

« Tu ne sais pas, mon bon, ce que médite le beau capitaine?

— Ma foi non! Quoi donc?

— Un suicide!

— Bah! Et pourquoi?

— Par désespoir d'amour, mon vieux. On le repousse, et sa fierté...

— Je devine, par Jéhovah! C'est ta charmante Esther qui fait son désespoir.

— Peut-être bien, mais... chut!

— *Alllorss*, laissons-le faire. Après tout, ce sont de ces *petits incidents* qui, tout en nous amusant, font la réputation de notre hôtel; pas vrai, Pépéhi? D'ailleurs, un chrétien de moins, ça ne fait pas grand trou dans le bloc...

— C'est ça! laissons-le. Je l'ai vu préparant son charbon et son mignon réchaud; nous allons bien rire! ça lui apprendra à oser lever les yeux sur une fille d'Israël, le misé... »

Trois coups de cloche interrompent la charitable sortie de Pépéhi, qui pousse hors de la loge le portier.

« Toi, va recevoir les voyageurs qui arrivent; moi, j'irai me cacher là-haut, pour voir ce qui se passe. Si je t'appelle, accours vite et donne l'alarme à tout l'hôtel.

— Ah! beau capitaine, se dit Pépéhi en montant l'escalier comme un chat qui guette une souris; attends-moi!... »

En effet, le misérable avait placé dans la chambre du capitaine un réchaud, du charbon, et tout ce qu'il faut pour témoigner d'un attentat au suicide.

Ulysse reçoit la danseuse avec une exquise affabilité; s'efforçant de paraître calme, il dit:

« Entrez, mademoiselle; nous serons ici plus à l'aise, pour causer, qu'au salon commun. Je suis à vos ordres.

— Je tremble! fait Zelly, en avançant d'un pas indécis.

Elle tremblait, en effet, de tout son corps, la trop malheureuse créature.

— Rassurez-vous, mademoiselle; vous êtes chez un homme de cœur et d'honneur. Je puis même dire chez un *ami*... Entrez donc! Seriez-vous peureuse?

— Peureuse? non, monsieur : en face du danger, j'ai beaucoup de courage; mais je ne sais quelle incertitude...

— Supposez donc un cas de danger, et entrez. D'ailleurs, je ne dois pas être le plus farouche de vos...

— Arrêtez! monsieur! vous alliez commettre un crime; je vous l'épargne, dit Zelly, en entrant résolûment dans le salon. Le mot que j'ai arrêté sur vos lèvres, c'est le mot : *amis*. Je n'en ai jamais eu, monsieur. En revanche, j'ai eu des persécuteurs, des bourreaux... qu'avec l'assistance de la sainte Vierge j'ai confondus, vaincus, abattus...

— Décidément, se dit Ulysse (et le lecteur doit penser un peu comme lui), voilà une vraie bohémienne, digne continuatrice des fables de Perrault. »

Hélas! il ne fait pas bon, dans la vie sociale, d'avoir trop raison et de dire du premier coup la vérité, toute la vérité. Dans le monde corrompu où nous vivons, le diamant n'est diamant

que serti à l'or; et la raison n'est agréée que
quand elle s'offre à petites doses, goutte à goutte.
La vérité n'est crue que si elle est habillée à la
mode. Toute nue? fi donc! c'est bon pour les
sauvages. Et puis, ne devient-elle pas pudibonde,
cette adorable fille de Saturne? Comment se
montre-t-elle aux peintres du jour? Son miroir
n'est plus tourné vers les humains : il est abaissé
pour remplacer la feuille de vigne [1].

La vérité? c'est comme la lumière; pas trop
n'en faut : elle éblouit, elle peut même aveugler.

Le capitaine Odysseus est de son temps : le
trop de vérité, pour lui, est le trop de lumière;
quand la première n'est pas habillée, il prend des
lunettes de couleur pour se préserver de l'éclat
de la seconde, qui est son effet.

Dans la pensée d'Ulysse, la divine Zelly peut
bien n'être qu'une « blagueuse; » aussi essaye-
t-il de la traiter sans façon.

« Voyons, lui dit-il, asseyez-vous; et puisque
vous m'avez fait l'*amabilité* d'une petite visite,
c'est bien le moins que nous soyons sans trop de
gêne.

Il la fait asseoir sur un canapé et se place
auprès d'elle, très-près même.

---

1. Tout Paris a vu la Vérité ainsi représentée, dans le
Salon de 1870, par un artiste dont le nom nous échappe.

— De grâce! monsieur, ayez pitié de moi...;
il me semble que je vais mourir, dit la pauvre
enfant.

« Elle tremble! se dit Ulysse en se levant
brusquement; et moi donc! d'où vient que mon
audace ordinaire m'abandonne? Je suis là comme
un collégien de sixième. Est-ce... respect? mais,
une... Et se ravisant :

— Enfant, rassurez-vous. Hélas! je devrais
dire : rassurez-moi; car, moi aussi, malgré
mon... *expérience,* je sens quelque chose qui me
trouble, qui me fait douter...

« Et cependant, Zelly, je... je vous aime! je
vous aime à devenir fou! Je ne pense qu'à vous,
je ne rêve que de vous! Partout où je me trouve,
quoi que je fasse, le jour et la nuit, votre image
ne me quitte jamais!

« Vous me demandez grâce et pitié, et c'est
moi qui implore mi-sé-ri-cor-de!

« C'est un sortilége, n'est-ce pas ? Eh bien!
délivrez-moi! rendez-moi la liberté, la raison,
ou... prenez mon âme! »

Il dit, et il tombe à genoux, les mains
jointes.

Zelly se lève, fixe le capitaine avec un regard
scrutateur, et pense tout haut :

« Ce ne peut être que lui! C'est lui! impossible de me tromper! O ma mère! ô mon père!

saints martyrs qui êtes là-haut, priez Dieu pour votre fille. Et vous, sainte Cyriaké, prêtez-moi encore votre secours!

— Qui avez-vous invoqué? dites! Répétez ce nom! s'écrie Ulysse, se levant et prenant les deux mains glacées de la danseuse.

— Mais... sainte Cyriaké, ma patronne!...

— Vous êtes bien réellement chrétienne, Zelly?

— Par la naissance et l'éducation; Grecque, comme vous, de nationalité, condamnée à l'ignoble métier que vous me connaissez, grâce à l'infamie d'un pacha...

« Et ma pauvre sœur donc! pensa Ulysse. Mais toutes ces créatures n'ont-elles pas une histoire toute faite pour attendrir les *bonnes âmes?* »

Après ce nouveau revirement, le capitaine dit à Zelly d'un ton sévère :

« Prenez garde, *jeune fille!* ne jouez pas la comédie avec moi. Si cette invocation et vos assertions ne sont qu'un artifice...

— Assez! monsieur. Vous insultez à mes croyances, car vous ne savez pas que, pour ma religion et ma nationalité, j'ai souffert le martyre, que j'ai été livrée au bourreau... »

Mais plus cette vraie martyre jette la lumière à flots, plus elle inspire de doute à son interlocuteur. Passant donc du ton le plus grave au ton le plus frivole, Ulysse regarde la danseuse en riant, et lui lance sans pitié ces terribles mots :

« Et l'amour donc?

Mais, loin de se trouver offensée, Zelly demande avec une candeur adorable :

— L'amour? où est-il?

— Ici, là, ici-bas, là-haut, partout! répond Ulysse en montrant successivement son cœur, celui de Zelly, le ciel, la terre, et tout autour de lui.

— Et que fait-il, cet amour?

— Tout! et rien n'existe sans lui.

— Comment parle-t-il?

— Il ne parle pas, il aime!

— Est-il aimé?

— Il aime toujours et quand même! »

Zelly baisse la tête et demeure plongée dans une profonde rêverie.

Ulysse, après l'avoir ainsi contemplée pendant quelques minutes, s'approche pour relever son voile; mais elle se redresse sans faire attention aux mouvements du capitaine, et dit d'une voix harmonieuse qui va au cœur :

« C'est vrai! Il aime quand même, il aime toujours! C'est bien ainsi que j'ai aimé le Dieu de mes pères, qui m'a abandonnée ; la vierge Marie, qui m'a négligée; Jésus, qui m'a oubliée; la Grèce, qui ne m'a pas défendue ; ma mère et mon père, qui s'enfuirent vers l'autre monde; mes fleurs, qui se parfument pour d'autres; mes oiseaux, qui chantent le triomphe de mes assassins, car j'ai été assassinée, moi, et je suis morte pour tous.

« Je ne haïssais personne, ni rien. J'aimais tout ce qui m'entourait, tout ce qui se révélait à moi; et tout m'a abandonnée, délaissée, reniée! Tout semble avoir juré ma perte, Dieu, hommes et choses!

« Il n'y a qu'un être vivant, la bohémienne Pimbée, qui m'arracha à la mort, à une mort certaine, et qui me témoigne de l'affection... Que dis-je! peut-être n'aime-t-elle en moi que le produit de mon exécrable talent, que je lui dois d'ailleurs en entier. Dieu! quelle honte! quelle abjection! pour une femme libre, pour une CHRÉTIENNE! »

Ce dernier mot fait trembler les lèvres de la malheureuse jeune fille; elle fond en larmes.

Revenu encore une fois à des sentiments moins cruels, le capitaine lui dit :

« Mais, Zelly, moi, je vous aime!

— Pour achever ma perte, peut-être? fait-elle en sanglotant.

— Non! Zelly! Je vous aime... je vous aime comme j'aimerais ma... mon... ma pauvre sœur, si elle n'était pas à jamais perdue pour moi dans

ce monde! Vous ne me croyez pas? mettez-moi
à l'épreuve; dites un seul mot, Zelly, et j'obéis à
tout. »

« Mon Dieu! se dit Zelly, comme il parle,
et comme ce qu'il dit me va au cœur. S'il me
trompe, je reconnaîtrai que c'est la Vérité elle-
même qui se laisse aller au mensonge.

« Il m'aime comme sa sœur... Le sang com-
mencerait-il à parler chez lui?... A moi! mon courage... »

« Oui, monsieur, vous m'aimez, je crois, comme
on aime une jeune fille qui a le malheur de plaire,
n'est-ce pas?... C'est ainsi, et poussé par le même
genre d'amour, que le pacha de Varna enlevait
votre... Cyriaké. S'il a tout fait pour essayer de
l'outrager, c'était par amour! s'il l'a déchirée et
jetée aux vautours, c'était encore par amour... »

Ulysse devient pensif. Les idées les plus con-
tradictoires se choquent dans sa tête : Qui peut
avoir dit à cette fille?... Se jouerait-elle de moi?
L'historique des malheurs de ma sœur est connu,
sans doute; mais mon secret? Elle semble le
connaître et elle ne s'en cache pas; au contraire,
elle me provoque. Essayons la ruse.

« Détrompez-vous, mon enfant, je n'ai rien
de commun avec la victime du pacha dont vous
parlez. »

« Il se défend, se dit Zelly, il veut se cacher;

une preuve de plus que c'est *lui*. Elle reprend,
alors :

« Je vous crois, monsieur ; car s'il en était
autrement, au lieu de vous occuper de vouloir
abuser une « vile bohémienne », vous vous feriez
le vengeur inexorable de la martyre. Il le fait...
lui, qui parcourt les terres et les mers à la poursuite de mon bourreau, et qui me donne le courage de tout supporter... O frère ! homme véritablement de cœur et d'honneur ! ou es-tu donc ?
Tu es loin de penser que ta malheureuse sœur
existe, et qu'elle a conservé toute la pureté de
son âge de deux ans, époque où tu l'as laissée,
gardé le culte de ses pères. Et vous, Dieu créateur, Dieu *justicier*, jusques à quand vous plaira-
t-il de m'éprouver si cruellement ! Quel est donc
le grand crime que j'ai commis à vos yeux ? »

Zelly pleure amèrement.

Ulysse, éperdu, atterré, lui arrache son voile,
la saisit par le bras, et crie comme un possédé :

« Votre frère ! vous avez un frère ? Qui est-il ?
où est-il ? quel est son nom, sa profession ? Parlez vite ! sinon... je suppose que vos paroles ne
cachent qu'une imposture, qu'un piége peut-
être...

— Grâce ! monsieur, grâce !

— *Tu* avoues donc ? *tu* as débité un conte que
l'infâme Pépéhi t'a peut-être soufflé ? s'écrie

Ulysse en jouant le mépris. Mais Zelly s'élève, indignée :

— Mentir ? moi ! Assez d'insulte, monsieur ; rappelez-vous qu'on n'outrage pas deux fois les personnes qui, comme moi, ont le sentiment de leur dignité. »

A ces paroles, elle retire vivement son bras des mains d'Ulysse, et se dirige vers la porte.

Le capitaine lui barre le passage ; et la tête basse, les mains pendantes, la voix tremblante, il lui dit :

« Non, non ! restez. Restez et pardonnez, c'est moi qui vous demande grâce maintenant. Vous ne savez pas, vous ne pouvez pas, vous ne devez pas savoir ce qui se passe en moi. Grâce ! grâce !

— Ce que j'éprouve moi-même est étrange, monsieur. Je voudrais me rendre à vos dénégations, vous quitter, vous fuir, désespérée d'être si cruellement abusée par les yeux de mon cœur ; et cependant une attraction irrésistible m'entraîne vers vous, malgré les doutes que votre *méchante* incrédulité m'inspire parfois. »

Zelly s'arrête interdite ; Ulysse fixe ses regards sur les regards de la jeune fille ; tous deux se dévisagent pendant quelques instants. Puis, tout à coup, ils se tendent mutuellement les mains, et s'élancent l'un vers l'autre.

« Non, non, non ! s'écrie Zelly, le cœur ne peut se tromper, c'est impossible ! vous êtes le... Mais laissez-moi vous interroger, et répondez avec franchise :

« Quel est votre nom de famille, votre origine, votre pays natal ? Quel est le but de votre voyage actuel ? Dites !

« Vous ne répondez pas ? Je parlerai pour vous :

« Votre prénom est Odysseus ; on le lit sur votre carte, et ç'a été toute une révélation pour moi ; mais votre nom de famille, que vous cachez soigneusement est Parnis. Vous êtes né à Janina ; vous avez fait vos études à Athènes, puis en France, où vous avez gagné honorablement votre grade de capitaine *dans les canonniers.*

« Votre père, qui avait épousé une demoiselle Capsali, a émigré en Thrace, à Schoumla d'abord, à Varna ensuite, où il est mort, hélas ! dix jours après sa femme... Il n'a eu, bien après vous, qu'un seul enfant : une malheureuse fille, que Sàlih-pacha a enlevée, mais qui a lutté contre tous ses bourreaux, et que le pacha, craignant les *murmures* de l'Europe, a fait... disparaître.

« C'est là l'outrage qui a empoisonné les meilleurs moments de votre vie, depuis plus d'un an, et c'est là le crime dont vous cherchez l'auteur, pour le punir. Est-ce bien vous, capitaine ? Ai-je dit vrai ?

Pâle, frissonnant, les yeux hagards, Ulysse reste comme foudroyé. Cependant, il fait un effort pour dire :

— Comment savez-vous?...

— Je sais parce que je suis...

— Vous êtes?...

— Le sang des Parnis ne vous le dit-il pas? Il parle pourtant bien haut dans mes veines.

— Dans les vôtres?...

— Oui, cher frère! Cyriaké Parnis, dite de Varna, mise à mort par Sâlih-pacha, est vivante et debout devant TOI! enfin, c'est moi! c'est moi! s'écrie-t-elle en jetant au loin son bournous.

— Mais...

— Écoute-moi jusqu'au bout, frère! Le cavasse, chargé par le pacha de m'achever, car j'étais déjà aux trois quarts étranglée, me laissa chez la bohémienne Maria-Séidie, qui passe aujourd'hui pour ma mère, sous le nom de Pimbée. Elle m'a ressuscitée, pour ainsi dire, et, pour prix de mon salut, il a été convenu par serment, que, pendant trois ans, je passerais pour sa fille, partout où elle me conduirait, et que je garderais notre secret sous peine de perdre la vie par la même main qui me l'a *redonnée*.

— Le cadavre de ma sœur, dit Ulysse, ou plutôt son squelette, car les chiens turcs l'avaient dépouillé de ses chairs, a été retrouvé à une lieue de Varna, à Yénikeuy. Il a été enterré avec pompe, suivi par toute la population de la localité, escorté par les troupes anglo-françaises, alors cantonnés à Varna. Il a été prononcé des oraisons funèbres, publié des brochures que j'ai lues comme toute la chrétienté.

— Et moi aussi, cher frère. J'ai même si souvent entendu raconter cette tragédie, et la solennité qui la suivit, que, par moments, à la lecture des journaux surtout, je me prenais, malgré que j'en eusse, à douter de mon existence et de mon identité.

« Je me suis creusé la tête pour trouver une explication à ce mystère; un seul fait m'a fourni quelques indices; mais ce ne sont là toujours que des indices.

— Quels sont-ils ?

— Les voici : En m'emportant sur ses épaules, roulée et ficelée dans une carpette, le cavasse Hassan fit une halte chez Maria-Séidie. Là, je fus déposée à terre comme un vrai rouleau de tapis, et Hassan monta l'escalier, pour aller « casser une croûte, » comme ces gens-là disent. La bohémienne descendit bien vite, défit le rouleau, m'en retira plus morte que vive, et me transporta dans une petite chambre, où il y avait une jeune Bulgare de Toultcha, qui aida la bohémienne à me rappeler à la vie. Puis, Maria-Séidie remonta encore l'escalier, et pendant son absence, la jeune fille, nommée Néghella, me raconta en quelques mots qu'elle avait été enlevée à sa famille par Sâlih-pacha et que la bohémienne l'avait recueillie chez elle, je ne sais plus comment; mais qu'elle était très-malheureuse, car Hassan la trouvant jolie, la menaçait de mort...

« Nous étions dans cette chambre cinq minutes à peine quand la bohémienne vint appeler Néghella. Quelques instants après, j'entendis Hassan descendre, s'agiter dans l'obscurité, et partir d'un pas lourd, sans mot dire. Maria-Séidie sortit aussi et ne rentra que deux heures après. Depuis, je n'ai jamais revu la jeune Bulgare, ni Hassan non plus, bien que nous ayons séjourné dans la maison plus de vingt-quatre heures.

« Le lendemain, dans la nuit, nous partîmes pour Bourgas, couvertes de sordides haillons, le visage barbouillé, et le sac sur le dos.

« Nous parcourûmes ainsi les villes de la Roumélie pendant onze mois; dix heures par jour, *Pimbée* m'enseignait la danse, me faisant danser dans les harems et sur les places publiques.

« Trois fois j'ai essayé de m'informer du sort de Néghella, qui m'a tant intéressée, sans obtenir aucune réponse satisfaisante. La quatrième fois, la **Pimbée** m'apostropha en me disant : « Ne

t'ai-je pas dit que tu ne devais plus m'en parler,
plus jamais ? »

— Mais, tu pâlis, mon frère ! qu'as-tu donc,
mon Dieu !

— Rien, ma... mon... mademoiselle, répond
Ulysse affaissé. Puis il se livre à toute une série
de questions qu'il se pose :

« O divinités infernales ! serait-ce encore là
un des jeux de votre science maudite? Et vous,
ô Dieu des cieux, serait-ce un de ces miracles
qui bouleversent au lieu de redresser? Ah !...
c'était de l'amour, ce que je sentais;... mon
courage m'abandonne, je sens mon cœur m'é-
chapper... je ne suis donc qu'un lâche?...
Mais non! cela n'est pas prouvé, Cyriaké est
bien morte, ou... Dieu! ayez pitié de moi!...

— Mais qu'est-ce que tu as, mon cher frère?
dit Zelly avec sollicitude.

Ulysse fait un effort suprême et reprend :

« Je n'ai rien, mademoiselle; votre histoire
m'intéresse, voilà tout.

— C'est donc un effet d'extrême sensibilité des
nerfs qui te montre bouleversé, malgré ta contenance empruntée !

— On peut être sensible et militaire à la fois.
D'ailleurs, la narration de vos malheurs éveille
en moi des souvenirs...

— Oui, le souvenir d'une sœur que tu as

laissée en bas âge, et que tu ne reconnais plus, parce qu'elle n'a aucune ressemblance avec son père et le tien, dont tu es le portrait fidèle.

— Non, mademoiselle; mais l'insulte faite à ma famille, que je n'ai pas pu venger encore, et...

— Et que ton incrédulité t'empêchera de réparer.

— Incrédulité? mais le moyen de croire à la résurrection d'une sœur morte et enterrée?

— Et si cette morte, cette enterrée, qui te parle, te donnait le fil de... Mon Dieu! comment oser articuler une pareille...

— Dites toujours; vous avez mon honneur pour garant de ma discrétion.

— Mais... dire... dire quoi? ce n'est là, en définitive qu'une hypothèse...

— Confiez-moi tout, mon... ma chère enfant.

— Eh bien! je voulais seulement dire, si la morte trouvée à Yénikeuy et enterrée à Varna, n'était pas... UNE AUTRE!

— LA JEUNE BULGARE! crie Ulysse avec un transport voisin de la folie, en serrant son cœur des deux mains. »

Pour notre mathématicien, le problème était brutalement résolu : Néghella, enlevée par Sàlih-pacha, puis trouvée chez la bohémienne Maria-

Séidie, cachée à tous les regards, n'était qu'une des nombreuses victimes que le pacha, après satiété, livrait au bourreau Hassan, et dont celui-ci ne différait l'exécution que selon ses goûts et ses convenances personnelles. La jalousie, peut-être, de la bohémienne, son espérance de battre monnaie avec la beauté exquise de Cyriaké, la décidèrent à la substitution d'une victime à l'autre. C'est évident, et même avoué.

Le capitaine Odysseus Parnis est donc surabondamment convaincu; mais ses forces sont à bout. Il peut à peine murmurer ces mots entre-coupés :

« Oui, la bohémienne... substitué... Bulgare. Oui! Cyriaké Parnis, c'est...

— C'EST MOI ! crie Cyriaké en enlaçant de ses deux bras les genoux de son frère défaillant.

— Arrière !... Je suis damné! crie Odysseus; et il tombe évanoui sur le canapé. »

Cyriaké, épouvantée, court chercher de l'eau; elle lui en jette au visage, lui arrache sa cravate, déboutonne son gilet et, tout en frictionnant les mains de son cher malade, elle se met à genoux et prie ardemment la Vierge.

En ce moment, on frappe à la porte. Elle n'a garde de répondre. On frappe plus fort. Elle ferme la porte à double tour et met la clef dans sa poche. On crie : Ouvrez, au nom de Dieu !

Ne recevant aucune réponse, les importuns s'éloignent. C'était le portier avec quelques voyageurs habitant l'hôtel.

Odysseus, qui ouvre un peu les yeux et respire, prend la main de Cyriaké et prononce les mots suivants :

« Ma fille, pardonne à un... frère! et il murmure : puissé-je me pardonner aussi!

— Mon frère! dit Cyriaké, ouvre les yeux! regarde bien ta pauvre enfant !

— Oui, ma chérie, tu es ma sœur, Cyriaké en personne! Pardonne-moi... mon obstination à te contredire; c'est que... Malédiction de Dieu !

— C'est que tu me croyais capable d'un mensonge... impossible?

— Je te croyais... je te... croyais... Mais, c'est étrange ! ma vue se trouble, je ne te vois plus... Ah ! serais-je puni par où j'ai péché?... Dieu de miséricorde! laisse-moi vivre encore quelque temps, et ton courroux sera...

— Mon frère, mon père! mon sauveur! reviens, reviens, grâce!...

— Demande au ciel, ma fille, qu'il m'accorde la *force de vivre* pour supporter la... joie que tu me causes. »

A ces mots, le malheureux frère retombe dans une longue syncope.

CHAPITRE VIII

Nous laissons au lecteur le soin d'apprécier la situation terrible du malheureux officier, née du choc épouvantable des deux sentiments si opposés qui se heurtent violemment dans son cœur.

Odysseus aime ; il aime passionnément, et, mesurant la force de son mal actuel à celle de ses *folies* du passé, il croit, tout d'abord, pouvoir en sortir victorieux, par la satisfaction de sa flamme. Il attaque, il n'épargne aucun moyen de la stratégie érotique ; mais l'objet de son amour, loin de fléchir, se raidit, car il possède au plus haut point ce cinquième sens qu'on appelle l'intuition, et devine la véritable situation, — très-heureusement !

Plus l'amoureux ose, plus il est rappelé à l'évidence, et plus le mal gagne de force chez

Odysseus. Il a beau se refuser à la réalité, repousser les preuves, mentir à sa raison : la vérité finit par l'écraser, le terrible problème est résolu... HORREUR !

Il est éperdûment amoureux d'une jeune fille qui se trouve être celle dont il a juré de venger, au prix de son sang, l'honneur et la mémoire ; de celle dont il est, tout à la fois, le frère, le tuteur, le père ; le père surtout, car elle est orpheline, et ses parents sont morts du chagrin causé par la perte affreuse de leur enfant !

Mais bon sang ne saurait mentir, et Odysseus justifiera le proverbe.

Courage donc ! brave capitaine, et hâtez-vous d'établir votre enfant pour retourner à votre service...

Pendant que nous donnons ces bons conseils, Cyriaké, désespérant de faire revenir son frère, va chercher du secours. Mais à peine a-t-elle fait quelques pas, que la porte du salon s'ouvre sans bruit, et Clairet entre tenant à la main une trousse de serrurier.

Croyant avoir affaire à un voleur, Cyriaké court décrocher le sabre du capitaine ; mais Clairet est suivi du portier, qui accompagne le commissaire de police, deux *zaptiés*, un médecin, et toute une population de locataires, de serviteurs, de curieux de tous les genres et de tous les sexes.

« Entrez avec précaution, dit le Pipelet de l'endroit ; la vapeur du charbon n'aurait qu'à vous asphyxier aussi... Tenez ! que vous disais-je ? le voilà *refroidi*, mort pour longtemps. Et il court ouvrir les fenêtres, en se bouchant le nez.

Mais le serrurier, qui avait aperçu Cyriaké, dit en grommelant :

— Hum ! *asphyxié*... et voilà le *réchaud* qui s'enfuit.

— *Verbalisons !* crie le commissaire ; zaptiés, donnez-moi le portefeuille.

L'aimable magistrat s'accroupit sur le tapis, et s'apprête à écrire sur le genou, selon le mode des vrais Osmanlis sachant écrire (un sur trente mille.)

— Guell ! portier, et réponds.

— Comment sais-tu que ce guiaour s'est donné la mort de son libre arbitre ?

— Libre arbitre ? effendum, je n'ai point dit cela. Qui peut se flatter de « déménager par la fenêtre » sans que quelqu'un ou quelqu'une ne l'y pousse !

— Soit ! j'accepte la maxime, bien qu'elle me vienne d'un *tchiffoute*. Mais à quelle cause rapportes-tu le suicide de ce mécréant ?

— La cause, effendum? mais... c'est le charbon !

— Quel âne tu fais, mon pauvre Jossée! intervient Clairet, le charbon n'est que l'arme contondante de la *dessestruction*; et l'on vous demande la cause, ô *échek* !

— *Mon frère,* tu as peut-être raison, répond le malin portier, mais, sans l'arme, y aurait-il *dessestruction?*

— *Sssst!* fait le commissaire, vous oubliez devant qui vous êtes !

— Mais... devant monsieur *le commissaire de police!* riposte Clairet avec un ton ironique qui, à Paris, aurait fait la joie de l'assistance,— sous l'empire. »

Le Turc est violent de sa nature, prompt à s'emporter; il frappe, tue, détruit, quand il n'use que de la maxime de M. de Bismarck; mais il est patelin, très-patient, très-endurant, dès qu'il s'agit de diplomatie. On l'a déjà dit : « l'Osmanli fournit le bois dont on fait le véritable ambassadeur. »

La police n'étant que le raffinement de la diplomatie, à l'intérieur, la quintessence de l'habileté, le policier turc atteint à la perfection du genre. Seulement, il est excessivement *vantard.*

Notre zaptié effendi est grossier, on s'en est déjà aperçu; mais la souplesse et la dissimulation

16

l'empêchent de se fâcher; il s'exhale en fanfa-
ronnades.

« Ah! monsieur le Français, dit-il à Clairet,
vous avez l'air de ne pas savoir quelles conditions
doit remplir un homme pour arriver à la haute
position de commissaire de police, dans les États
du padischah, à Constantinople surtout. Je me
soucie peu de ce qu'il en peut être chez vous,
mais ici, ce magistrat dédaigne les titres de « fin
limier, » de « renard, » dont mes confrères de
Firinghistan se croient honorés, et qui, chez
nous, sont bons tout au plus pour les simples
zaptiés ou *sardjans* de ville, comme vous les
appelez, je crois?

« Ici, un commissaire doit avoir des oreilles
pour entendre les confidences que les lézards se font
au soleil; des yeux pour voir s'opérer l'accou-
plement des végétaux ; un nez pour flairér l'émanation d'une âme qui s'envole dans les airs.
Voilà ce que doit être et ce qu'est un « commissaire de police. »

Le bon Turc allait continuer, quand l'avalanche
des curieux restés au dehors force la consigne et
envahit le salon.

Parmi eux se trouvent les amis de Béyouk-
Déré, qui regagnent leur hôtel de Péra, et Edinn-
bey avec eux.

« Que me dit-on! est-ce possible? crie Ver-

mont; et il s'élance vers Odysseus qui passe pour
mort.

— Pauvre capitaine! fait le flegmatique clergyman; quelle affreuse fin!

— Mais cela n'est pas possible! s'écrie Edinn-
bey, qui rejoint Vermont auprès d'Odysseus.

— Quel dommage! soupire Tackouie, ça aurait
fait un bien beau mari!

— Il avait le cœur trop tendre, c'est ce qui l'a
tué! observe Doudou avec un air de contri-
tion. »

Et chacun des envahisseurs de déplorer le malheur, qui n'est en réalité qu'un vrai bonheur.

Enfin, le commissaire, perdant patience, invite
l'*assemblée* au silence, un peu à la façon turque;
c'est-à-dire en rudoyant et menaçant à la fois.

« Aurez-vous bientôt fini avec vos clabaude-
ries? Allons, portier, réponds : sais-tu quelque
chose sur la cause du suicide?

— Je l'ai déjà dit, effendum : le charbon.

— Et toi, Clairet?

— Moi... j'ai vu le *réchaud*.

— Où est-il, ce *mangall?*

— Là dedans, ajoute Clairet, en montrant la
chambre à gauche. »

Cyriaké, qui avait jugé prudent de se soustraire pour un moment aux insultes de M. le
commissaire et de n'intervenir qu'au moment

opportun, se précipite dans le salon, le front haut et l'œil méprisant.

Edinn-bey pâlit.

— Zelly... ici! s'écrie-t-il; et il reste atterré.

Toute l'assistance est douloureusement surprise de cette découverte, même Vermont, qui prodigue ses investigations médicales au cadavre supposé.

Le commissaire seul reste froid et demande à la *danseuse bohémienne :*

« C'est donc toi qui as assassiné ce guiaour? Et s'adressant à ses hommes :

— Zaptiés, assurez-vous de cette... *drôlesse !*

Ceux-ci s'avancent pour obéir; mais Cyriaké, calme, majestueuse, fait de la main un geste de commandement et dit :

—Arrêtez !... oui! c'est moi qui l'ai *assassiné,* et c'est...

— Il a donc résisté? fait Clairet.

— ... Et c'est moi qui le ferai revivre.

Elle se fraye un passage au travers des curieux, coudoie les deux médecins, qui continuent toujours à interroger le pouls du *mort,* et, prenant son frère par les épaules, elle le soulève sur son séant, lui souffle fortement dans les narines et crie :

— Mon frère! Odysseus! réveille-toi! on te croit mort! même les médecins !

Vermont pense apercevoir un léger signe de vie ; il soutient le malade et donne le temps à Cyriaké d'aller chercher la petite pharmacie portative, placée sur une console.

Grâce aux sels contenus dans cette boîte et aux frictions que les deux médecins font au malade, Odysseus respire, ouvre les yeux et demande ce que signifie tout ce monde chez lui.

Une Anglaise, vieille fille habitant le même hôtel, ne peut dominer son indignation, et grommelle des imprécations contre l'*assassinouse;* mais, voyant le mort revenir à la vie, et par suite n'ayant rien de *tragique* à consigner dans son *journal,* elle se met à crier :

« *Shocking! shocking!* Aoh! les Français, ils né respectent auquioune morality! Horrible! horrible! hidéous! »

— Mais, ma bonne vieille!... hasarde le serrurier.

— Aoh! il dit moà vieille! aoh! Vous êtes ioune... *rascal!*

— Ma jeune demoiselle, alors!...

— Moâ, nô Madmazell! moâ Miss! Miss Aloysia Cidevanbish!

— Biche!... je ne sais, dit Clairet au portier, mais ci-devant, ça se voit bien, par Allah! Et s'adressant à l'Anglaise :

« Eh bien! miss Aloysia ci-devant biche, vous

avez tort de vous gendarmer ainsi ; la demoiselle que vous voyez là n'est autre que la *sœur* à Monsieur... puisqu'il est *son frère.*

— C'est *shocking !* J'ai avé très-raison, moâ né pas porter la *niece* de moâ dans cette horrible hôtel ! Quelles hontouses choses ! toute à fait francess ! toute à fait !

— La nièce de vous? morbleu ! vous la pouviez bien lâcher dans un camp turc en toute sécurité. C'est bon à épouvanter les oiseaux, et ça doit coiffer sainte Catherine après sa seconde majorité.

— Nô Cathérine, la *niece* dé moâ ! Ophélia ! miss Ophélia Cidevanbish, comme moâ !

— Je lui fais mon compliment alors ; car elle ne doit pas avoir fait fortune.

— Vous étez ioune affrouse homme, ioune impertinent !

— Assez comme ça, et tais-toi, vieille cidevant !

— Aoh ! il dit moâ *tiou, tiou !* Vous étez ioune brioute ! ioune... *rogue and swindler !* Vous il faut aller au bagne ! Jé souis Anglaise ! jé souis Anglaise ! jé souis Anglaise ! »

Un des zaptiés essaye de faire sortir cette contemporaine de Pitt et de Fox ; elle résiste en criant toujours : « Jé souis Anglaise ! » De là, lutte, bruit, soufflets reçus par le malheu-

reux gardien de la paix. Mais comment oser
sévir? elle est Anglaise!...

Enfin, le commissaire, voyant le mort ressus-
citer, s'écrie avec colère :

« Voulez-vous à la fin m'expliquer tout ça ?
Voilà un mort qui se permet de revivre, une
femme assassin qui se change en sauveur; tout
un hôtel qui demande l'intervention de l'autorité, et...

— Calmez-vous, monsieur le commissaire,
interrompt Vermont avec douceur; prenez-vous-
en à ceux qui vous ont inutilement dérangé, et
veuillez vous rappeler que, selon les *capitula-
tions,* l'autorité ottomane ne peut entrer chez
des *Firings* sans l'assistance ou tout au moins
l'autorisation de leurs consuls respectifs. Maintenant une observation amicale, puisque, au dire
des journaux... bonapartistes, nous sommes
alliés et amis depuis François Ier; c'est que dans
votre honorable métier, il est de rigueur
qu'avant de procéder à la rédaction d'un pro-
cès-verbal sur un décès, on s'assure s'il y a
décès.

— C'est ça, commissaire effendi, c'est ça!
crient tous les assistants *firings.*

— Vous êtes donc des Firings, *Messieurs?*

— Tous ! répond Vermont.

— Je suis *Frrrrançais!* crie Clairet, en exagé-

rant exprès l'intonation de la voix et le geste
d'arrogance qui l'accompagne.

— Je suis *Anglais!* dit Wildcock avec cette
superbe qu'on connaît aux enfants d'Albion.

— Jé souis Anglaise! moâ, ioune vraie
Anglaise! vocifère miss Cidevanbish, en se frappant des deux mains le plus aplati des thorax.

— Je suis... Juif! entonne le portier en riant
et faisant rire tout le monde, l'Anglaise *ci-devant*
y comprise. »

Le commissaire ramasse ses papiers et son
encrier portatif et gagne la porte en grommelant :

« Que le grand Allah fasse dessécher les
racines de tous vos *minelett* (races). Amen! »

Son monde le suit, et Clairet dit en sortant au
portier, qui invitait la vieille Anglaise à s'en aller
aussi :

« Le nez de notre commissaire, qui flaire
l'émanation des âmes volantes, n'a pas su lui
dire que celle de ce brave militaire n'avait pas
bougé de sa *loge.*

— Et son oreille donc! fait Jossée, qui n'a pu
rien entendre de la farce ourdie par notre excellent ami, le grand Pépéhi!

— Et exécutée par notre glorieux Jossée, le
superbe portier du grand hôtel du grand Missiri!
riposte Clairet, en refermant sur lui la porte
qu'il avait si dextrement crochetée. »

L'Anglaise revient sur ses pas, rouvre la porte sans entrer, lance encore trois fois son *shocking, horrible!* et s'en va en la refermant bruyamment.

Odysseus est tout à fait remis, et chacun de ses amis le questionne avec intérêt.

« Eh bien! cher capitaine, vous voilà revenu de loin, dit Vermont.

— Dites plutôt, cher docteur, que je suis l'homme... le plus heureux du monde!... *N'est-ce pas, Edinn-bey?*

— Mais qu'est-il donc arrivé? parlez, au nom du ciel!... fait le bey.

— Dites, capitaine, dites toute la vérité, demande Wildcock.

— Oui, monsieur le capitaine, parlez! Que faisiez-vous ici avec... *mademoiselle?* dit Tackouie.

— On s'en doute, fait Doudou, en ramassant le bournous de la *bohémienne.*

Et Wildcock de s'écrier :

— Vous pensez?... *aoh!*

Mais Edinn-bey, qui douterait plutôt de soi-même que de la vertu de sa « magicienne, » se sent réellement choqué des doutes outrageants exprimés par ce couple de fraîche date. Il dit avec un accent sévère :

— *Mylord,* votre sainte religion dit : « Ne

jugez pas, si vous ne voulez pas être jugés. »
Moi, simple laïque, je n'ai pas besoin de la
parole d'un dieu pour m'interdire tout jugement
basé sur les seules apparences, trompeuses le plus
souvent.

« Quant à l'observation de *madame* Wildcock,
on aurait peine à s'y rendre, sans faire insulte à
l'inexpérience d'une mariée de la veille, et peut-
être même outrager son innocence actuelle... »

Dûment « atteint et convaincu, » le malheureux révérend se mord les lèvres et rengaîne son
dépit.

Mais Vermont est trop homme du monde pour
rester indifférent à pareil incident ; d'autant plus
que, loin de partager les soupçons de l'Anglais,
il voit dans le cas de Cyriaké, comme il l'y a vu
dès le principe, un mystère, où il flaire déjà un
drame épouvantable. D'ailleurs, le langage de
Pimbée, ses doléances contre les persécutions
turques, avaient éveillé en lui une curiosité
mêlée de sollicitude.

« Merci, cher bey, dit-il à Edinn, vous avez
parlé pour vous et pour moi tout à la fois. Aussi,
pour vous prouver la conformité absolue de mon
sentiment avec le vôtre, je m'en vais infliger à
ma... femme une punition méritée.

« Tackouie, tu as dit une sottise qui est une
vile méchanceté. Tu vas à l'instant faire des

excuses à notre excellent ami et à cette malheureuse enfant, qui, tout me le prouve, est tout autre
que ce qu'elle paraît. Dépêche-toi,... *Madame!* »

On est marié par le nikiah ou on ne l'est
pas! Le Français se rend parfaitement compte de
sa *position :* il agit comme s'il était Turc de religion et de nationalité.

Tackouie s'exécute d'abord, mais ensuite elle
tâche d'alléger sa faute en disant :

« Mais quelle méchanceté y a-t-il donc à supposer monsieur le capitaine marié avec mademoiselle, de la même façon que nous, par le nikiah,
mon cher époux et maître?

— Comment! ma sœur, fait Doudou, tu n'es
mariée que par le nikiah? fi, fi! mais demain
ton maître peut, s'il veut, te renvoyer chez papa
sans plus de façon.

— Et toi donc, petite mijaurée, n'es-tu pas
mariée sans le consentement de tes ascendants,
toi qui es mineure?

— Reste donc sans souci, ma grosse sœur :
mon mari a eu la prévoyance de demander au
grand *protosyngèle,* deux pappaz qui nous ont
mariés devant témoins, et sous la présidence
d'un *tidjarett.*

— Par le nikiah! s'écrie Wildcock avec hypocrisie.

— Et quelle distinction faites-vous, Mylord,

demande Edinn-bey, entre le nikiah, qui est un mariage légal, et l'union conclue et consommée d'une façon... peu éloignée du concubinage?

— Et les pappaz? objecte Doudou.

— Les pappaz sont des... farceurs, retorque Edinn-bey.

— Et le membre du Tribunal du commerce, le *tidjarett?*

— Ça, c'est du *commerce...*

— Et le grand vicaire? demande le révérend Wildcock.

— Le grand vicaire, en se mêlant de pareilles *unions*, n'est plus qu'un grand *simessar...* avec garantie du patriarcat.

— Tu vois, *chère Mylady*, dit Tackouie, si je ne suis qu'une épouse à la turque, tu n'es qu'une épouse...

— Achève, malheureuse!

— Qu'une épouse *improvisée*, là!

— Misérable!

— Abominable!

— Effrontée!

— Éhontée! »

Et les deux sœurs allaient se prendre aux cheveux quand Edinn-bey, pour conjurer la tempête, s'interpose en disant :

« Et cependant j'avoue que madame Wildcock est une épouse mirifique!

— Mirifique? mirifique vous-même! Sachez qu'il n'y en a jamais eu dans ma famille,» s'écrie la toute petite Doudou, verte de colère et prête à égratigner le Turc.

Cette scène amuse fort le docteur et divertit le capitaine. Le révérend même n'échappe pas à un accès d'hilarité, et Cyriaké, qui ne comprend rien à cette macédoine de mariages, reste accroupie auprès de son frère qu'elle interroge du regard.

Odysseus se sent assez fort maintenant pour se lever. Il prononce une homélie amicale, contraint les deux sœurs à s'embrasser, et la paix est bientôt rétablie. Il conclut en priant ses amis de ne pas troubler son bonheur, « qui est bien différent de celui qu'on suppose... » et, prenant Cyriaké par la main, il la leur présente :

« Mes chers et excellents amis, permettez-moi de vous présenter ma sœur! La victime de l'infâme Sâlih-pacha, la martyre de Varna, n'est pas morte. Il n'y a plus de Zelly; mais voici Cyriaké Parnis, la fille de mon père et de ma mère, la sœur adorée que le ciel, par un de ses miracles, m'a rendue pure comme je l'avais laissée au berceau. »

Et le capitaine raconte tout ce qui s'est passé pendant l'absence de ses amis, la lutte morale qui a eu lieu entre le frère et la sœur, et les preuves irrécusables qui l'ont convaincu.

Vermont, touché jusqu'aux larmes, dit à Odysseus :

« Je comprends tout maintenant, cher capitaine ; et que Dieu me damne si je ne suis pas heureux de votre bonheur ! Quand je vous disais que je voyais un mystère dans l'existence de cette noble enfant ! »

Wildcock, de son côté, s'efforce de paraître attendri ; il explique l'entraînement dont le capitaine était pris pour cette jeune fille :

« Je ne disais rien, *mod*, mais j'observais et j'admirais le noble cachet, commun à ces deux jeunes gens, qui se trouvent être frère et sœur. Je bénis le ciel de m'avoir rendu témoin d'un aussi grand acte de sa divine justice. »

Edinn-bey est transporté de joie :

« Je crois n'avoir jamais pleuré de ma vie ; mais, ma foi ! il n'y a pas moyen de résister. Embrasse-moi, camarade, dit-il au capitaine. Et vous, noble fille de la Grèce, notre chère patrie commune, acceptez mes larmes comme une offrande expiatoire du crime d'un de mes... *co-religionnaires*.

— Pourquoi être musulman ? lui dit Cyriaké avec douceur.

— Je ne le suis que de nom, ma noble compatriote ! Né à Ipsara, je fus, dans mon bas âge, emmené captif, adopté par un Turc opulent, et forcé de rester avec lui ; mais, grâce à une esclave grecque, j'ai gardé ma religion au fond de mon cœur. Demandez plutôt à monsieur votre frère, qui s'en est informé amplement[1]. »

Cyriaké, après avoir interrogé du regard son frère, tend la main au bey en lui disant :

« Vous avez maintes fois demandé à baiser la main de la danseuse bohémienne, sans jamais l'obtenir ; maintenant, c'est la jeune fille grecque qui vous tend cette même main en signe d'estime pour vous. »

Edinn-bey touche avec respect le bout des doigts de Cyriaké en s'inclinant, et dit :

« J'adore en vous, héroïque demoiselle, ma mère, ma sœur et ma patrie !

— Ma foi, mes amis, vive Cyriaké ! vive Odysseus ! vive la Grèce ! crie Vermont, que Wildcock et les deux Arméniennes sont forcés d'imiter.

— Vive la France ! mes braves amis, répond Odysseus en criant plus fort et avec enthousiasme : Vive le noble pays de la générosité et de la vraie bravoure. Vive la France ! qui a été pour les trois quarts dans l'affranchissement de notre patrie.

---

1. Il se trouve en Turquie un nombre très-considérable de soi-disant musulmans qui sont chrétiens en secret.

— Gloire aux héroïques vainqueurs de Nava-
rin! » crie à son tour Edinn-bey; et, arrachant
de sa poitrine les insignes de commandant turc,
il les jette au loin.

Wildcock et Vermont présentent leurs femmes
à Cyriaké, et Odysseus commande un bon déjeuner au garçon de salle.

Mais Pépéhi a tout vu, tout entendu et tout
communiqué au portier qui, à son tour, le trans-
met aux habitants de l'hôtel, et partant, à tout
Péra.

Le café *de Saint-Pétersbourg,* qui est à deux
pas de l'hôtel, sur la Grande-Rue, regorge
d'étrangers; et les journalistes, et les reporters
du cru s'y trouvent par dizaines.

Le bruit de ce qui se passe court jusqu'à
Galata, et des rassemblements se forment devant
l'hôtel, pour s'assurer de la réalité de cette nouvelle surprenante.

Au moment où le garçon sortait du salon pour
aller préparer le déjeuner, entre Pépéhi tout
penaud et bégayant plus que de coutume.

« Mesdames... et messieurs, dit-il, il y a là
le prêtre grec, M. Cosmas, et plusieurs autres
personnes qui désirent vous présenter leurs féli-
citations. »

Edinn-bey le prend par l'oreille :

« Ah ! coquin ! je te tiens enfin ! Dis, qui a répandu le bruit de ce prétendu suicide, hein ? parle !...

— Effendum, pitié, aman ! crie Pépéhi en bégayant plus fort ; c'est le po... po... portier qui... qui... qui...

— Trêve de mensonges ! tu vas payer toutes tes infamies. » Et le bey traîne le *simessar* vers la porte.

Cyriaké demande grâce pour ce malheureux, et Edinn lâche son prisonnier en disant :

« Que puis-je vous refuser, mademoiselle ! vous êtes la souveraine, et je ne suis que votre infime sujet.

— Tu as raison, ma fille, fait Odysseus, le bonheur doit être généreux. » Et s'adressant à Pépéhi :

« Tenez, lui dit-il, voici de quoi devenir honnête homme, si vous le voulez ; et il lui remet un chèque tout signé qu'il tire de son portefeuille.

— Une traite de dix mille francs au porteur ! exclame le *yahoudi* sans bégayer ; on convertirait avec ça au moins deux fripons ! Mais, monsieur le capitaine, continue-t-il, j'ai quelque chose de plus précieux encore à obtenir, si c'est possible, de votre générosité...

— Et c'est ?... (espérons qu'il ne s'agit pas d'Esth...)

— Mon pardon! dit Pépéhi à genoux avec l'accent d'une profonde humilité.

— Tu t'adresses à moi, observe Odysseus, quand ma sœur est là! Tu sais bien que le pardon nous vient toujours *des femmes,* » ajoute-t-il d'un ton significatif.

Pépéhi se traîne à genoux devant Cyriaké; il baise le bout de sa robe, et parlant d'une voix claire et sonore, il dit :

« Pardonnez! noble et clémente demoiselle, pardonnez à qui vous a aimée depuis qu'il vous a vue, et estimée dans le malheur, comme on admire un diamant au milieu de vils cailloux.

— Levez-vous! Je vous pardonne de tout cœur, pour mon frère et pour moi. Que le Seigneur vous protége !

— Immense Jéhovah! s'écrie l'israélite, les bras et les yeux levés vers le ciel, fais descendre ta sainte bénédiction sur ceux qui imitent ta bonté et ta miséricorde, *et qui font même mieux,* en rendant le bien pour le mal! » Puis, changeant de ton, il continue :

« Allons! le vice a cela de bon, qu'il encourage toujours les bonnes âmes à vous remettre dans le chemin de la vertu.

— En finançant, fait Clairet.

— Miracle! Pépéhi ne bégaye plus! dit Tackouie avec stupéfaction.

— A quoi bon? me voici honnête homme; et,
ce qui vaut mieux, riche! riposte l'effronté
cynique.

— Fais entrer le prêtre, dit Odysseus.

— De grâce! pas encore, prie Edinn-bey.
Quand l'objet de ma passion n'était qu'une *bohémienne*, et moi qu'un *Turc*, je n'aurais pu lui
offrir convenablement qu'une place dans mon
harem. Je ne l'ai jamais osé proposer : J'AIMAIS!
Aujourd'hui que cette divine enfant dissipe les
nues, qu'elle reparaît dans tout son éclat, et que
je redeviens ce que la nature m'a fait : George
Apostoli, j'ose...

— Lui offrir mieux, n'est-ce pas? interrompt
Odysseus.

— Mon nom, ma fortune, mon sang, tout
mon être!

— Qu'en dis-tu, ma sœur? demande le capitaine attendri.

— Est-ce bien vrai qu'il n'est pas Turc? fait
Cyriaké avec embarras.

— C'est certain, ma fille; je sais tout sur le
compte de ce noble enfant d'Ipsara; il appartient
à l'une des familles qui ont le plus contribué à
la délivrance de la Grèce.

— Demain, fait Apostoli, je quitterai le service ottoman; dès ce soir, je congédie tout mon
monde. Je n'ai point d'enfants, et je ne suis lié

par aucun lien à personne, mon père adoptif
étant mort depuis dix-huit mois.

— Eh bien, ma fille ? interroge Odysseus.

— Mon cher frère, répond Cyriaké, je ne puis
rien dire; tu sais que je suis engagée par serment envers une femme qui m'a arrachée à la
mort, que j'aime, et à qui je dois encore vingt-
trois mois de mon existence.

— Qu'à cela ne tienne, ma sœur, j'ai déjà
mes projets pour dédommager la brave bohémienne. »

Pépéhi, qui ne perd pas un seul mot de tout
ce qui se dit, avertit le capitaine que la Pimbée se
trouve dans la foule des connaissances qui pren-
nent intérêt à « notre bonheur, » et qui attendent
au dehors, pour glorifier Mlle Cyriaké de Varna,
notre souveraine à tous. »

— Fais donc entrer! ordonne Odysseus.

CHAPITRE IX.

La porte du salon s'ouvre à deux battants et livre passage à Pater Cosmas, à Pimbée, à Valérie, à Clairet, au marin grec, au marin français, à toutes les personnes, en un mot, qui, ayant joué un rôle quelconque dans le cours de cette histoire, désirent vivement témoigner leur joie d'un si heureux dénoûment.

Pater Cosmas prend la parole :

« Tout Péra et Galata connaissent l'événement de la résurrection, pour ainsi dire, de Cyriaké de Varna; et tous les chrétiens sont dans la jubilation. Bénissons le Seigneur, mes enfants; pour le glorifier, honorons l'héroïque fille de la Grèce!

— A l'eau, le pacha! crient tous les nouveaux venus; » et ils se pressent pour mieux jouir de la vue de l'héroïne.

Valérie, radieuse de bonheur, plus jolie que jamais, s'élance vers l'héroïne.

« Ah! s'écrie-t-elle en la serrant dans ses

17.

bras; mon cœur me disait bien qu'elle était *une* ange! »

A son tour, la bohémienne, calme, réfléchie, s'avance lentement et tend les bras vers Cyriaké.

Celle-ci se jette dans le sein de la Pimbée en pleurant de joie et dit :

« Ah! ma mère! ma bonne mère! ma pauvre mère!...

— Non, mon ange, je ne suis plus ta mère. Tout en n'étant qu'une malheureuse bohémienne, malgré ma tendresse pour toi, malgré l'intérêt pécuniaire dont tu es la source abondante, j'ai aussi quelque chose là-dedans, tout comme les autres, dit-elle en montrant son cœur. Je sais que ton frère est en possession d'une grande fortune et qu'il peut me désintéresser par de fortes sommes, mais à Dieu ne plaise que je continue désormais, par une abjecte cupidité, à souiller une bonne action, la seule peut-être de ma vie, et que je n'ai accomplie encore, hélas! qu'au prix d'une autre... mauvaise, celle-là. »

La bohémienne prend la tête de Cyriaké entre ses deux mains, regarde la jeune fille dans les yeux, et dit :

« Ange! je t'aime! » Elle fond en larmes.

Elle la serre sur son cœur, l'embrasse avec amour, et, la prenant par la taille, la présente à son frère.

« Prenez votre trésor, beau capitaine!... et mon cœur avec. ajoute la malheureuse en sanglotant. Prenez-le DANS TOUTE SA PURETÉ ENFANTINE! et soyez persuadé que vous avez là un cœur de VRAI HÉROS, sous une frêle enveloppe de femme. Ah! c'est que vous ne savez pas par quels actes héroïques elle a sauvé sa vie et son honneur...

— Mais c'est vous, ma mère, qui m'avez sauvé la vie, interrompt Cyriaké.

— Et qui donc a poignardé...

— Mère, je vous supplie!...

— Non! je raconterai tout! Il faut maintenant que l'Europe sache toute la vérité! »   •

Edinn-bey avance un fauteuil, fait asseoir Pimbée, et tous prient Cyriaké de laisser parler la brave femme.

Mais, soit modestie, soit crainte de froisser les sentiments des *dames* présentes, Cyriaké veut s'y opposer, et son frère l'entraine dans sa chambre, où il la prie de demeurer pendant quelques instants.

Alors la bohémienne commence l'histoire véridique du drame horrible, conçu et mis en œuvre par la Collioz, ainsi que nous l'avons relaté dans la première partie de ce livre.

« Sàlih-pacha, dit-elle, désespérant de réussir par tous les moyens de la séduction, se décida à

employer la force. La chère enfant se trouva,
dans l'obscurité, entre trois hommes, trois bourreaux, dont deux nègres; mais le petit Cadur
avait, inconsciemment, armé le bras qui devait
se lever contre son propre père à lui.

« Sans tarder, Cyriaké plonge le poignard dans
le cœur de l'un des nègres, qui tombe foudroyé
en criant Allah! puis elle distribue à droite et à
gauche des coups au jugé. L'autre nègre tombe
lourdement. Quant au pacha, déjà débarrassé de
sa ceinture et de son cafetan, ne retrouvant pas
son handjiar, il engage une lutte corps à corps
avec sa victime. Il reçoit bien, à son tour, des
coups de poignard, mais ils sont peu sérieux,
car il étreint les bras à sa faible antagoniste.
Enfin, lui serrant le cou, il la laisse étendue morte
sur les cadavres des deux nègres et se réfugie
dans son cabinet.

« Quand ses affidés arrivèrent pour emporter
les cadavres, Cyriaké donnait encore quelques
signes de vie, mais Sàlih, pris de peur, ordonna
à Hassan de l'enterrer... vivante ou morte.

« Hassan, en allant exécuter l'ordre de son
maître, fut contraint de s'arrêter dans sa course,
pour laisser s'éloigner des charretiers qui le de-
vançaient. Alors, il entra chez moi et... vous
savez le reste; ou du moins vous le devinez.

« Le jour d'après, à la nuit close, je partais,

emportant mon trésor, qui est le vôtre, monsieur le capitaine, et celui de toute sa nation.

« Ah! il m'en coûte, certes, de confesser publiquement le tort, que dis-je! le crime atroce dont je me suis rendue coupable! mais cela ne vaudra que mieux, si cette humiliation peut, en quelque sorte, alléger mes remords. Je dirai donc tout.

« Hélas! au lieu d'élever un piédestal si mérité à l'héroïne que je venais d'arracher à la mort, au lieu de la conduire au devant de son frère, de la rendre à sa patrie, je me l'attachais par serment, moi, vile tzigane, et je la forçais à me suivre pendant trois ans, à m'enrichir, en dansant sur les places publiques, elle qui était créée pour s'asseoir sur un trône!

« C'est qu'alors j'étais encore *bohémienne;* je ne faisais rien pour rien, l'amour du lucre dominait en moi tout noble sentiment; au point que, non contente du serment prêté, je stipulais des coups de poignard pour punir le parjure ou toute indiscrétion pouvant révéler *notre* secret, qui n'était, hélas! que le secret de mon infamie. Ah! que je connaissais mal cette sublime créature!

« J'ai été aussi infâme que le pacha, aussi cruelle que ses sicaires, moi! mais elle, la noble enfant de Missolonghi, la Grecque superbe dans le danger, s'est montrée plus grande encore dans l'humilité.

« Dieu veut punir mon arrogance par l'hu-
« miliation, disait-elle, et je me résigne à sa
« sainte volonté. »

« Et depuis, pas le moindre blasphème, pas un signe d'impatience, jamais de murmure ! Elle n'avait pourtant qu'à écrire une ligne à l'ambassade de Grèce, qu'à faire parler les journaux. Mais non ! elle a tenu son serment ; ce n'est point qu'elle craignît la mort, mais parce que, son honneur étant sauf, elle savait que tôt ou tard elle parviendrait à l'accomplissement de son rêve, la vengeance.

« Oui ! la VENGEANCE ! ce « plaisir des dieux » que les femmes seules savent nourrir dans leur sein et pousser jusqu'au sublime. La sainte martyre s'est vengée, vous voyez comment.

« Le cœur de la femme ? qui donc parviendra jamais à le sonder ! La réparation des offenses par les armes. c'est bon pour les hommes, cela ; mais nous avons, nous, d'autres procédés, fins, délicats, sans portée, en apparence, écrasants, néanmoins, pour les méchants, poignants pour les gens sensibles.

« Croyez-vous que Cyriaké serait mieux satisfaite, si le pacha était puni par le sabre du capitaine Odysseus ? Non ! le triomphe et le bonheur

de sa victime torturent le bourreau de façon à
lui faire désirer la mort. Et pensez-vous que
cette même Cyriaké aurait jamais pu se venger
de moi, plus cruellement qu'en me rendant le
bien pour le mal?

« Tuer votre ennemi? la belle affaire! laissez-
le crever de dépit, s'il est méchant, se consumer
de remords, s'il est bon.

— Vous parlez d'or, madame, intervient Valérie, et je vous aime bien! Il n'y a rien d'aussi
doux au monde que de rendre le bien pour le
mal. Ah! que n'ai-je fait jamais quelque mal à
cette ange de Mlle Cyriaké, pour qu'elle m'aimât
alors comme je l'aime! »

— Chère enfant! réplique Pimbée, demandez
à votre cœur, et dites-vous ce que Cyriaké ne
vous dit pas; ce sera la vérité. C'est ainsi que je
l'ai aimée dès son enfance, que je l'ai admirée
dans son héroïsme, et mon cœur m'a dit que
j'étais payée de retour. Mais depuis que je l'ai
bien connue, mon sentiment pour elle c'est l'ado-
ration, c'est le culte !

« J'avais tout fait pour l'avilir, elle n'eut aucune
peine à me relever, en me retrempant dans
l'onde purifiante de la morale, de la dignité; et
c'est à elle que je dois de ne plus être... *bohémienne.*

« Aimons-la tous, car elle ne hait personne;

mais, moi, je l'adorerai toujours comme un être
surhumain... si vous me le permettez, monsieur
le capitaine, car cet ange, ce trésor sans pareil
est à vous.

— Autant qu'à vous, âme bonne et généreuse,
répond Odysseus, qui peut à peine contenir son
émotion.

— Mais, objecte le révérend Wildcock, comment
se fait-il alors que le cavasse Hassan ait été condamné et exécuté pour avoir assassiné *ce même
trésor*, dont le cadavre, retrouvé, fut enterré à
Varna ?

— Ah! que cet Anglais m'agace! je donne
mes boucles d'oreille à qui nous en débarrassera,
intercale Valérie.

— Doucement! beau sire, doucement, riposte
la malicieuse bohémienne, comment se fait-il
aussi qu'un certain révérend... de *notre* connaissance n'ait pas été inquiété, après avoir
égaré, dans son voyage de Varna à Odessa, absolument ce *même trésor ?* hé! hé! hé!

Tous les yeux sont braqués sur Wildcock.
Odysseus et Vermont s'interrogent du regard et
se comprennent.

— Égarer n'est pas assassiner, observe Clairet
qui voit l'embarras de l'Anglais; moi-même j'ai
égaré mon *épouse,* il y a trois ans, et cependant...

— C'est juste, réplique Pimbée ; surtout quand

l'*objet* égaré se retrouve intact sous la forme d'un adolescent arménien... »

En prononçant ces paroles, l'inexorable Pimbée se dresse menaçante devant Wildcock, le fixe d'un air provocateur, puis elle lui rit au nez.

Toute l'assistance, excepté le docteur et le capitaine, est fortement intriguée; mais Doudou, qui flaire déjà une infidélité *antequam in matrimonium ducere,* dit avec aigreur :

« Que signifie tout cela, mon homme?

— Cela signifie, ma chère épouse, répond le cafard clergyman, que nous nous *encanaillons* ici à écouter les sornettes d'une... *bohémienne!*

— Non! s'écrie Valérie; cela signifie, monsieur Goddam, que votre place n'est plus ici. A la porte, les gêneurs!

— Écoutez encore, *révérendissime* ex-pasteur, riposte Pimbée, ou Maria Séidie, puisque c'est là son vrai nom; vous êtes Anglais, je vous le pardonne; vous aimez les Turcs, c'est votre *devoir;* vous n'êtes pas spirituel et je ne vous le conteste point; mais croire que dire la vérité n'est pas chose permise à une *bohémienne,* ah! pour le coup, c'est le superlatif de l'outrecuidance! Vous croyez donc que je ne vous reconnais pas, monsienr... le *finaud?* Vous devez cependant vous être aperçu du contraire, quand

je vous reprochais d'épouser « un coucou » au
lieu d'un rossignol...

— Ah! messieurs, cette femme est folle, éloi-
gnons-la d'ici! crie le commensal de Sàlih-pacha.

— Pas encore, monsieur le ravisseur de *coucous;* pas avant que je ne vous aie appris ce que
vous avez jusqu'ici absolument ignoré. Vous
écouterez, je le sais, avec résignation.

« Eh bien! la Collioz, votre *protectrice,* vous
a vendu cher une mystification que tout autre à
votre place aurait sévèrement chatiée. La demoiselle que vous croyiez emmener de Varna, le
21 mai 1856, jour de la Saint-Constantin, était,
une heure après votre fuite, livrée par *votre* Collioz aux sicaires du pacha, de Sàlih, votre digne
ami. Et cette demoiselle ici présente, Cyriaké
Parnis, vous ne l'avez même pas reconnue,
puisque vous ne l'aviez jamais vue et... *aimée,*
qu'à une distance de six cents pas, au moins!

« Apprenez donc maintenant, avec tout l'auditoire, que votre... *pacotille* n'était autre que le
neveu de la vieille Bahar, le jeune Bohoz, travesti en Miss.

« Vous écoutez maintenant, n'est-ce pas? vous
voulez sans doute l'explication de la concor-
dance parfaite des registres du vapeur avec les
billets de passage et le nombre des voyageurs; la
voici cette explication :

« Le travestissement féminin cachait les vêtements de garçon du petit vaurien, qui était muni
d'un billet à part. Dès que la nuit s'épaissit, il
jeta à la mer, par la fenêtre de sa cabine, tout
l'attirail de la *Miss*, se mêla à la foule des passagers sur le pont, et, deux jours après, par le
retour du même pyroscaphe, retourna à Varna,
où il jure encore après la Collioz, qui n'y était
plus pour lui payer les dix livres convenues. »

Un cri d'horreur accueille cette révélation, et
chacun des assistants exprime son dégoût à sa
façon.

« Miséricorde! s'écrie Doudou, qui comprenait peut-être : *misère et corde !*

— Bien fait! dit Tackouie en adressant à
Edinn-bey une risette assassine.

— Je suis *épaté !* exclame Clairet.

— Et moi qui me croyais fin ! se dit Pépéhi.

— Oh! que je suis contente! fait Valérie, en
battant des mains : le voleur volé, quel plaisir!
il n'a que ce qu'il mérite ce *Basile* défroqué! A
la porte ! aux corbeaux, le cafard !

— Qui aurait pu soupçonner que Mister Wildcock était ce... soupire Vermont. »

Les deux marins sont visiblement indignés, et
le Marseillais jure par Notre-Dame de la Garde
que la chose se serait passée autrement s'il eût

commandé le paquebot de Varna à Odessa, à cette époque.

Pater Cosmas est tout prêt à lire « les exorcismes sur les animaux malfaisants. »

Mais Edinn-bey retient à peine un élan de mépris contre le coupable démasqué ; et Odysseus lui fait signe de se calmer, invite Maria-Séidie à s'asseoir à côté de lui et rappelle Cyriaké.

Wildcock se lève pour *évacuer la place,* mais sur un autre signe du capitaine les deux marins lui barrent le passage.

Cyriaké rentre dans le salon, et son frère lui dit avec un sourire de tendre affection :

« Viens, ma sœur ; regarde cet *individu,* et dis-nous si tu as souvenance de l'avoir vu quelque part.

— Mais, n'était-il pas avec vous, l'autre jour, à Guiok-Souyou, mon frère ?

— Oui, mais avant cela..., à Varna, par exemple ?

— Non, mon frère ; je ne crois pas avoir vu monsieur.

— Mais c'est *monsieur...* l'*Anglais...,* celui qui voulait t'épouser.

— Je n'ai pas la moindre idée de cela.

— Je ne lui en ai jamais parlé, déclare Maria-Séidie, et je sais que ses parents s'étaient bien

gardés de lui conter les badauderies d'un aussi...
vilain monsieur, d'un éhonté, d'un...

— Et vous, Mister... mettons Wildcock, connaissez-vous *Miss* Cyriaké Parnis, dont vous
aviez juré la perte ? demande Odysseus.

— Répondez donc, vieux kangarou ! crie Valérie, rouge de colère.

— Comment pourrait-il la connaître ! dit
Maria-Séidie, il ne l'a aimée que sur le portrait
que la Collioz lui en avait fait.

— Mais, mon frère, interroge Cyriaké, pourquoi cette colère et cette indignation de tous
contre ce monsieur ? explique-toi, je t'en supplie !

— Ne t'en inquiète pas autrement, ma sœur,
il ne lui sera fait aucun mal. »

Et s'adressant au prétendu Wildcock, le capitaine lui dit d'un air d'indulgence :

« Maintenant que nous savons à quelle espèce
de... *Wildcock* nous avons eu le malheur d'accorder notre confiance, quatre mois durant, vous
pouvez vous retirer. Allez !... »

Valérie pousse des huées.

Toute l'assistance s'éloigne de lui comme d'un
pestiféré, et le laisse partir tenant sa petite Doudou par la main. Il rentre dans sa chambre et
sonne le garçon de salle.

— Le *cher couple* ayant déguerpi, les com-

mentaires vont leur cours, et il faut tout dire,
personne ne peut se défendre d'une bruyante
hilarité, si ce n'est Cyriaké cependant, qui reste
silencieuse, étonnée.

« En voilà encore un, celui-là ! s'écrie Valérie avec animation, un de ceux qui croient pouvoir faire tout plier devant leurs livres sterling.
Ah ! il n'y a qu'à Paris où les femmes du commerce sachent s'y prendre avec cette engeance :
« Voos porter ce chose à ma hôtelll ? » — Cer-
tainement, *Mylord*, répond la jolie demoiselle de
magasin. Le *Mylord* paye sans marchander. —
« Grande Hôtelll, nomber quatre-vinkte ioune ;
« le cleff de mon porte être dans la déhors... »
— C'est entendu, Mylord. » Le Mylord attend
toute l'après-midi, renfermé dans *son* chambre,
et le *chose* trop chèrement achetée lui est livrée
par une *demoiselle* portant grande moustache et
longue barbiche, et qui a souvent fait deux con-
gés dans l'armée française. Le Mylord n'est pas
content, ah ! mais pas du tout ! mais cela n'empêche point qu'il ne recommence.

A ce moment, le garçon de salle vient annoncer que le déjeuner est servi dans le salon à côté.

« Mettez douze couverts et servez-nous en
conséquence, ordonne Odysseus.

— J'en ai mis quatorze, répond le disciple du

baron Brisse, qui avait compté le couple *ecclésiastique*.

— Mes amis, dit Odysseus en se levant, allons
boire un verre de vin à votre santé à tous, et
remercier Dieu ensemble. »

Il prie Maria-Séidie de « faire les honneurs de
chez elle. »

Celle-ci prend le bras de Vermont et ouvre la
marche.

Apostoli conduit par la main Cyriaké, et Odysseus accompagne la volumineuse Tackouie, en
priant pater Cosmas de passer devant. Mais
Valérie s'obstine à vouloir prendre le bras du
prêtre et Pépéhi invoque les droits de la charmante prêtresse pour lui faire lâcher prise.

La délicieuse Parisienne ne se tient pas pour
battue, et s'accroche au bras du Marseillais en
disant :

« Allons, mon cher *quasi* compatriote, allons
manger une bouille-abaisse et faire la paix sérieusement, *bagasse !* »

CHAPITRE X.

LA VENGEANCE LIQUIDÉE PAR LE BONHEUR.

Le salon est élégamment décoré, la table splendidement dressée, le service ne laisse rien à désirer ; les mets sont délicats, les vins sont exquis.

On comprend si le déjeuner a été gai. Tout le monde s'est mis en frais pour faire rire la petite société ; et Pépéhi, tout en affirmant qu'il n'oserait jamais s'asseoir devant ses maîtres, amuse beaucoup Cyriaké par ses saillies spirituelles et de bon goût, ce qui est mieux.

Il est vrai que Valérie l'y encourage, tant par ses répliques qu'en lui faisant observer que, « puisqu'il *était passé* honnête homme, il pouvait tout oser. »

On a bu et *rebu* à la santé de Cyriaké et un peu à celle de tout le monde, sans oublier la délicieuse *pappadia*, autrement dit Mme Chloris Cosmas, dont l'absence forcée était unanimement regrettée.

Le champagne met tout le monde en train, et Valérie, presque *émue*, s'élance vers Cyriaké, la serre dans ses bras et s'écrie :

« *Je t'aime-t'-y ! je t'aime-t'-y !* Je savais bien que je t'aimais, moi ! Mais tu te ferais aimer par des louves, toi ! Aime-moi aussi, il me le faut, te dis-je ! Ah ! si je tenais ce monstre de pacha ! je le jure, par sainte Geneviève, il passerait un bien mauvais quart d'heure !

— Un bien bon, voulez-vous dire, mignonne, murmure Clairet.

— Oui, riposte Valérie, dans le genre de celui que Judith a fait passer à Holopherne. »

Un fâcheux incident, provoqué par la stupide Tackouie, vient assombrir pour un moment la franche gaieté de la compagnie. La grosse Arménienne demande à Maria-Séidie :

« Mais, puisqu'il y eut cadavre, procès et condamnation, il y eut, naturellement, assassinat ; quelle a donc été la victime, puisque ce n'est pas *Mademoiselle ?*

— *Cet' bêtise !* dit Valérie, mais cela doit être l'épouse de M. Clairet, ici présent, la charmante Bordelaise qui manque à l'appel depuis si longtemps... »

La bohémienne pouvait bien, par un seul trait d'ironie, réduire l'indiscrète Arménienne au silence ; mais tous les assistants se tournent vers

18

elle, et Odysseus, ainsi que Cyriaké, ne cachent pas leur désir de voir la lumière faite publiquement sur ce mystère. Maria-Séidie se borne donc à répondre ceci :

« J'ai déjà dit tout à l'heure que, très-malheureusement pour moi, je n'ai pu accomplir une bonne action qu'au prix d'une mauvaise; mauvaise, mais *inévitable*. Puisse Dieu me la pardonner, car c'était le seul moyen de sauver une victime en en laissant sacrifier une autre, vouée d'ailleurs, depuis quelques jours, à un supplice différé par un simple caprice du bourreau...

— Néghella?... demande Odysseus.

— Oui! répond la bohémienne; sans compter que moi-même j'étais condamnée à la *décollation*. Je demande maintenant à toute personne de cœur de se mettre à ma place, dans une situation comme celle que voici :

« Vous êtes jetée à la mer avec deux jeunes filles, jolies chacune dans son genre, mais vous aimez l'une dès son enfance et vous voyez l'autre pour la première fois (je laisse de côté tout sentiment d'intérêt vulgaire); vous ne pouvez sauver que l'une d'elles en échappant à la mort vous-même. Je répète ma demande : laquelle des deux auriez-vous sauvée? »

Personne ne répond à ce terrible dilemme;

Odysseus reste pensif, et s'applaudit intérieurement d'avoir, grâce à sa sœur, si bien résolu le
difficile problème qui faillit causer sa perte.

Mais Cyriaké couvre de baisers sa seconde
mère et ses yeux ruissellent de gratitude, bien
qu'une tristesse subite voile ses beaux traits.

Tackouie, qui n'a rien compris à ce langage
des cœurs, reprend :

« C'est égal, moi je les aurais sauvées toutes
les deux.

« C'eût été bien heureux si elle eût pu sauver
sa propre massiveté, murmure Valérie.

— Je parie ce qu'on voudra, fait Pépéhi, que
M. le docteur aurait plutôt sauvé Mlle Doudou,
si... hum ! »

Tous rient de bon cœur, et Clairet explique la
préférence *conditionnelle* du docteur en disant :

« Je crois bien ! le docteur n'aurait qu'à *em-
pocher* Mlle Doudou ; à sa place, mon choix aurait été fait d'avance...

— Vous auriez plutôt, vous, sauvé Mlle Valérie... dit Pépéhi.

— Pépéhi ose tout, en effet ! exclame la jolie
Parisienne, en rougissant légèrement.

— Pas tout, mademoiselle, riposte celui-ci en
clignant de l'œil, car alors je vous aurais de-
mandée en mariage.

— Et pourquoi pas, si vous êtes bien riche?
Allez donc!

— Mais je suis vieux, ma colombe!

— Peuh! à Paris on ne regarde pas les hommes
aux dents...

— Mais je suis israélite!

— Le grand mal! on se marie à la synagogue, voilà tout.

— Mais... c'est que je suis marié déjà!

— Vous m'en direz tant! Ah ben! alors, j'é-
pouse le bey, puisqu'il est riche, jeune, chrétien,
et qu'il a envoyé promener sa... ses femmes.
Mais non! ajoute la petite espiègle, non! le
noble bey est digne de cette fée que j'adore,
moi! » Et elle court de nouveau embrasser Cyriaké.

Devant l'heureuse initiative de la petillante
enfant, toute la réunion crie *hourra!*

La bohémienne se lève alors gravement et dit
à haute voix :

« Monsieur le capitaine, je connais parfaitement Edinn-bey, qui est chrétien et qui réunit
toutes les qualités pour oser aspirer à la main de
votre sœur. Je sais qu'il l'aime d'un saint amour
et qu'il n'épargnerait rien pour arriver à la réalisation de son rêve. Je sais, de plus, que mon
enfant, mon adorée Cyriaké, ne lui... en veut
point. Si, au lieu et place de toutes les faveurs

que vous méditez pour moi, vous m'accordiez...

— Pardon de vous interrompre, ma chère Madame, dit le capitaine. Je connais tout ce qui regarde notre brave compatriote George Apostoli, pour avoir passé la nuit dernière, *et pour cause*, à me renseigner sur son compte. Je n'ignore ni la pureté de ses sentiments pour notre enfant, ni les dispositions de celle-ci pour lui; j'avais même devancé votre maternelle proposition, quand ma sœur m'arrêta en alléguant son engagement avec vous.

— Son engagement! s'écrie véhémentement Maria-Séidie, il n'en reste plus d'autre entre nous que l'amour maternel de ma part, et de la sienne la tendresse filiale de mon ange adoré! N'est-ce pas, mon amour? ajoute-t-elle en enlaçant Cyriaké avec tendresse.

— Et mon éternelle reconnaissance, répond Cyriaké, baisant tour à tour les deux mains de la bohémienne, qu'elle aime en effet de tout son cœur.

— Puisque c'est ainsi, reprend Odysseus, à toi, ma chère enfant, de te prononcer; moi, je ne pourrais jamais te confier à de meilleures mains. Allons, si le choix de ta seconde mère, qui est le mien, du reste, te plaît, décide-toi et réponds.

— Mais... pourquoi si vite, mon frère?

— Pour couronner plus tôt notre bonheur à
tous, ma chérie!

— Et pour satisfaire le vœu unique que forme
ta pauvre seconde mère, cette femme vile que tu
as su relever de la fange et qui ne vit plus que
par toi et pour toi! ajoute la malheureuse bohémienne.

— Et pour rendre heureuse votre *vieille*
petite amie Valérie, qui vous le demande en
grâce », fait la délicieuse Parisienne.

George Apostoli est suspendu aux lèvres frémissantes de son adorée; il respire à peine.

Tous, par leurs regards attendris, semblent
supplier Cyriaké, excepté Tackouie cependant,
qui regrette de ne pouvoir supplanter l'heureuse
Grecque.

Valérie va se mettre à genoux devant Cyriaké,
lui prend les deux mains et la regarde dans une
attitude suppliante.

Après un silence assez prolongé, Cyriaké dit
enfin :

« Que votre volonté se fasse! » Et elle se jette
dans les bras de la bohémienne.

Celle-ci l'embrasse avec bonheur, et, rappe-
lant son futur fils, lui dit :

« Mon enfant, sachez quel trésor nous vous con-
fions, et rendez-vous-en digne toute votre vie. »

George met un genou à terre, baise la main

de Maria-Séidie, l'appelle sa mère et dit en se levant :

« Le jour où, par la moindre de mes actions, de mes paroles, j'aurais le malheur de déplaire à cette sublime incarnation de l'héroïsme hellénique, ce jour-là je me considérerais comme indigne de la vie, et je cesserais de vivre.

— Que Dieu vous bénisse, mes chers enfants », dit Maria-Séidie, les embrassant sur le front l'un après l'autre.

Odysseus, imitant la bohémienne, donne l'accolade au bey et embrasse sa sœur pour la première fois depuis leur reconnaissance.

Le docteur Vermont embrasse George et baise respectueusement la main de Cyriaké. Puis toute la réunion se lève, et chacun adresse ses compliments aux nobles fiancés.

Tackouie *éternue* quelques mots de félicitation, et se retire pour aller prendre congé de sa sœur, prête à quitter l'hôtel, la ville, le pays peut-être.

Valérie embrasse Cyriaké avec effusion et sermonne George « pour qu'il se rende digne de *cette* ange. »

Clairet lui demande pourquoi elle n'embrasse pas George aussi.

— C'est ce que j'allais faire, répond-elle, le mari d'*une* ange n'est pas un homme ! » Et elle lui présente ses deux joues de lis sur lesquelles

George applique ses lèvres avec reconnaissance.

« Elle parle comme un livre, cette petite Parisienne, et elle agit en vraie femme du monde, pense Clairet. Il réfléchit un instant et dit à la petite modiste :

— Dites, Mademoiselle, vous êtes libre, je le sais. Je suis... *veuf*, et vous le savez. Vous m'allez comme un gant; si je vous allais aussi... hein ?

— Eh bien ! fait Valérie en esquissant une petite moue assassine.

— Eh bien, nous pourrions faire Monsieur et Madame Clairet, voilà !

— D'abord, on dit : *Madame* et *Monsieur;* ensuite... ma patronne, qui me tient lieu de mère.....

— Votre patronne ? mais elle m'a proposé déjà votre main. J'ai demandé à réfléchir et... je vous offre maintenant la mienne. Tenez ! Et le brave maître serrurier étend tout de leur long ses superbes phalanges.

— Je connaissais la proposition; mais vous mettiez trop de temps à réfléchir, et... dame ! Mais puisque c'est vous qui proposez maintenant, il faut bien que j'accepte ! Et la jolie ouvrière serre la main de Clairet.

— Bravo ! mes chers compatriotes, s'écrie le docteur Vermont, je vous servirai de témoin, et je vous offre, si vous voulez bien l'accepter, de quoi vous « mettre dans vos meubles. » ·

— Je m'offre aussi pour tous les frais de la noce, dit Odysseus. A quand?

— A demain, décide Clairet.

— C'est convenu; venez me chercher ici, nous irons ensemble au Consulat de France pour *les préliminaires.*

— Té! et moi z'offre toute la batterie de cuisine et la vaisselle, fait le Marseillais, à condition qu'on nous servira des mets à l'huile... au dîner de noce, té! »

Cyriaké embrasse tendrement Valérie, et lui attache au poignet un bracelet de prix qu'elle retire du sien.

« Acceptez, adorable amie, ce petit souvenir, dit-elle; il vous portera bonheur, puisqu'il vient de la jeune fille la plus heureuse du monde! »

Le marin grec ôte de son petit doigt une bague ornée d'une belle turquoise de la vieille roche, taillée en cœur, et la présente à Valérie, « de la part de sa femme ».

Pépéhi ramène Jossée dans le salon et lui dit :

« Tout le monde se marie. Il aurait pu faire *mieux,* mais il fait *bien,* au dire de mon compatriote Saoul ou saint Paul. Veux-tu faire comme tout le monde, Jossée?

« J'ai une fortune, maintenant, et je suis hon-

nête homme, je ne bégaye plus ; *suis mon exemple*,
et je donne à ma fille 6,000 francs en pièces
sonnantes et trébuchantes.

— Je serais doublement heureux, mon brave
ami, et comme honnête homme et comme...
époux de ta fille, mais... Esther voudrait-elle de
moi, elle, la plus jolie fille parmi les *yahoudis* de
Stamboul?

— Je m'en charge ; tu es mon gendre. A demain les noces... de Chanaan. »

Cyriaké, Vermont, les deux marins s'apprê-
tent tous à offrir quelque chose à Pépéhi pour
Esther ; mais Maria-Séidie s'y oppose.

« Non ! dit-elle, cela ne regarde que moi seule.
Allez, mon bon Pépéhi, allez annoncer à votre
charmante fille que trousseau, frais d'installation,
de noces, etc., sont à ma charge.

— Vivent les mariés ! tous les mariés ! té, et
moi aussi, bagasse ! crie le Marseillais.

— Allons ! dit Pépéhi, y a-t-il encore ici des
non mariés? qu'ils se présentent !

— C'est votre tour, mon excellent ami, dit
Vermont à Odysseus, qui semble avoir vieilli de
dix ans dans un jour.

— Je laisse à ma sœur le soin de me chercher
une épouse, répond ce dernier, mais cela ne
presse pas.

— Je m'associe de grand cœur à la joie de

tous, et tout particulièrement au bonheur de notre sublime Cyriaké, déclare le marin grec ; oublions les maux du passé pour ne songer qu'à jouir de la félicité présente. »

Le brave capitaine de navire va serrer la main à tous les heureux, et, s'adressant à Odysseus :

« Cher compatriote, poursuit-il, le bateau à vapeur que vous admiriez hier, ancré près la tour de Léandre, s'appelle *Héroïne;* il m'appartient par moitié. Je le mets à votre disposition, car il est en partance pour la Grèce. S'il vous agrée qu'une *héroïne* en porte une autre, vous nous comblerez de joie, mon associé, M. Borel, ici présent, et moi. La glorieuse enfant de Missolonghi, la digne petite-fille du héros Capsali, y trouvera tout le confort possible, et elle emportera dans notre patrie le souvenir de ceux qui dans *Zelly la danseuse* admiraient par instinct la noble martyre hellène.

— Té ! s'écrie le Marseillais à son tour, zé fais comme M. Pépinos, mon associé, et z'offre à M. Odysseus l'*otre* moitié du bateau ; ce qui le met tout entier à votre disposition, brave capitaine, et nous par-dessus le marché. Ah ! gueux de pacha ! si nous né pouvons pas nous venzer dé toi, du moins nous nous dédommazons en aimant ta vittime. En ma qualité de Marseillais, z'ai du sang grec dans les veines, du sang phocéen qui déteste les tyrans et qui se répand toujours pour la liberté. Té! VIVE LA RÉPU-BLIQUE!!! »

Après avoir dit ces paroles, applaudies par toute l'assistance, M. Borel fait monter le mousse qui l'attendait dans la cour; il lui remet sa bague en lui parlant bas et l'expédie en disant :

« As-tu bien compris? pavoiser, faire bombance et dix-sept coups, aussitôt que l'*imam* criera *Allah!* »

Odysseus manifeste avec ferveur sa joie et sa reconnaissance; Cyriaké et George Apostoli remercient chaleureusement les généreux propriétaires de l'*Héroïne*.

La bohémienne demande *si l'on a le mal de mer à bord d'un bateau à vapeur...*

« Non! riposte Cyriaké en l'embrassant, non, quand on s'appuie sur le sein de sa fille...

— C'était là toute mon ambition dans le monde, dit la pauvre Maria-Séidie; et elle serre la petite tète de Cyriaké sur sa poitrine. Deux bons cœurs qui se sont bien compris : *Rara avis...* »

La petite société passe au salon commun pour prendre le café.

Là se trouvent réunis plusieurs voyageurs sur le départ, attendant les voitures qui vont les emporter ou leurs notes à payer; car, à Constantinople, aussi bien qu'ailleurs, elles ne sont présentées par les hôteliers qu'au *coup de l'étrier*. On sait pourquoi.

Parmi les partants se trouvent Mister et *Mistress* Wildcock, causant avec Tackouie. Les étrangers se retirent par discrétion, et la fête allait recommencer de plus belle, quand Mégavôroglou entre suivi de deux cavasses.

A peine entrés, l'un de ces derniers pâlit, se trouble et essaye de se dérober aux regards de Maria-Séidie, de Wildcock et surtout de Cyriaké. Celle-ci s'en aperçoit et, se penchant vers Maria-Séidie :

« Mère, dit-elle, regardez cet homme; je crois reconnaître en lui l'un des bourreaux qui nous ont enlevées à Varna, ma pauvre Despo et moi, lorsque, trompées par une fausse lettre, nous allions à la rencontre de mon frère. »

Wildcock reconnaît aussi le cavasse pour l'avoir souvent *employé* dans ses fréquentes visites chez Sâlih-pacha. Il lui sourit donc agréablement...

Maria-Séidie comprend le danger et, accostant le sicaire, lui dit à voix basse :

« Hassan, tu es découvert : sauve-toi, disparais, il y va de ta vie!

— Mais... toi-même, balbutie le bourreau épouvanté, ne crains-tu pas de te montrer en public? Sâlih-pacha est à Constantinople, plus puissant que jamais...

— Il y *était*, je le sais ; il avait même décoché une soi-disant bohémienne, diseuse de bonne aventure, pour attirer dans quelque coupe-gorge de Péra une certaine *danseuse*... mais il a déguerpi ce matin, en apprenant que Cyriaké, celle que tu as si bien achevée et enterrée à Yénikeuy, triomphe actuellement au milieu des siens.

— Allah ! quel miracle ! la voilà qui me fixe, et ses regards me glacent le sang ! Mais comment ce prodige s'est-il opéré, le sais-tu ? Par la magie, n'est-ce pas ?

— Non ! par le plus simple des procédés : en descendant de l'entre-sol où tu avais déjeuné, tu as trouvé, dans la cour, ton rouleau de tapis défait, et *Cyriaké* debout devant toi, n'est-ce pas ?

— Oui ; mais, malgré l'obscurité, je l'ai bien achevée, par Allah ! Et elle était bien morte quand je l'ai jetée dans un ravin, à Yénikeuy.

— Certes, certes ; seulement ta victime n'était autre que ta préférée... tu sais, Néghella ?

— Pas possible !

— Eh ! ne l'aurais-tu pas tuée deux jours plus tard ?... Mais va-t'en, te dis-je ! si le frère de Cyriaké, le jeune seigneur que tu vois près d'elle, se doutait de quelque chose, tu serais un homme perdu !

— Je file; mais la Collioz? l'as-tu vue à Stamboul?

— Je sais où elle est. Va donc! fuis! »

Hassan sort en disant à son camarade :

« Dans un moment je suis à toi. »

Wildcock essaye de courir après lui, mais Maria-Séidie le cloue sur place par un seul mot. L'auteur n'a jamais pu savoir lequel.

« Arrêtez-moi tout ça! dit en turc Mégavòroglou aux cavasses; ce sont des brigands qui ont enlevé mes filles. Arrêtez-les aussi, ces écervelées!

— Arrêtez-moi cet Anglais, dit Valérie; le seul parmi nous qui mérite cet honneur. Et si vous le pendez, comme il y a lieu de le croire, conservez-lui sa calotte sur la tête, car il s'enrhume facilement.

— N'en fais rien, » dit George Apostoli qui, portant encore le costume d'officier. impose au cavasse *soliste* qui représentait la force armée.

Celui-ci salue et reste immobile.

Le *bey* s'avance alors et dit au *papa* ahuri :

« *Bermédez-moud, Monzieur* Mégavòroglou, de vous *birrizander Mesdames* vos filles et Messieurs leurs maris, vos gendres.

— Il est dong beaugoup vrai, mes filles?... vous êtez bien mariées?

— Oui, papa, *complétement!* répond Mistress

Wildcock. voici mon mari; un Anglais, tu sais?

— Et moi de même, papa; voici M. le docteur. mon époux; un Français, papa, un Français! dit Tackouie.

— Mais... fait l'heureux père.

— Quoi donc. papa?

— Mais... c'est que ze n'ai auquioune dod à donnère.

— Ils n'en demandent aucune, papa!... *au contraire.*

— *Aspaz Christoz!* s'écrie l'Arménien; les miens zendres né démandé auquioune sose, zé n'ai auquioune sose à dire du protzédé.

— Si. papa, nous demandons quelque chose : votre bénédiction. réclame Tackouie.

— Si ce n'est que za, zé vous donne ma bénédigsion de doute mong gueur! »

Puis, s'adressant à Pater Cosmas, Mégavôroglou-effendi — car c'est un effendi, ajoute :

« Mong bère. bénizez les miens enfantes.

— Et nous aussi. Monsieur le curé, dit Clairet conduisant Valérie par la main et se mettant ensuite à genoux avec elle.

Le zaptié se retire en grommelant; Pépéhi pousse Jossée à s'agenouiller comme lui, et Pater Cosmas dit à haute voix :

« Je suis le plus indigne des serviteurs du

Seigneur, et je ne puis que prier. Mais prions ensemble tous, si vous le voulez bien.

— Prions! s'écrient tous les assistants en chœur en se mettant aussi à genoux.

— Qu'importe la différence des dogmes, des croyances et des espérances! Le Roi des cieux est notre père à tous.

« Seigneur, Dieu créateur, s'écrie-t-il en ôtant son bonnet, bénissez-nous, pardonnez-nous nos péchés, laissez nos cœurs contrits et reconnaissants glorifier votre nom sanctifié, et daignez agréer nos actions de grâces en offrande expiatoire. Ainsi soit-il!

— Amen ! » répondent-ils tous en se relevant.

Cyriaké, Odysseus, George Apostoli, le capitaine de navire Pépinos, Maria-Séidie baisent alors la main du prêtre; c'est de rigueur chez les chrétiens du rite oriental. Mais Valérie, qui ne comprend pas cette rigueur, lui présente ses belles joues. Le prêtre, pas bégueule, embrasse la petite sur le front et lui donne deux petites tapes *protectrices* sur les joues.

Pater Cosmas prend par la main Cyriaké et George, et leur souhaite l'heureux accomplissement de leurs vœux, selon la volonté de Dieu.

Maria-Séidie tire de sa poche une petite croix d'or, sur laquelle sont gravés les noms et pré-

noms, les dates de la naissance et du baptème
de Cyriaké.

— Reprends cette croix, ma fille, dit-elle,
c'est celle que tu portais au cou le jour où tu
fus livrée au bourreau.

« Et ceci, ajoute-t-elle en montrant une broche
en diamants, je le trouvai roulé dans ta chevelure. C'est là, sans doute. un reste des parures
forcées de ton esclavage ; je l'offre à Pépéhi pour
Esther. »

Odysseus jette à la bohémienne un regard de
remercîment — car il croit n'avoir pas suffisamment *dédommagé* le père d'Esther — et, tirant
aussi de sa poche le mouchoir brodé de *Zelly la
danseuse*, il le présente à son futur beau-frère en
disant :

« La sœur avait reconnu son frère par les
yeux du cœur, en lui offrant cette relique de famille ; et c'est là le jalon principal du chemin qui
nous a conduits à notre bonheur commun. Gardez-le, mon cher frère, je vous le donne au nom
de mon père et de ma mère.

— Ce sera l'étendard sous lequel je jure de
passer avec honneur tout le reste de ma vie, réplique George en baisant le mouchoir. »

A ce moment. on entend des coups de canon
précipités. Tous montent au pavillon placé sur le
toit et admirent l'*Héroïne* pavoisée jusqu'aux

plats bords et flottant dans une nuée de fumée traversée par des langues de flammes, qu'accompagnent des détonations formidables.

« Gloire à Dieu! » s'écrie Pater Cosmas; et tous crient :

« Vive Cyriaké de Varna! »

Il était quatre heures du soir, l'heure de la prière d'*ikindi* (de l'après-midi), et le *muezzin*, glorificateur inconscient, criait du haut de son minaret, comme toujours :

ALLAH EKBER!

CONCLUSION.

Tout étant préparé, poussé à la hâte, le mariage de Cyriaké fut brillamment célébré à l'église de Péra, la Panaghia; celui de Valérie eut lieu à San-Benedetto, et Esther fut conduite à la synagogue de Balata.

Odysseus accompagne sa sœur, son beau-frère et Maria-Séidie à bord de l'*Héroïne*, et retourne auprès du docteur Vermont, pour passer le reste de son congé « *le moins tristement possible.* »

Notre brave militaire tient en effet parole : il se démène. il s'amuse beaucoup; il veut s'étourdir et il y réussit.

Il va dans le monde, il fait des connaissances *diverses*, et, dans ses pérégrinations hasardées à Péra, finit par rencontrer « la providence des célibataires », le trop fameux Costaki Anthopoulo, membre du tribunal de commerce, offi-

ciellement, et pourvoyeur de certains gros bon-
nets (lisez gros turbans), officieusement; mais
ayant des relations au ministère des affaires
étranges.

C'est cet aimable *industriel* qui introduit le
capitaine chez une *very respectable* dame du
quartier d'Agha-Djami, nommée Euphrosine
Arsène Caïsserli.

La maîtresse de la maison est on ne peut plus
avenante, son mari est on ne peut plus commode, l'introducteur patenté est on ne peut plus
engageant.

Dans cette maison superlativement hospitalière,
Odysseus trouve tout ce qu'un jeune et bel officier en congé peut désirer : c'est un Éden musulman en raccourci, transporté dans la rue de...

Rien n'y manque : bonne chère, bonne cave,
confort à souhait, charmante société, houris par
douzaines, jeux *ad libitum*, amusements sans
contrôle.

Le vendredi surtout, qui est le jour de la semaine où les femmes turques y viennent en
nombre, est celui où l'allégresse atteint ses dernières limites. Les *joyeusetés*, les *grivoiseries* y
ont libre cours, car les femmes cloîtrées, les
femmes turques surtout, s'abandonnent à tous les
excès, dès qu'elles se voient en liberté.

Disons encore, pour mémoire, que Mme Arsène

Caïsserli fait les confitures de manière à rendre jaloux les rivaux stambolins des Boissier, les Hadji-Beckir, auxquels il ne manque que l'attrait de l'étalage et la grâce des charmantes demoiselles de comptoir qui, en Turquie, ont barbe et moustache.

Tout est donc à souhait dans la maison « Caïsserli et Compagnie »; et si Mme Euphrosine n'était pas exceptionnellement laide, l'illusion serait complète : on ne saurait alors rien envier au paradis de Mahomet.

A côté de ce crime (la laideur en est un, à Stamboul comme partout. excepté Paris, toujours...), la *matrone* ottomane possède un désavantage marquant : elle a cet épais accent arménien qui jure avec les prétentions qu'elle affiche de parler comme une Athénienne.

En revanche, *tchélébi* Anthopoulo, le *fils adoptif* de *l'archipézévink*, sauve la situation; car, bien qu'il soit Turc pur sang sans être musulman déclaré, il parle clairement le grec. sert d'interprète. de secrétaire, d'avocat même à *l'institution* de Mme Arsène Caïsserli, et, par ses conseils précieux, guide le charmant couple dans la conduite de ses affaires, toujours très-*follichonnes* et souvent embarrassantes.

Pourquoi *embarrassantes?* dira-t-on. Probablement parce que certains enlèvements de

mineures, certains mariages conclus et consommés à la pointe du poignard, trouvent toujours refuge dans ce *djennett*, auquel le ministère des pappaz n'est pas marchandé par leur
chef, *Monseigneur* Cléobule, grand vicaire... et
ex-habitué de la *Closerie des Lilas*.

Mais quel intérêt cette triade assortie peut-
elle avoir à être si complaisante? demandera le
lecteur ; et l'auteur le priera de lire la recommandation suivante. extraite d'une lettre à
Odysseus. que Maria-Séidie lui écrivait de Missó-
longhi :

« ... Je vous conjure donc, mon bien cher
« monsieur Odysseus. de ne plus mettre les
« pieds dans cette horrible maison! Je vous le
« demande au nom même de votre honneur ; et
« notre divine Cyriaké l'EXIGE ! »

L'injonction était péremptoire; mais le capitaine a déjà trop de la discipline militaire pour
obéir en aveugle à des ordres de femmes ; aussi
s'attache-t-il longtemps à demander le *pourquoi*.

Ce n'est que trois mois plus tard, en rentrant
dans son pays, qu'il apprit le fait suivant :

Madame Euphrosine Arsène Caïsserli n'était
et n'est encore autre que l'ancienne connaissance du lecteur. Mme Collioz en personne; la
Collioz de Sàlih-pacha, de Mister Finlay, laquelle
ayant réalisé à Vienne les trésors escroqués à

Varna, se transporta à Constantinople, y chan-
gea de nom, épousa le vieux *simessar* Arsène
Caïsserli, adopta le jeune *simessar* Costaki Anthopoulo (histoire de se créer des héritiers), fit
de la femme de ce dernier le premier ornement
de son établissement et, riche et insouciante,
impunie et impunissable, elle s'amenda si bien,
sous le parapluie théocratique d'Ali-Osman,
qu'elle finit par ouvrir un *kerhané* à Péra, en
continuant son ancien métier... sur un plus
grand pied, comme on vient de le voir, mais
toujours en payant patente.

Que voulez-vous ! on ne renonce pas aisément à ses vieilles habitudes, surtout quand
elles sont celles des Collioz, des Anthopoulo,
des Cléobule et de leurs pareils des deux sexes.

Le cavasse Hassan disait vrai : Sâlih-pacha
se trouvait en effet à Constantinople, où il était
venu intriguer pour obtenir le vizirat, et où le
hasard l'avait placé sur le chemin de Maria-Séidie
et de la *danseuse*. Mais dans sa vigilance, qui
déjoua toutes les nouvelles machinations de ce
monstre, la bohémienne ne se fit pas faute de le
faire avertir de la présence d'Odysseus et de la
reconnaissance du frère par la sœur.

Le prudent Infâme-pacha (qu'il nous soit permis de l'appeler ainsi pour la dernière fois que son nom tombe sous notre plume) avait vite compris tout le danger qu'il y avait à prolonger son séjour à Stamboul : la vindicte des chrétiens, la vengeance si naturelle de ses victimes, étaient pour lui des spectres menaçants et redoutables. Il déguerpit donc dès que la terrible nouvelle lui fut connue, et retourna en Asie Mineure, dans la province qu'il gouvernait, et où, malgré la rareté des *guiaouresses,* il trouve toujours le moyen de servir Allah selon Mahomet... Il y est peut-être encore; — qu'il y reste.

Il résulte de tout ce qui précède que, grâce à la sagesse et à la conduite vraiment maternelle de Maria-Séidie, la vengeance, ainsi que l'indique le titre du chapitre précédent, a été « liquidée par le bonheur. »

Mais nous manquerions d'égards pour le lecteur si nous ne lui disions pas que le petit Cadur-bey, celui qui a été l'ange gardien de notre héroïne, est placé à Vienne, sous la direction d'un savant gouverneur polonais, chargé de son éducation.

Les nobles sentiments qui caractérisent, dès son enfance, ce charmant petit garçon, permettent d'espérer qu'ils acquerront avec l'âge tout le développement que leur donnera une saine éducation, et que s'il a jamais à rougir de

quelque chose devant les honnètes gens, ce ne
sera que de l'infamie de son père.

Puisse-t-il ne rencontrer ni les flatteurs, ni
les suppôts, ni les affidés, ni les favoris, ni même
les favorites de celui dont il est l'héritier pré-
somptif. Et que Dieu le garde surtout des Collioz, des Anthopoulo. des Cléobule, des *Proto-
syngèles*.

Nous avons mentionné les favorites ; elles
étaient deux, en dernier lieu : l'une, Havaï l'aérienne, tout Byzance sait qu'elle avait été vendue
au renégat Omer-pacha, mais qu'elle fut plus
tard supplantée par une Allemande, laquelle à
son tour fut évincée, à diverses reprises, par des
femmes diverses ; jusqu'à ce que, désespérée, la
pauvre Germaine (ne pas confondre avec la
bienheureuse de la Salette) rompit avec fracas,
vint en France et fit publier tout un livre pour
raconter ses *tribulations* et dévoiler les « mys-
tères des harems. »

Naturellement, elle n'a rien dévoilé, puisqu'il
lui était impossible de décemment raconter des
horreurs dont elle a été, tout à la fois, témoin
et victime.

'Quant à la seconde des favorites, la bouil-
lante Gulzaadée, la fille des roses, rachetée indi-
rectement par un opulent Arménien au marché

des esclaves, elle quitta peu après son acqué-
reur, et alla chercher abri et *protection* chez la
Collioz, autrement dit chez Mme Euphrosine
Caïsserli.

Elle y a fait fortune, au dire du capitaine
Odysseus Parnis, qui l'a beaucoup connue, sans
se douter à qui il avait l'honneur... de parler.

Il nous reste pour compte Mister *Wildcock*.
Celui-ci avait conçu une si grande haine pour
les Hellènes, qu'afin de la mieux satisfaire, il
alla s'installer au milieu d'eux, sous son vrai
nom cette fois.

Naturellement, il y transporta sa Doudou lilli-
putienne, sans utiliser cette fois la célèbre malle,
et, en pleine société, il mène une vie presque
monastique...

Égoïste parfait, il ne se préoccupe pas des
chuchotements qui se font autour de sa *moitié;*
il ne s'inquiète pas le moins du monde de la voir
éternellement flanquée d'un valet de pied en *fus-
tanelles,* si beau pourtant, si beau! que les naïfs
se demandent sérieusement lequel des deux commande à l'autre; mais les malins répondent sans
tarder que c'est bien le valet.

L'auteur, en terminant ce livre, tient à se
ranger à l'avis du lecteur — et surtout de la lec-

trice, — qui appartiennent évidemment à la seconde catégorie.

L'ex-Wildcock s'est improvisé correspondant du journal anglais le *Times*, et se venge du mal qu'il n'a pas pu faire à « une Grecque » par le mal qu'il croit faire « aux Grecs », en déblatérant contre eux, depuis des années, dans ses absurdes correspondances. Il est vrai qu'il ne se les fait pas payer... bon marché.

Tous les héroïsmes sont dans la nature, on le sait ; mais l'héroïsme du mari de Mme Doudou est extrêmement rare, et en France inconnu, car il s'appelle :

L'HÉROÏSME DU RIDICULE.

FIN.

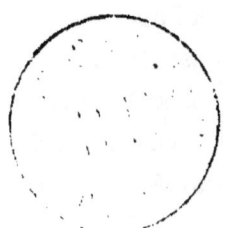

TABLE

PARIS. — J. CLAYE, IMPRIMEUR, 7, RUE SAINT-BENOIT. [175]

IMPRIMERIE J. CLAYE
RUE SAINT-BENOIT, 7

LABOR

PARIS